DELIRANTE

SÉRIE QUANTUM — LIVRO 06

MARIE FORCE

Delirante
Série Quantum — Livro 06
Marie Force
Publicado por HTJB, INC
Copyright © 2016 por HTJB, INC
Copyright da tradução © 2019 por Andreia Barboza — Bookmarks Serviços Editoriais.
Copidesque da tradução: Luizyana Poletto.
Capa criada por: Moonstruck Cover Design & Photography
ISBN:978-1950654529

Série Quantum

SINOPSE:

Para ele, o prazer é um jogo. Até que uma mulher muda todas as regras...

Kristian Bowen, um dos produtores mais desejados de Hollywood, está no auge. Com a equipe da Quantum retomando os trabalhos após a temporada de premiações e se preparando para a estreia de *Insidioso*, o novo filme da empresa, a vida de Kristian está exatamente como ele gosta: completa e com várias submissas dispostas a atenderem a todos os seus desejos. Até que ele comparece ao casamento de Flynn Godfrey, seu amigo e sócio, e conhece Aileen Gifford, a melhor amiga de Natalie, esposa de Flynn. Desde que conheceu Aileen, há cinco meses, a vida cuidadosamente organizada de Kristian mudou de maneiras que ele nunca poderia ter esperado. Agora, Aileen e os filhos estão se mudando para Los Angeles, e ele não tem certeza se está animado ou aterrorizado com os sentimentos poderosos que nutre pela mãe solteira...

Aileen está saindo do pior ano da sua vida, no qual passou lutando contra o câncer de mama enquanto cuidava de dois filhos pequenos. Quando Natalie, Flynn e os outros amigos a incentivam a se mudar para L.A. e trabalhar para a Quantum, ela aproveita a chance de dar um novo começo à sua família. E com sua atração inesperada pelo sócio de Flynn, a ideia de morar em Los Angeles se torna muito mais doce. Até que todos aparecem para receber a ela e as crianças em sua nova casa em L.A. — exceto Kristian.

Ele não pode evitá-la para sempre e quando os dois finalmente se veem novamente, a atração entre a mãe solteira e o produtor com um passado que ele mantém escondido de todos que são importantes para ele se torna irresistível. Quando seu passado começar a surgir, ele fugirá da mulher que ama ou se voltará para ela em busca de abrigo na tempestade? E ela conseguirá convencê-lo de que ele pode ser ele mesmo em todos os sentidos com ela?

A tão esperada história de Kristian e Aileen é cheia de calor, coração e humor, assim como as aparições de todos os personagens Quantum que os leitores amam!

Série Quantum

Livro 1: Virtude (Flynn & Natalie, parte 1)
Livro 2: Valentia (Flynn & Natalie, parte 2)
Livro 3: Vitoria (Flynn & Natalie, parte 3)
Livro 4: Arrebatador (Hayden & Addie)
Livro 5: Voraz (Jasper & Ellie)
Livro 6: Delirante (Kristian & Aileen)
Livro 7: Escandaloso (Emmett & Leah)
Livro 8: Fama (Marlowe)

Kristian

Contei os dias. Não me lembro da última vez em que fiquei tão animado para que alguma coisa acontecesse a ponto de contar os dias. Fiz isso até hoje, o dia em que Aileen e os filhos, Logan e Maddie, se mudam oficialmente para Los Angeles. Eu os conheci em janeiro quando vieram para o casamento de Flynn e Natalie. Antes que Natalie se juntasse a Flynn e sua vida fosse exposta, ela era professora de Logan. Aileen estava doente na época, com câncer de mama, e Natalie foi uma boa amiga para ela e os filhos.

A primeira vez que vi Aileen no casamento, ela estava dolorosamente magra, com olheiras enormes e o cabelo mais curto que já vi uma mulher usando. Descobri mais tarde que ela havia perdido o cabelo durante a quimioterapia e estava começando a crescer de novo. Eu me lembro de ter perguntado sobre o corte estranho e me senti culpado quando descobri o motivo.

Mas os sinais da doença não são o que mais me lembro no dia do casamento do meu amigo. Não, foi a alegria de Aileen que se destacou. Nunca conheci uma mulher que tivesse essa luz incandescente sobre si, mesmo durante os dias mais sombrios e difíceis da sua vida. Mesmo no meio da doença, ela era muito *viva*.

Fui atraído para ela como a proverbial mariposa para a chama e não pude resistir a falar com ela, conhecê-la e nutrir uma atração imediata e sem precedentes. O calor daquele sentimento me engoliu por inteiro e não pude me afastar. Deixei a atração crescer e virou uma amizade nas visitas que fez, incluindo aquela em que ajudei a convencê-la de que ela e as crianças deveriam se mudar de Nova York para Los Angeles para morar perto de nós. Hayden ofereceu um emprego na Quantum e todos nós a incentivamos a aceitar.

E eu contei os dias.

Então, o que estou fazendo sentado no chão do armário da sala de jogos da minha cobertura em Hollywood, ignorando todas as ligações dos meus sócios — que também são meus melhores amigos e a única família que já tive? Eles querem saber onde estou, se estou bem e por que estou incomunicável em um dia pelo qual todos estávamos ansiosos.

Temos planos. Flynn e Nat vão buscar Aileen e as crianças no LAX enquanto o resto de nós — Jasper, Ellie, Hayden, Addie, Leah, Emmett, Marlowe, Sebastian e eu — deveríamos esperá-los na antiga casa de Ellie em Venice Beach. Como ela se mudou para a casa de Jasper, alugou o lugar para Aileen. Tenho certeza de que os outros já estão lá, pois o grupo que vem do aeroporto deve chegar em casa dentro de uma hora. Todo mundo está animado para a chegada deles.

Temos surpresas os aguardando. Há dois dias, Natalie, Marlowe, Addie e Leah receberam a empresa de mudança que trouxe as coisas de Aileen de Nova York. Flynn, Hayden e eu passamos uma noite inteira montando as camas enquanto as mulheres desempacotavam as coisas na cozinha. Aileen acha que vai ter que arrumar tudo quando chegar, mas quando entrarem em casa, as coisas estarão arrumadas esperando por eles juntamente com um Audi sedã preto na garagem.

Verifico o relógio para confirmar que o carro está sendo entregue agora. Ele está em nome da empresa, mas eu o comprei para ela. Sabia que ela nunca aceitaria um presente tão extravagante, a menos que eu comprasse como um carro da Quantum. Não sei por que senti a necessidade de fazer isso, mas estava na concessionária finalizando a compra quando me ocorreu que poderia ser cedo demais para comprar um carro para ela. A essa altura, já era tarde demais para voltar atrás e, além disso, eu não queria. Ela precisa de um carro, então comprei um.

Natalie abasteceu a cozinha com mantimentos e encheu a casa com vasos cheios das hortênsias brancas, as flores favoritas de Aileen.

Imaginar sua reação a tudo que fizemos me faz desejar algo que simplesmente não tenho o direito de fazer. Se ela é um anjo enviado diretamente do céu, eu sou o próprio diabo.

Cresci principalmente nas ruas, na parte mais pobre de Los Angeles e abri meu caminho na indústria cinematográfica aproveitando alguns golpes de sorte que me levaram até onde estou hoje. Sou um dos produtores mais influentes e poderosos de Hollywood, sócio da *Quantum Production Company*, com alguns dos maiores nomes do ramo. Estou no topo do mundo — literalmente — no meu apartamento de cobertura bem no centro de Hollywood, que repentinamente voltou a estar na moda.

Apesar do meu sucesso, do Oscar e do Globo de Ouro que estão em uma prateleira na minha sala no trabalho e da fortuna que acumulei com muito esforço e determinação, ainda sou o garoto sem lar e sem raízes que já fui. Paralisado pelo medo, estou sentado no canto de um armário, ignorando ligações e mensagens das pessoas mais próximas a mim e dizendo a mim mesmo que é a coisa certa a fazer.

Sou um merda comparado a ela. As coisas que fiz para sobreviver e prosperar neste mundo cruel a deixariam horrorizada. Sou mais rico do que já sonhei ser — e sonhei muito quando criança, correndo pelas ruas perversas de LA —, mas nem todo o dinheiro do mundo consegue tirar a dor da minha alma.

Estremeço em repulsa quando penso nas coisas que fiz para continuar vivo. Não acredito em arrependimentos por uma questão de princípio. Não se pode mudar o passado, então por que desperdiçar o presente com arrependimentos? Pelo menos, essa sempre foi a minha filosofia. Mas pela primeira vez na vida, mergulhei em um vasto mar de arrependimentos. Gostaria de ser alguém diferente, assim eu seria bom o suficiente para um anjo lindo e inocente como ela. A bile atinge minha garganta, trazendo lágrimas aos meus olhos. Tenho que ficar longe dela e de seus preciosos filhos, mesmo que tudo dentro de mim clame por ela, desejando poder permitir que ela consertasse o que há de errado comigo, que Aileen pudesse ser a pessoa a afastar a dor e me encher com sua luz.

Ela finalmente está aqui. Eu podia ir vê-la *agora*. Tudo o que tenho a fazer é me levantar da porra do chão, entrar no carro e seguir para Venice Beach. Todo mundo que é importante para mim está lá. Estão procurando por mim, imaginando onde estou.

Gemendo, apoio a cabeça nas mãos e balanço para frente e para trás enquanto meu telefone toca novamente.

Não posso. Simplesmente não posso.

Aileen

NUNCA FIQUEI TÃO ANIMADA COM ALGO ALÉM DOS MEUS BEBÊS QUE agora tem nove e cinco anos e estão loucos de empolgação. Não pude acreditar quando Flynn insistiu em enviar o jato da Quantum para nos buscar.

O Flynn Godfrey, que agora é meu *amigo*. Ainda não consigo acreditar nisso!

Mesmo que ele esteja casado e feliz com uma das minhas melhores amigas, ainda sou fã dele. Vi todos os filmes em que ele já atuou pelo menos cinco vezes. Assisti *Camuflagem* uma dúzia de vezes ou mais. Ele ganhou o Oscar e todos os outros grandes prêmios de atuação para esse filme e, tendo conhecido e passado algum tempo com ele, sei em primeira mão que ele é tão bom como pessoa quanto como ator.

Nunca me esquecerei do dia em que Natalie o levou ao meu

apartamento pela primeira vez. Foi no inverno passado quando eu estava terrivelmente doente e com medo do que seria de mim e dos meus filhos. Flynn fez uma doação enorme para o fundo que a escola das crianças abriu para nós, aliviando muitas das minhas preocupações. Em seguida, contratou governanta e babá para me ajudar com as crianças. Ele salvou minha vida de todas as maneiras possíveis, especialmente ao me levar para me consultar com o melhor especialista em câncer de mama da cidade que assumiu meu tratamento e fez alguns ajustes nele. Em poucas semanas, eu estava me sentindo muito melhor do que em um ano infeliz após a cirurgia, quimio e radioterapia.

Ainda não estou livre da doença. Vai demorar alguns anos até que eu possa me considerar "curada", mas estou muito melhor do que antes e tenho que agradecer a Flynn por isso também.

Toda a equipe da Quantum se tornou uma espécie de família para mim e meus filhos desde que fomos a Los Angeles para o casamento de Flynn e Nat e, mais tarde, durante as férias escolares. Eles nos aceitaram e nos fizeram sentir como parte do grupo. E quando eles me sugeriram que nos mudássemos, as crianças me imploraram para fazer isso. Eles amam a Califórnia e as pessoas que conhecemos por lá. Sem nada que nos segurasse em Nova York, resolvi atender aos pedidos deles e concordei com a mudança, mas só depois que terminassem o ano letivo.

As aulas terminaram ontem e hoje estamos no jato da Quantum, prestes a pousar em Los Angeles, a nossa nova casa. Se há uma pessoa entre nossos novos amigos que estou ansiosa para ver mais do que qualquer outra? Bem, esse é o meu segredinho.

Não sei se chamaria de flerte o que quer que exista entre Kristian e eu, mas existe algo, e mal não posso esperar para descobrir se pode se transformar em algo mais. Faz anos desde que namorei ou me interessei por um homem e nunca me senti atraída por ninguém do jeito que estou por ele. Kristian me faz sentir muito especial quando ouve cada palavra que eu digo como se fossem as mais importantes que já ouviu. Na última vez que estivemos em Los Angeles, quando todos nós ficamos em seu apartamento para evitar os repórteres que estavam cobrindo um escândalo na família de Jasper, Kristian e eu nos sentamos no terraço e conversamos até as quatro da manhã, enquanto todos os outros haviam ido dormir.

Com cabelos escuros ondulados, intensos olhos azul-cobalto e covinhas sensuais que aparecem só quando está realmente feliz ou se divertindo, ele é tão lindo que muitas vezes me vejo olhando para ele como um filhote de cachorro apaixonado.

Estou *morrendo* de vontade de vê-lo novamente para descobrir se a atração ainda existe e ver o que pode acontecer. Nunca vou admitir que ele foi uma das principais razões pelas quais eu quis me mudar para cá, mas estaria mentindo se tentasse negar isso.

— Quanto tempo falta, mãe? — A pergunta de Logan interrompe meus pensamentos deliciosos a respeito de Kristian Bowen.

Verifico a hora no celular.

— Cerca de vinte minutos.

As crianças estão muito animadas para ver nossa casa nova, se instalarem e passarem o verão em Los Angeles. Vou começar a trabalhar na Quantum em duas semanas, por meio período durante o verão enquanto as crianças frequentam o acampamento e depois em período integral, quando voltarem para a escola. Não posso acreditar que vou trabalhar para a empresa que produziu *Camuflagem* e que tem como sócios Flynn Godfrey, Hayden Roth e Marlowe Sloane. É incrível para uma fã de celebridades! E nem mencionei os outros dois sócios da Quantum, Jasper Autry e Kristian Bowen.

Kristian Bowen.

Seu nome me faz querer suspirar em antecipação por saber que vou vê-lo novamente hoje. Se voltasse a ser uma garota do ensino médio, estaria escrevendo o nome dele ao lado do meu no guardanapo que o comissário de bordo me deu com a taça de vinho que pedi e, em seguida, desenhando corações ao redor dos nossos nomes. Mas não sou uma garota do ensino médio. Sou uma mulher madura de trinta e dois anos, com dois filhos incríveis que são o meu mundo e uma vida nova em uma cidade dinâmica pela frente.

Talvez com um homem novinho em folha também. *Deus, espero que sim.* Ele é lindo, sexy e intenso, e não transo com ninguém desde que os dinossauros estavam vagando pela terra ou, pelo menos, é o que parece. A última vez foi quando eu estava grávida de Maddie, que terminou o jardim de infância. Há períodos de seca e há a minha vida, um terreno baldio sem sexo. Estou pronta para entrar no ritmo novamente, e Kristian Bowen é o que quero.

Ele é o único que quero.

Mas ele me quer assim? Ou estamos presos na temida *friend zone*? Por que um homem como ele que poderia ter — *literalmente* — qualquer mulher no mundo iria querer ficar com alguém que está lutando contra um câncer de mama enquanto cria dois filhos pequenos sozinha? Algumas pessoas têm bagagens, e eu tenho um baú de duas toneladas — uma carga muito pesada para mim e mais ainda para um homem que pode ter qualquer mulher que queira.

Argh. Garota, faça um grande favor a si mesma e não coloque a carroça na frente dos bois. O bonitão pode correr de você e de toda a sua bagagem.

Antes que eu possa deixar esse pensamento deprimente atrapalhar minha empolgação, ouço um som do sistema de alto-falantes. É a voz do piloto.

— Olá da cabine de controle, família Gifford.

As crianças pulam nas cadeiras, a empolgação é palpável.

— Começamos nossa descida para o LAX e pousaremos em aproximadamente dez minutos. Pedimos que apertem os cintos de segurança e preparem-se para a chegada. Bem-vindos ao lar, pessoal.

As doces palavras de boas-vindas do piloto trazem lágrimas aos meus olhos. Depois do que passei, sou muito grata por todos os dias e decidi fazer dessa mudança a melhor coisa que já aconteceu com minha pequena família. Minha principal preocupação é garantir que as crianças estejam felizes e saudáveis. Eles sentirão falta de amigos de Nova York, mas estão empolgados com a mudança para a Califórnia, especialmente Logan, que sentiu muita saudade de Natalie depois que ela foi embora no meio do ano letivo.

Poucos minutos depois, o avião desce através das nuvens para revelar a cidade de Los Angeles.

— Olha, pessoal. — Aponto para a janela. — Aí está.

— Mova a cabeça — Logan diz para a irmã. — Quero ver também.

— Ela insistiu que ele se sentasse ao seu lado, e ele permitiu que ela fosse na janela, mesmo que quisesse o lugar. Ele é muito bom com Maddie e se esforçou para ajudá-la quando eu estava muito doente para cuidar deles. Ele é maduro demais para seus nove anos e espero que esta mudança permita que ele seja criança novamente e não uma criança com a mãe doente e uma irmãzinha que precisa dele mais do que deveria.

Eles aplaudem quando o avião toca o solo com um baque e o rugido dos propulsores, o que já se acostumaram desde os nossos primeiros voos para Los Angeles.

Depois de taxiar por alguns minutos, o avião finalmente para.

Supervisiono as crianças, me certificando de que elas peguem seus pertences e as conduzo até a porta, que se abre diretamente em uma pista onde Natalie espera com seu marido astro de cinema, que agora é nosso amigo. Me belisque, por favor. *Flynn Godfrey é meu amigo!* Precisei de um pouco de prática para me acostumar a dizer essa frase, mas ele facilitou tudo sendo incrível conosco desde a primeira vez que o vi. Ele fez muito para ajudar essa mudança acontecer e nunca vou poder recompensá-lo por sua espantosa generosidade. É fácil esquecer como os dois são lindos até que eu esteja com eles, e me sinto impressionada mais uma vez que minha querida e maravilhosa amiga Natalie tenha tirado a sorte grande com seu marido lindo e generoso. Os dois têm cabelos escuros e enquanto os olhos dela são verdes, os dele são castanhos. Mal posso imaginar como os filhos deles serão lindos. Será injusto com o resto do mundo de aparência comum.

Logan e Maddie correm para Natalie, que os abraça ao mesmo tempo enquanto Flynn os observa com um sorriso enorme. Ele e Natalie são tão apaixonados que estar perto deles me dá esperança. Talvez um dia eu encontre alguém que me olhe do jeito que ele olha para ela. Me sinto levemente desapontada ao perceber que Kristian não veio ao aeroporto, mas depois me repreendo. *Por que* ele viria? Afinal, a minha amiga é a Natalie.

Flynn me abraça e me beija.

— Bem-vinda a L.A.

— Muito obrigada por tudo. O avião, a mudança, tudo.

— Não precisa agradecer.

Ele faz qualquer coisa por Natalie — e suas amigas — e provou isso muitas vezes nos meses desde que nos conhecemos.

Eles nos levam até um Mercedes SUV prateado, um dos sessenta carros que Flynn possui. Natalie mencionou isso uma vez e pensei que ela estava brincando até que ela me disse que estava falando sério. Sessenta carros! Isso me deixou chocada. Mas como ele mesmo diz, poderia ser viciado em coisas piores do que carros.

No caminho para nossa casa em Venice Beach, Natalie e Flynn apontam marcos e outros pontos turísticos, mas não percebo nada, porque tudo em que posso pensar é se Kristian estará lá quando chegarmos. Agora que estou finalmente aqui, quero conhecê-lo melhor. Quero descobrir se a atração que ardia tão intensamente entre nós ainda existe ou se desaparecerá agora que vamos nos ver com mais frequência.

Espero que isso não aconteça. Vou ficar muito desapontada. Deixei minha paixão por ele ficar totalmente fora de controle, explodindo em minha mente em um romance com potencial épico. Na realidade, é provável que ele só estivesse sendo legal comigo porque sentiu pena da mãe solteira com câncer.

Estou chocada com as lágrimas que enchem meus olhos. Olho pela janela para o cenário que passa enquanto tento me controlar. Com tudo o mais que tenho para lidar, incluindo uma nova casa, um novo emprego e dois filhos que foram arrancados da única vida que conheceram, simplesmente não tenho tempo para ficar obcecada por um homem.

Mas então chegamos a Venice Beach e nos dirigimos para o bangalô que agora nos pertence, graças à irmã de Flynn, Ellie. A rua está cheia de alguns dos carros mais legais que já vi, incluindo um Range Rover preto, um Jaguar cinza, um Porsche e outro que não reconheço, mas que parece caro. Começo a me sentir esperançosa novamente. Um desses carros chiques pertence a Kristian? Não tenho ideia do que ele dirige, mas provavelmente é algo incrível.

Na entrada da garagem há um Audi sedan preto que parece novo.

O alpendre está decorado com balões e a varanda está cheia de amigos esperando para nos receber. Meu coração bate com entusiasmo quando vejo os rostos familiares: Marlowe, Leah, Emmett, Sebastian, Addie, Hayden, Ellie e Jasper.

Todo mundo está aqui. Todos, exceto Kristian.

Aileen

Meus amigos são simplesmente inacreditáveis. Começo a chorar no minuto em que saio do carro e não paro pelo que parece uma hora enquanto eles abraçam a mim e as crianças, me mostram o que já fizeram para tornar a casa o nosso lar e me entregam as chaves do carro que está na garagem, um carro da empresa que está sendo disponibilizado para que eu use como achar melhor.

É demais — e não o suficiente, porque Kristian não está aqui —, e isso faz com que o que seria um dos melhores dias da minha vida seja um pouco menos do que teria sido se ele fizesse parte disso. Quero perguntar sobre ele, mas não ouso mostrar interesse. Se Nat e eu estivéssemos sozinhas, poderia perguntar, mas não posso fazer isso com seus melhores amigos e sócios ao meu redor.

Ellie deixou a grelha na varanda dos fundos e Hayden vai para lá fazer hambúrgueres sob a supervisão de Addie. Comemos na varanda, aproveitando o sol quente do sul da Califórnia, sentados na linda mobília que Ellie também deixou para mim depois de ter ido morar com Jasper.

— Tem palmeiras no meu quintal — comento durante um

momento de silêncio, fazendo-os rir. — Desculpem, mas são as pequenas coisas.

— Também tem limoeiros e pés de laranja — Ellie diz, apontando-os para mim.

— Podemos comer a fruta?

— Com certeza.

— Isso é *incrível* – e não ria de mim. Ainda estou me acostumando com o fato de que tenho um quintal, ainda mais com árvores dando frutos que posso realmente comer.

— É um grande choque cultural mudar de Nova York para cá — Natalie diz. — Também demorei um pouco a me acostumar a ter um quintal.

— Onde está o Kris? — Flynn pergunta aos outros.

A questão me faz ficar mais ereta, mal respirando enquanto espero para ouvir o que eles dizem.

— Não fazemos ideia — Hayden responde. — Ele não atendeu às ligações nem respondeu as mensagens.

— Sabemos se ele está bem? — Flynn pergunta, parecendo alarmado.

— Presumimos que está — Hayden diz —, até ouvirmos o contrário.

Agora estou preocupada que algo tenha acontecido com ele. Será que sofreu um acidente ou... não, pare. Ele é um homem adulto com vida própria. Talvez tivesse outros planos.

— É estranho, porque ele disse que estaria aqui hoje — Marlowe comenta.

Certo, bem... o que isso significa? Ele pensou melhor e decidiu que não queria fazer parte do meu comitê de boas-vindas? Isso seria bem ruim. Me sinto como um balão que foi atingido por um alfinete. Esvaziada.

— Vou tentar encontrá-lo mais tarde — Jasper fala, parecendo despreocupado.

Pelo que observei no passado, Jasper é o amigo mais próximo de Kristian. Se alguém souber se devemos ficar preocupados ou onde procurar por ele, é Jasper.

— Provavelmente ele deixou o telefone em algum lugar de novo — Addie fala.

Quero perguntar se ele perde o telefone com frequência, mas não consigo expressar a pergunta, porque não sinto que tenha o direito de perguntar sobre ele. Quero saber tudo a seu respeito e isso não é assustador nem nada. Precisando de um momento para me recompor, dou uma olhada nas crianças que estão correndo pelo novo jardim e me levanto para começar a recolher os pratos descartáveis da mesa.

— Deixe-me ajudar — Natalie fala, juntando as tigelas de batatas fritas e salada e me seguindo para dentro.

— É a você quem tenho que agradecer por equipar minha cozinha com coisas tipo plástico filme? — pergunto a ela enquanto uso o filme de PVC para cobrir as tigelas.

— Posso ter tido algo a ver com isso.

Posso dizer que a surpreendo com um abraço apertado.

— Você é a melhor amiga do mundo. Obrigada por tudo que você e o Flynn fizeram. Amei tudo, especialmente as hortênsias brancas.

Ela retribui o abraço.

— Estamos muito felizes por você finalmente estar aqui. Mal podia esperar por hoje.

— O que vocês fizeram aqui... tornaram tudo mais fácil para mim e para as crianças.

— Nós amamos você — ela fala, suas palavras doces e simples me levando às lágrimas.

— Também te amo. A todos vocês. Não posso acreditar que estou oferecendo um churrasco para Flynn Godfrey, Hayden Roth, Marlowe Sloane e seus amigos mais próximos. — Rio enquanto enxugo as lágrimas das minhas bochechas.

— Em alguns meses, você esquecerá que eles são celebridades e toda vez que você os vir, serão apenas seus amigos.

— Como é que minha vida se transformou assim?

— Temos de agradecer a Fluff por tudo isso — ela diz, se referindo a sua cadela de catorze anos que fugiu em um passeio no inverno passado e acabou mordendo Flynn. O resto, como dizem, tornou-se algo digno dos filmes de Hollywood quando Flynn, o astro de cinema, se apaixonou por Natalie, a professora da escola.

— Graças a Deus por Fluff.

— A Leah e eu dizemos isso todos os dias. — A ex-colega de apartamento de Natalie em Nova York também se mudou para Los Angeles para trabalhar como assistente de Marlowe.

— Como Fluff está se dando com Flynn agora?

— São melhores amigos. Ele a chama de filha, e ela não o morde há meses. Acho que superaram os problemas.

— Isso é tão fofo.

— Ela é terrível, mas é nossa.

Olho para o quintal, onde todo mundo está desfrutando de bebidas e do sol.

— Posso te perguntar uma coisa?

— Claro.

— É estranho que Kristian não tenha vindo hoje? Eu meio que pensei, você sabe... — Estou tão envergonhada e ansiosa que meu corpo parece estar ligado a um aquecedor.

— Que ele tinha uma queda por você?

Seu comentário me deixa ainda mais acalorada.

— Eu não iria tão longe.

— Por que não? Todos nós notamos. Ele mal conseguiu tirar os olhos de você desde o minuto em que vocês se conheceram no meu casamento e toda vez que vocês se viram desde então.

— Eu o vi exatamente quatro vezes.

— Certo... nas quatro vezes, era óbvio o interesse dele em você. Então, onde ele está hoje? Até onde sei, ele estava ansioso para você chegar aqui tanto quanto eu.

— Por que você diz isso?

— Porque ele confirmou a data comigo várias vezes. O carro na garagem? Foi ele que comprou. E no último final de semana, quando estávamos na casa do Hayden e da Addie, ele perguntou se estávamos planejando estar aqui hoje para te ajudar a se instalar.

Ouvir que ele fez tudo isso me deixou mais confusa do que nunca.

— Talvez ele tenha mudado de ideia. Sobre estar interessado. —

Olho para Natalie, me sentindo estranhamente vulnerável. — Por mim.

Natalie balança a cabeça.

— De jeito nenhum. Ninguém muda de ideia tão rápido. Algo deve ter surgido. Tenho certeza de que não é nada. Você o verá em breve.

— Seria legal. Estou ansiosa para vê-lo novamente.

— Tenho um bom pressentimento sobre vocês dois — ela diz com o grande sorriso que vimos tanto desde que ela se apaixonou por Flynn.

— Nem fale para não trazer mau auguro. — As emoções do dia me atingem de uma só vez e Natalie percebe quando começo a tremer de leve. Odeio não ter me recuperado totalmente depois de tanto tempo doente. Entre outras coisas, sofro de fadiga persistente que me atinge regularmente, papilas gustativas que não funcionam como antes, cicatrizes e ansiedade para saber se o câncer vai voltar. Ouvi dizer que o último desaparece ao longo do tempo, mas ainda acordo no meio da noite suando frio, com medo de morrer e deixar meus filhos sem mãe.

Natalie coloca o braço ao meu redor e me leva ao sofá que eu trouxe de Nova York. É antigo, mas ainda está em boas condições, mesmo depois de duas crianças terem feito o melhor para estragá-lo.

— Precisa ir com calma, Aileen. Ainda está se recuperando.

— Eu sei. Tivemos muita emoção hoje e nas últimas duas semanas. Achei que as crianças iam surtar com a espera para chegar aqui.

— Bem, agora vocês estão aqui e você vai ficar cada vez melhor. Amanhã vocês vão nos visitar, nadar e ficar para a festa de aniversário que faremos para a Mo.

— Ah. Nós vamos? — Tudo o que ouço em seu convite é outra chance de ver Kristian. Ele não faltaria à festa de aniversário de Marlowe, não é?

— Sim. Se vocês quiserem, é claro.

— Queremos, sim. Obrigada pelo convite. — Enquanto passo a mão sobre a saia, que está amassada depois do longo dia de viagem, tento não pensar em como vesti essa roupa com Kristian em mente, esperando que isso me fizesse parecer jovem, saudável e atraente para ele. Apesar da maravilhosa recepção dos nossos novos amigos, me sinto estranhamente decepcionada.

— Está tudo bem?

— Sim! Foi um dia incrível. — A última coisa que quero é que Natalie ou qualquer um dos meus novos amigos pensem que estou desapontada depois de tudo o que fizeram para nos fazer sentir bem-vindos.

— Não há problema em admitir que você está chateada por ele não estar aqui.

— Sério?

— Claro que sim.

— Idealizei algo na minha cabeça que não é real. Só nos vimos algumas vezes e conversamos um pouco. — Mas essas conversas foram das mais significativas que tive com alguém. Pensei tantas vezes sobre aquela noite no terraço nos últimos meses. Aquela noite me fez querer me mudar para cá para poder viver mais perto dele. Tola, estúpida, *ridícula*. Era de se imaginar que alguém que se decepcionou tanto com um homem no passado seria muito mais esperta e, pelo menos, um pouquinho cautelosa. — Me sinto boba.

Natalie segura minha mão e a aperta.

— Por favor, não se sinta assim. Tenho certeza de que há uma explicação para a ausência dele. Vamos descobrir o que aconteceu antes de qualquer coisa.

— Você não vai dizer a ele ou ao Flynn que fiquei desapontada, não é?

— Não vou dizer nada. Não se preocupe.

Ellie e Jasper entram na sala de estar, sorrindo e rindo de alguma coisa. Eles são tão fofos juntos e a barriga arredondada de Ellie a faz brilhar de felicidade e emoção.

— Vou levar a mamãe para casa para o cochilo da tarde — Jasper anuncia.

— Esse é o código para quando ele quer transar — Ellie acrescenta.

Natalie dá uma gargalhada.

— Engraçado, Flynn usa o mesmo código.

— Eca — Ellie reclama. — Não me diga coisas assim sobre o meu irmão. É nojento.

— *Não* há nada de nojento nisso — Natalie garante.

Cubro meus ouvidos.

— Informação demais, garotas. — Na verdade, estou com inveja do óbvio amor delas por seus parceiros e só posso imaginar como seria transar com caras como Kristian, Flynn, Jasper e Hayden. *Meu Deus...*

— Esqueça essa coisa de informação demais neste grupo — Ellie diz. — Não existe nada que seja muita informação.

— Isso é verdade — Natalie concorda.

— Na verdade — Jasper acrescenta com seu delicioso sotaque britânico —, acreditamos que quanto mais informações, melhor.

Natalie dá um tapinha na minha perna.

— Não se preocupe. Você vai se acostumar com a gente. Eventualmente.

Sorrindo para ela, eu digo:

— Eu me lembro de quando você era a boa e doce professora do primeiro ano do ensino fundamental.

Ela ri.

— Isso parece ter acontecido há um milhão de anos.

— Ela foi completamente corrompida — Ellie diz. — Ouça, se precisar de alguma coisa ou tiver algum problema com a casa, me ligue. — Ela me deu seu número há algumas semanas quando se ofereceu para me alugar a casa.

Eu me levanto para abraçá-la.

— Nunca vou poder agradecer o suficiente por isso. Sei que você está me proporcionando um ótimo negócio com o aluguel e agradeço muito.

— Não foi nada — Ellie diz sorrindo.

— Sim, eu sei que foi.

— Minha esposa é muito útil com chave de fenda, se você precisar de alguma coisa — Jasper diz.

— É bom saber. — Seu sotaque sexy me faz querer desmaiar. Como ela pode ouvir isso o dia todo e fazer qualquer outra coisa a não ser ficar com ele?

— Amor — ele fala para Ellie, passando o braço ao redor da sua cintura. —, podemos brincar de *moça com talentos manuais* quando chegarmos em casa? Você sabe, aquela em que você usa o cinto de ferramentas e nada mais?

Ellie revira os olhos para ele.

— Me desculpe por ele. — Ela cutuca Jasper para movê-lo na direção da porta. — Espero que você aproveite a casa. Eu amo onde moro agora, mas este lugar... — Ela balança a cabeça quando seus olhos se enchem de lágrimas. — Amei viver aqui e espero que vocês também gostem.

— Tenho certeza de que vamos. Obrigada novamente por tudo. — Ainda quero me beliscar pelo fato de eu e meus filhos moramos a uma curta distância de uma praia de verdade. Iremos lá todos os dias durante todo o verão. Depois de olhar para o quintal para me certificar de que as crianças ainda estão se divertindo, volto para o sofá. — Eles são adoráveis juntos.

— São mesmo. O Flynn disse que nunca a viu tão feliz.

Abano meu rosto.

— Aquele sotaque...

— *Não é?* O Flynn fica louco quando eu me animo toda perto do Jasper, mas não posso evitar!

— Estava imaginando como ela consegue fazer suas coisas ao invés de ficar com ele todos os dias.

Natalie dá uma risada.

— É uma boa pergunta.

Leah, Marlowe e Addie se aproximam para nos encontrar alguns minutos depois, trazendo uma garrafa de vinho e taças. Nos sentamos em volta da minha nova sala de estar e conversamos como velhas amigas por uma hora enquanto os caras jogam bola com as crianças no quintal. No momento em que todos saem, já passa das sete e tenho duas crianças mortas de sono, uma vez que em Nova York, onde começamos o dia, estaríamos três horas à frente.

As crianças vão dividir um quarto, e elas me garantiram que estava tudo bem. Por enquanto. À medida que crescerem, vão querer seu próprio espaço e teremos que procurar um lugar maior para morar.

Mas temos bastante tempo antes que eu precise me preocupar com isso.

Acompanho o banho, leio histórias para dormir de cada um dos livros que eles trouxeram em suas mochilas e os coloco na cama. Maddie não pode acreditar que sua cama de Nova York está agora em seu quarto em Los Angeles. Eu me preocupo que eles estejam muito empolgados para dormir, mas quando olho para eles quinze minutos depois, estão apagados.

Entro na cozinha e meu olhar é atraído para a meia garrafa de vinho tinto no balcão. Abro os armários, encontro as taças que enviei de Nova York e me sirvo, levando a bebida para o quintal para aproveitar a noite quente. Tomo um gole do vinho, fazendo uma careta com o gosto metálico, que é consequência da quimio.

Me disseram que desaparece com o tempo, mas, por enquanto, sinto esse gosto ao comer ou beber qualquer coisa. Meu médico em Nova York tem me estimulado a começar a tomar shakes de proteína, porque está preocupado com o peso que perdi. Nunca fui tão magra ou frágil, o que me deixou extremamente consciente da minha aparência pela primeira vez. E o peso não é a única coisa diferente. Meu cabelo liso está crescendo encaracolado! É a coisa mais estranha. Às vezes, quando me olho no espelho, mal me reconheço.

Estou determinada a voltar a ficar saudável neste verão, ganhar peso e perder a palidez que me deixou com olheiras enormes e maçãs do rosto excessivamente proeminentes. Droga, todos os meus ossos estão proeminentes. As crianças e eu vamos tirar o máximo proveito da praia. Podemos ir caminhando da nossa nova casa, e vou me deitar ao sol sem me preocupar com rugas. Quando você luta contra uma doença mortal, passa a não se preocupar com besteiras como rugas. No entanto, vou manter o filtro solar, porque nunca mais quero ouvir a palavra "câncer' novamente.

Tomo outro gole do vinho, mas o gosto é tão ruim que o deixo de lado e espero que meu paladar volte ao normal. Li que pode levar meses para que isso aconteça e às vezes não acontece. Isso seria realmente uma droga, porque antes de ficar doente, eu adorava comer. E amava meus coquetéis também.

Meus pensamentos vagam novamente para Kristian. Espero que onde ele estiver, esteja bem. Acho que não deveria estar surpresa pelo fato de que ele, provavelmente, mudou de ideia sobre o flerte ou o que quer que fosse comigo. Por que ele, que poderia ter qualquer mulher no universo, ia querer uma mãe solteira, meio careca, que ainda pode sucumbir a uma doença fatal?

Começo a rir e em seguida choro, as lágrimas deixando marcas quentes nas minhas bochechas enquanto tento aceitar que nada vai acontecer com ele.

Só tenho que encontrar uma maneira de viver com a decepção.

3

Kristian

Alguém está batendo na porta e tocando a campainha. Levanto a cabeça do chão do armário, onde, aparentemente, adormeci. Meu Deus, quanto tempo fiquei aqui? O apartamento está totalmente escuro agora, então já faz horas.

Mais batidas. Mais campainha.

Então alguém está gritando meu nome.

— Kris! Onde você está?

Jasper. Ele entrou. O que ele quer a esta hora? Não tem coisas melhores para fazer agora que está noivo de Ellie e esperando um bebê?

Me arrasto do chão e levo um segundo para me orientar depois que sinto a tontura. Quando foi a última vez que comi? Noite passada? Não é à toa que estou tonto.

Desço as escadas e acendo a luz, meus olhos protestando contra o brilho depois de tanta escuridão.

Jasper está parado na sala de estar.

— Onde *esteve* o dia todo? — meu melhor amigo pergunta.

— Aqui.

— Por que não atendeu ao telefone ou respondeu as duas mil mensagens de textos que enviamos? Estávamos preocupados.

— Ah, me desculpe. Estava me sentindo mal, com gripe. Dormi o dia todo e não ouvi o telefone.

— A Aileen ficou desapontada por você não ter ido.

Suas palavras são como uma facada no estômago. Pensar que ela ficou desapontada por minha causa é esmagador. Mas melhor agora que depois, quando a decepção dela seria muito mais profunda. Estou fazendo a coisa certa por ela, é o que digo a mim mesmo. É angustiante ficar longe, especialmente agora que sei que ela está tão perto.

— Sinto muito por isso e lamento não ter ido.

— Tem certeza de que está bem? — Jasper me olha com o tipo de percepção que só um amigo de longa data teria. — Sua expressão parece estranha, camarada.

— Estou bem. — Vou ficar. Em algum momento. — Provavelmente você tem coisas melhores a fazer do que vir me ver. Onde está a Ellie?

— No carro. Estamos a caminho de casa.

— Vocês estavam em Venice e moram em Malibu. O que quer dizer com estar a caminho de casa?

— Todo mundo estava preocupado, Kris.

Me sinto mal com isso.

— Peça desculpas por mim.

— Você vai à festa de aniversário da Marlowe amanhã à noite na casa do Flynn?

Ah, Deus. É amanhã? Todos estarão lá e com certeza convidarão Aileen e as crianças. *Merda.*

— Vou ver como me sinto.

Jasper me dá um olhar estranho, repleto de perguntas. Mas ele só faz uma:

— Se algo estiver realmente errado, espero que saiba que pode conversar comigo. Sabe disso, não é?

— Claro. — Isto... isto é pessoal demais para compartilhar com qualquer um, até mesmo com ele.

— Tudo bem então. Vou te deixar descansar. Me ligue se precisar de alguma coisa.

— Pode deixar. — Eu o levo até a porta. — Obrigado por sair do seu caminho para vir me ver.

— Sem problemas.

Sou grato pelo que ele fez. Faria o mesmo por ele se as circunstâncias fossem inversas. Odeio que as pessoas tenham ficado preocupadas e Aileen desapontada.

E então, fico exultante por ela ter se sentido assim. Isso significa que ela queria me ver tanto quanto eu queria vê-la.

Não! Você não está exultante! Não pode tê-la. A voz dentro da minha cabeça me faz lembrar do entendimento que eu havia alcançando antes, quando decidi ficar em casa em vez de ir até ela. Essa voz me direcionou a vida toda e nunca me enganou. Estou contando com isso agora para me conduzir no maior dilema que já enfrentei.

Deveria comer alguma coisa, mas pensar nisso me deixa nauseado. Então subo até o quarto principal e me deito na cama. Fecho os olhos e permito que minha mente vagueie na direção de Aileen. Afinal, ninguém pode se magoar se eu *pensar* nela, certo? Mas em vez do seu rosto doce e bonito, vejo o desfile de mulheres com quem tive relações superficiais, a maioria delas sexuais, ao longo dos anos.

Em nossos clubes, aqui e em Nova York, trabalhei minha hostilidade em submissas dispostas que me permitiam controlar o prazer delas. As amarrei, controlei, transei de todas as formas que um homem pode transar com uma mulher. No passado, meu lado dominador era todo focado em jogos mentais, exercendo meu poder para proporcionar o máximo de prazer.

Mas nunca senti nada por nenhuma delas. Ninguém jamais mexeu comigo como Aileen fez desde a primeira vez em que a vi. Nunca me senti impotente ao lado de uma mulher até que ela entrou na minha vida no casamento de Flynn.

Digo a mim mesmo que estava muito melhor antes de saber que ela existia. Antes daquele dia, há cinco meses, a minha vida estava sob controle e tudo estava bem. Desde então, nada foi o mesmo. Claro, já ouvi falar de amor à primeira vista. Vi isso acontecer com Flynn depois que ele conheceu Natalie e ficou louco por ela. Caramba, sou um produtor de cinema. Vi filmes e li livros com o tema.

Mas sinceramente, não acreditei que era verdade até que aconteceu comigo.

Penso na noite, há alguns meses, quando estávamos no meu apartamento, lidando com a ameaça imposta a Jasper e ao resto dos sócios da Quantum. Aileen e os filhos estavam a caminho de L.A. para visitar Natalie e Flynn durante as férias escolares das crianças quando a merda bateu no ventilador. Natalie os trouxe para cá.

Aileen entrou na minha casa e no segundo em que a vi, foi como se alguém tivesse sugado todo o oxigênio da sala, provando que o que aconteceu no casamento não foi um evento único. Não, foi o começo de algo tão fora do meu campo de entendimento que ainda estou tentando entender tudo isso meses depois.

Coisas *assim* não acontecem com pessoas como eu. Alguém tão puro e perfeito como Aileen não pertence a alguém como eu.

Então, não importa se conhecê-la foi como segurar um raio com as próprias mãos. Não importa que as horas que passei com ela tenham sido as melhores de toda a minha vida. Nem que eu queira fazer tudo o que for possível para facilitar a vida dela e dos seus dois filhos adoráveis.

Não, a única coisa que importa é ficar longe para que ela tenha a chance de conhecer um cara legal e normal que possa dar a ela o tipo de vida que ela merece.

Não há nada de normal em mim.

Não posso tê-la.

De alguma forma, tenho que aceitar esse fato e seguir em frente. Ah, e enquanto estou fazendo isso, também tenho que encontrar uma maneira de vê-la todos os dias no trabalho e nos encontros frequentes com meus amigos sem perder a cabeça.

Estou preso em um inferno sem saída de minha própria autoria. Tenho que sair daqui antes que eu perca a cabeça. Me levanto, pego a carteira e as chaves e vou para o elevador.

———

O Club Quantum está lotado. Desde que passamos a admitir

membros externos, nossa receita disparou. Se alguém ficou surpreso ao descobrir que os diretores da Quantum administram um clube de BDSM, não ouvimos falar a respeito. As pessoas no estilo de vida tendem a manter a boca fechada, especialmente aquelas do nosso meio. Os membros assinam acordos de sigilo que garantem nossa privacidade e a deles.

Sebastian diz algo para um cara no bar abarrotado. Ele se levanta, acena para mim e se afasta. Parece que Seb disse a ele para ceder seu lugar para mim.

Me sento na banqueta que ele deixou e agradeço a Seb pela Grey Goose e refrigerante que ele coloca na minha frente.

— Como você está? — Sebastian pergunta.

— Bem. E você?

— Ocupado.

— É assim que gostamos. — Quando meus sócios começaram a se apaixonar e a se afastarem do clube, sugeri que o abríssemos ao público ou o fechássemos. Não fazia sentido pagar a Sebastian e ao resto da equipe para cuidar de um clube em que a maioria de nós havia perdido o interesse. Estou feliz que tenha funcionado, porque adoro vir aqui. Com a vida que temos em Hollywood, prefiro a privacidade do clube às opções mais públicas de entretenimento noturno.

Apesar do meu trabalho de alto nível, mantenho um perfil discreto na vida pessoal e não o faria de outra maneira.

Tomo um gole da bebida e tento não me deixar abater pela ansiedade provocada pela chegada de Aileen. Vim aqui para ter uma pausa desse assunto e estou determinado a encontrar uma distração para colocar minha cabeça no lugar. Uma distração como a jovem que está a poucos metros de mim, observando a ação no tablado. Sua expressão é uma combinação intrigante de curiosidade e medo — minhas qualidades favoritas em uma submissa. Seu cabelo loiro encaracolado na altura dos ombros, grandes olhos azuis, lábios carnudos e corpo curvilíneo e sexy são muito atraentes. Se eu tivesse que descrever meu "tipo", seria ela.

Levando a bebida comigo, me levanto e vou em sua direção.

— Como está indo?

Minha presença parece assustá-la.

— Humm, tudo bem?

— Você é nova.

Ela concorda com a cabeça.

— Esta é a minha primeira vez aqui.

— Qual o seu nome?

— Evelyn, mas meus amigos me chamam de Evie.

— Prazer em conhecê-la, Evie. Sou o Kristian.

— Sei quem você é — ela fala, corando. — Todo mundo sabe.

— É isso que ganho por ter amigos famosos. — Consciente da taxa de inscrição de um milhão de dólares que cobramos dos novos membros para manter a ralé de fora, me pergunto o que ela faz.

— Você é nova na cidade?

Ela ri.

— Não. Estou aqui há dez anos correndo atrás do meu sonho. Até agora, tive muito sucesso como modelo, mas a carreira de atriz não se concretizou.

Imediatamente, me pergunto se ela se inscreveu no clube para ter acesso a nós, mas observando-a assistir a cena adiante, começo a ver que ela está aqui pelas razões certas. No extremo esquerdo, um dominador está com uma submissa presa a uma cruz de Saint Andrew. Ela está de costas e sua bunda está muito vermelha por causa do *flogger* que ele usa nela. Dois homens estão unidos a uma mulher no tablado do meio. Seu traseiro está preenchido, seus mamilos e clitóris estão presos e os dominadores a estão deixando louca.

O tablado à direita apresenta dois homens, um deles de joelhos chupando o pau do outro.

— Já fez um tour pelo clube? — pergunto a Evie.

— Sebastian disse que me levaria quando as coisas ficassem calmas no bar.

— Eu poderia fazer isso se você não quiser esperar por ele.

Ela olha para o bar onde Seb está com atento aos clientes.

— Claro, isso seria ótimo.

— Por aqui. — Eu a conduzo pelo salão, observando-a olhar o que está acontecendo nos vários tablados. — Permitimos tudo, exceto relações sexuais no andar principal. — Curioso, pergunto a ela. — Já foi sócia em outros clubes?

— Sim, mas nenhum tão bom quanto este.

— Há quanto tempo você é submissa?

— Sempre fui — ela responde. — Mas só compreendi isso há cinco anos.

— Você tem um dominador?

— Não. Acabei de sair de um relacionamento abusivo.

Sinto que há mais nessa história, mas não pergunto a esse respeito. Tenho problemas o suficiente para enfrentar os dela também.

— Gosta de assistir? — pergunto, embora eu já saiba a resposta.

Ela concorda.

Caminhamos por um corredor escuro alinhado por uma série de portas. Faço um gesto para a primeira porta, e ela a abre. Eu a sigo até a sala de observação, onde encontramos uma cena em andamento entre uma dominadora e seu submisso. Ele é um cara grande, deve ter cerca de um metro noventa, musculoso e está completamente à mercê da mulher, muito menor, que o amarra à cama de dossel. Ela circula a cama, passando a ponta do couro de um chicote pela parte interna da sua coxa.

Seu pau está muito duro e roxo contra a pele pálida da sua barriga.

Pressiono um botão na parede para que possamos ouvi-lo gemer. Seus músculos estão tensos enquanto ele tenta antecipar o que ela fará.

Com um movimento do pulso, ela bate o chicote nas bolas dele.

Ele grita.

Ela faz isso várias vezes, e ele grita.

— Não se atreva a gozar. Ouviu?

— S-sim, senhora — ele soluça.

Evie observa a cena com os dedos brancos agarrados à moldura da janela.

— Gosta do que vê? — pergunto.

Ela umedece os lábios.

— Sim, senhor.

Essa palavra, tão carregada de significado em nossa comunidade, faz com que eu me aproxime dela, deslizando um braço ao redor da sua cintura para segurá-la contra mim.

Ela se acomoda contra meu corpo e ficamos assim para assistir a cena que progride até que ela chupe o pau dele e o submisso pede permissão para gozar.

— Você gosta de ser amarrada? — pergunto a Evie.

— Sob as circunstâncias certas.

— Tais como?

— Tenho que confiar completamente no meu dominador. A confiança foi um problema para mim no passado.

Eu poderia facilmente ganhar sua confiança e mostrar a ela como deveria ser. Poderia levá-la a um quarto particular e negociar um acordo que nos deixasse bêbados de prazer. Com ela se inclinando na minha direção e expressando interesse tácito, tudo o que tenho que fazer é sugerir isso. Estou prestes a dizer as palavras quando uma imagem de Aileen aparece na minha cabeça. Solto o braço da cintura de Evie.

Ela me olha com as sobrancelhas franzidas em sinal de confusão.

Sebastian entra no quarto.

— Ah, aí está você — ele diz a Evie. — Estava me perguntando para onde você tinha fugido.

Ela cora ao vê-lo. Ele é um cara grande, robusto e musculoso, com cabelos e olhos escuros, tatuagens nos braços, orelhas furadas, cicatrizes que ele não fala onde conseguiu e um pau de vinte e cinco centímetros que faz com que ele seja muito requisitado pelos membros femininos do clube. Ele poderia ter qualquer mulher que desejasse, mas é exigente. Sei que ele passa meses sem uma mulher. Ele me disse uma vez que preferia esperar por alguém que realmente mexa com ele do que se contentar com qualquer uma. Admiro sua resistência. Tenho sido muito menos exigente nas minhas relações com as mulheres.

— Kristian teve a gentileza de se oferecer para me mostrar o clube, já que você estava ocupado no bar.

— Continuo daqui — Sebastian diz para mim.

Percebo a maneira faminta e repleta de desejo com que ele olha para Evie e dou um passo para trás.

— Foi bom te conhecer, Evie.

— Igualmente.

Saio do quarto me sentindo abalado mais uma vez pela percepção de que Aileen tomou meu corpo e minha alma tão completamente que o pensamento de tocar outra mulher de forma íntima me faz sentir mal. Não consegui ficar com mais ninguém desde o dia em que a conheci. Nunca passei tanto tempo sem sexo. Recusar uma submissa disposta é totalmente fora do normal e mais uma prova de que perdi o que restou da minha sanidade mental.

Volto para o bar, peço outra bebida ao bartender que está cobrindo Sebastian e tomo metade do líquido em um grande gole. Cerca de dois segundos depois, me lembro que não comi nada e é por isso que estou meio bêbado depois de um drinque e meio.

— Pode me trazer uma salada com frango grelhado? —pergunto ao garçom.

— Claro. Vou fazer o pedido.

Com o canto do olho, noto que Marlowe está vindo na minha direção.

Ela se senta no banquinho ao meu lado e pede um copo de chardonnay.

— Aí está você. Nos deixou preocupados mais cedo.

— Sinto muito por isso.

— O que houve?

— Nada. — *Tudo*.

— Não me venha com essa merda, Kristian. Posso dizer só de te olhar que algo está errado. E onde você estava hoje?

— Eu estava... eu...

Sua mão pousa no meu braço.

— Fale comigo, Kris — ela pede com gentileza. — Me conte o que está acontecendo.

Tomo outro gole da bebida, buscando coragem para dizer em voz alta.

— Aileen.

— O que tem ela?

Olho para minha amiga e sócia, alguém que sempre esteve ao meu lado quando precisei de apoio, encorajamento e amizade. Ainda que eu a ame e sei que ela me ama, não posso dizer as palavras.

Então, naturalmente, ela as diz por mim.

— Ah, droga. Você está apaixonado por ela.

— *O quê?* Não, não estou apaixonado por ela. — *Sério?* Minha própria consciência está dizendo que estou mentindo. Quero mandá-la calar a boca e ficar fora disso.

— Você saberia identificar o amor se o sentisse?

Marlowe é uma das poucas pessoas que sabe um pouco sobre como eu cresci. Ninguém sabe a história completa e, se depender de mim, ninguém nunca vai saber. O que isso importa para quem sou agora? Sua pergunta sobre o amor atinge o centro de todas as minhas inseguranças no que se refere a Aileen. Ela atingiu o alvo. Eu saberia como é o verdadeiro amor?

— Isso — falo, gesticulando para o clube e tudo o que ele implica — é a minha vida, a minha casa. Consegue vê-la aqui?

— Não, mas também nunca esperei ver a Natalie, a Addie ou a Ellie aqui também. — As parceiras dos nossos sócios assumiram nosso estilo de vida depois de serem apresentadas a ele pelos homens que amam.

— Isso não significa que Aileen será como elas. Ela é mãe e sobrevivente de um câncer. Como alguém domina sexualmente uma mulher como ela? — Tomo outro gole da bebida, porque pensar em dominá-la sexualmente é tudo o que preciso para ficar duro como concreto. *Puta merda.*

— Você está se adiantando demais. Você nem falou com ela sobre qualquer coisa que realmente importa. Talvez ela te surpreenda da mesma forma que a Natalie, a Addie e a Ellie surpreenderam o Flynn, o Hayden e o Jasper. Talvez tudo fique bem.

— É diferente com ela.

— Eu entendo.

Levanto uma sobrancelha para ela. Marlowe é conhecida por evitar qualquer coisa que cheire a romance ou compromisso.

— Você entende?

— Já estive apaixonada antes. Sei como é e como pode ser difícil conciliar a emoção com o estilo de vida.

— *Não* estou apaixonado por ela. — Sou um baita mentiroso.

— Você disse, mas algo te deixou balançado no que se refere a ela. É por isso que você se afastou hoje?

Dou de ombros. Não quero falar sobre porque não fui. Tudo em relação a Aileen faz com que eu me sinta primitivo e desprotegido, do mesmo jeito que me senti depois que testemunhei o assassinato da minha mãe. Odeio esse sentimento e um lado meu está zangado com Aileen por ela ressuscitar emoções que eu preferiria não sentir novamente.

Faço um sinal para o barman me trazer outra bebida. Temos um limite de dois drinques para os membros, mas não sou membro. Sou um dos donos e vou beber uma terceira dose se eu quiser.

O garçom entrega minha bebida e tomo metade em um gole. Ao olhar para o outro lado do bar, faço contato visual com uma ruiva que levanta o copo para mim. Em circunstâncias normais, isso seria a única coisa necessária para começar a jogar. Poderia estar envolvido em uma cena com ela em trinta minutos se eu desejasse, mas não a desejo. Desejo outra pessoa e a necessidade que tenho por ela está me deixando louco.

— Estou preocupada com você, Kris — Marlowe diz suavemente. — Não gosto de te ver desse jeito.

— Não gosto de me sentir assim. Por que você acha que fiquei em casa hoje?

— Evitar não vai resolver — ela fala baixinho.

— Não vai? — Sou o rei da evasão quando ela se adapta aos meus propósitos.

Ela balança a cabeça.

— Se ela estiver no seu coração, vai levá-la com você aonde quer que vá, não importa o quanto você fuja.

A verdade na declaração de Marlowe me atinge como uma pedrada na cabeça. Estou totalmente fodido e não é engraçado.

4

Aileen

As crianças acordam às quatro e meia da manhã, o equivalente a sete e meia em Nova York. Quanto tempo vai levar para se adaptarem ao horário da Costa Oeste? Será que vou sobreviver a acordar tão cedo? Essas são as perguntas que surgem na minha cabeça enquanto me arrasto para fora da cama para fazer café.

— A que horas podemos ir à praia? — Maddie pergunta.

— Temos que esperar até o sol nascer, idiota — Logan responde.

Eles estão sentados à mesa da cozinha, comendo cereal e tomando suco de maçã como fazem todos os dias, mas hoje nada é rotineiro. É o primeiro dia da nossa nova vida e, embora tenha começado cedo demais, continuo animada.

— Logan, não chame a sua irmã assim. Ela fez uma pergunta perfeitamente razoável.

— Desculpe — Logan resmunga.

— Então, a que horas podemos ir? — Maddie pergunta, seus olhos dourados arregalados de admiração, curiosidade e animação. Amo vê-la tão feliz. Meus filhos tiveram que crescer muito rápido, atormentados com preocupações sobre mim e o que seria deles se algo me acontecesse. O que me faz lembrar que preciso conversar com Natalie e perguntar se ela e Flynn aceitariam ficar com eles se o pior acontecesse.

Pensar nessa conversa me tira o fôlego. Não preciso pensar sobre isso hoje, mas preciso fazer algo a esse respeito em breve. Meus amigos amam meus filhos e fariam qualquer coisa por eles, mas é algo muito sério para se pedir a alguém.

— Que tal às nove? — pergunto.

— Quantas horas faltam?

— Quatro — Logan responde.

— Isso é *muito* tempo — Maddie fala chorosa.

— Vocês acordaram muito cedo, então temos que matar tempo até que o resto do mundo também acorde.

— O que isso significa? *Matar tempo?*

— Significa que temos que encontrar outras coisas para fazer até a hora de ir à praia — Logan explica.

— Exatamente. — Sorrio para o meu filho, que é inteligente até demais. A primeira conversa que tive com Natalie foi sobre como ele é brilhante. Ela viu isso desde o começo e cuidou dele durante os meses em que foi sua professora. — Podemos arrumar algumas coisas antes de nos prepararmos para a praia.

Isso é recebido com gemidos e protestos.

— Nada de praia até que todos tenhamos arrumado pelo menos uma caixa. E fomos convidados para nadar na casa da Natalie e para a festa de aniversário da Marlowe, mas não vamos a menos que todos nós tenhamos trinta minutos de descanso depois da praia. — *Especialmente eu.*

— Não quero desarrumar caixas — Maddie reclama.

— É só uma — Logan responde. — Não aja como um bebê. Quanto mais cedo fizermos isso, mais cedo poderemos ir à praia.

— Você vai me ajudar com a minha? — ela pergunta.

— Só se você ajudar com a minha.

— Vamos lá. Este será o melhor dia de todos. Vamos à praia *e* à piscina!

Eles fogem, deixando suas tigelas na mesa. Normalmente, eu os chamaria de volta para recolher seus pratos, mas não quero atrapalhar o progresso. Ainda sorrindo com a animação deles, limpo as tigelas, as coloco na lava-louças e depois tomo meu café do lado de fora, onde as primeiras linhas de cor cruzam o céu. Tudo está coberto por uma fina camada de orvalho e quando respiro fundo, juro que posso sentir o cheiro do mar.

Esse cheiro me leva de volta aos verões da minha infância na costa de Nova Jersey, uma época em que tudo parecia possível e a vida ainda não havia me decepcionado. Conheci o pai das crianças lá, no verão depois que me formei na faculdade. Não penso nele há muito tempo, mas o cheiro do mar ressuscita memórias poderosas.

— Mãe, a Maddie não está ajudando. — A voz de Logan interrompe meus pensamentos, o que também é bom. Tenho muitas coisas boas acontecendo na minha vida para me incomodar em revisitar tempos difíceis. Entro para supervisionar a abertura das caixas, o que nos mantém ocupados por algumas horas. Temos muito mais espaço aqui do que em nosso apartamento em Nova York, mas ainda é um desafio encontrar um lugar para tudo. Chego ao meu limite no mesmo momento que eles.

— Quem está pronto para dar uma olhada na praia?

— *Eu!* — eles dizem ao mesmo tempo.

Enquanto eles vestem os trajes de banho, preparo um lanche para nós, fazendo sanduíches com pães e peru que encontro na geladeira. Nat pensou em tudo, até em caixas de suco e biscoitos para as crianças. Tiro as toalhas de dentro de uma caixa, pego brinquedos em outra e retiro o protetor solar da minha mala.

— Me deem um minuto para me trocar e podemos ir.

É uma caminhada de cinco minutos da nossa casa até a praia. Estamos ainda mais próximos do que eu pensava, um fato que me encanta tanto quanto às crianças.

— *É tão perto!* — Logan diz com um gritinho quando corre à minha frente na areia, sua irmã mais nova indo atrás.

Acelero para não perdê-los de vista, pedindo para que eles esperem por mim.

Eles param, me deixem alcançá-los e caminham comigo até a beira da água.

— Protetor solar primeiro.

— Ah, mãe, vamos lá — Logan protesta. — Quero nadar.

— Protetor solar primeiro.

Nadamos, construímos um castelo de areia, almoçamos e depois nadamos novamente. No caminho para casa, paramos no parquinho, onde eles correm com outras crianças por meia hora antes de eu sinalizar que está hora de ir. Em casa, usamos o chuveiro ao ar livre para tirar a areia. Os dois estão bocejando quando voltamos para dentro e não preciso de muito convencimento para fazer com que se deitem por um curto período de tempo.

Eles pararam de tirar cochilos há anos, mas a diferença de fuso deixou o relógio interno dos dois fora de sintonia. Não posso levar duas crianças exaustas para a casa de Nat ou estarão apagados na hora do jantar, então espero que eles durmam por um tempo. Disfarço um bocejo enquanto desarrumo a bolsa de praia e penduro as toalhas para secar. Estar aqui parece como estar de férias, só que esta é a nossa casa agora. Podemos *caminhar* até a praia!

Entro no meu quarto para tomar um banho — já mencionei o quanto amo ter meu próprio banheiro? É a terceira melhor coisa desta casa, depois da proximidade da praia e do quintal. Dividir um banheiro com dois filhos pequenos não é divertido e é uma delícia entrar no chuveiro sem primeiro ter que tirar os brinquedos da banheira. Lavo a areia e o protetor solar do meu corpo e cabelo. Se há algo bom no fato do meu cabelo estar curto e natural, é que não tenho que perder muito tempo cuidando dele. Qualquer coisa que eu faça com o cabelo não faz diferença, então eu o deixo ficar como ele quiser.

Enrolada em um roupão leve, me estico na cama e fecho os olhos com a intenção de tirar uma soneca de vinte minutos.

Quando abro os olhos, já passa das quatro e meu celular está tocando com uma ligação de Natalie. Não posso acreditar que as crianças dormiram por duas horas! Isso não acontecia durante o dia há anos.

— Oi — digo para Nat. — Sinto muito. Acordamos às quatro e

meia da manhã e apagamos às duas da tarde. Se o convite continuar de pé, estaremos aí em breve.

— Claro que está. Estamos aqui e todo mundo virá para o jantar por volta das seis. Venha quando quiser.

— Acho que vou deixar as crianças dormirem por mais algum tempo para que elas não durmam tão cedo.

— Não posso acreditar que eles acordaram às quatro e meia!

— São sete e meia em Nova York, o que é tarde para eles. O que posso levar?

— Absolutamente nada. Estou com tudo pronto, e Marlowe insistiu que não queria presentes.

— Tudo bem então. Te vejo em breve.

— Você tem o nosso endereço, certo?

— Tenho.

— É só colocar no GPS e me ligar se tiver algum problema para encontrá-lo.

— Tenho certeza de que vou ficar bem.

— Lembre-se, quanto mais tarde ficar, pior será o tráfego.

— Não dirijo há muito tempo, já me esqueci de como é ficar presa no trânsito.

— Você está prestes a fazer uma reciclagem desagradável. Se há uma coisa que temos em L.A., é tráfego. Te vejo em breve!

Coloco um vestido bonito e aplico maquiagem suficiente para complementar o brilho saudável do sol sem parecer exagerada, o que é uma linha tênue para se alcançar. Consigo cobrir as olheiras sem parecer que estou excessivamente maquiada. Meu coração bate rápido e firme ao pensar em ver Kristian.

— Por favor, faça com que ele esteja lá — sussurro para o meu reflexo no espelho, como se ele pudesse, de alguma forma, fazer isso acontecer. — *Por favor*. Só quero vê-lo. Isso será o suficiente por agora.

Passo uma loção perfumada que deixa minha pele macia e brilhante e finalizo o visual com brilho labial, o que me faz sentir jovem, descansada e saudável. Não estou nada disso, mas ninguém perceberá ao me olhar. Satisfeita com a minha aparência, acordo as crianças e arrumo outra bolsa com roupas de banho e toalhas. Ainda bem que comprei várias antes de sairmos de Nova York.

Preparados com lanches, caixas de suco e de bom humor após o descanso, as crianças lideram o caminho para o carro.

— Mãe — Logan fala. — Olha, já tem uma cadeirinha para a Maddie no carro.

Percebo que eu não tinha pensado nisso, já que há muito tempo não precisamos de cadeirinha morando na cidade.

— Acho que é coisa da Natalie — ele diz. — Ela é super legal.

Eu tinha planejado que as crianças chamassem todo mundo de senhorita e senhor, mas isso foi rapidamente vetado pelos nossos novos amigos, que insistiram que as crianças os chamassem pelo primeiro nome. Ah, bem, eu tentei e, como mãe solteira, aprendi a escolher minhas batalhas. Esta é uma que não posso ganhar com todo mundo trabalhando contra mim.

O carro é incrível! Elegante, lindo e não posso acreditar que é meu. No entanto, o GPS é complicado e levo um minuto para digitar o endereço de Nat no telefone. Saio da garagem e dirijo como uma velhinha até sentir o carro.

— Aqui é tão divertido, mamãe — Maddie fala. — Podemos ir à praia a qualquer hora, ao parquinho e à casa da Natalie.

— Sim, querida, podemos mesmo. Vai ser muito divertido. Mas temos que trabalhar muito também.

— Não, no verão não precisa.

— Você ainda tem que fazer a redação de verão e o Logan tem que ler.

— É para isso que serve julho — Logan declara.

Falamos sobre o que vemos no caminho até a casa de Natalie e Flynn em Hollywood Hills — carros chiques, palmeiras, prédios construídos em *art déco* e placas. Eles estão interessados em tudo a respeito da nossa nova casa e o interesse deles é o combustível para o meu. Passamos por um estúdio de dança, não muito longe, e faço uma nota mental para o outono. Maddie fazia aulas de dança em Nova York e quero que ela continue aqui. Quero tentar colocar os dois em algumas atividades neste verão para que encontrem novos amigos antes do início das aulas. Preciso encontrar um novo pediatra e dentista para eles, matriculá-los na escola e finalizar os planos para os acampamentos de verão.

Minha lista de coisas a fazer é longa, mas, como Logan disse, não preciso me preocupar com nada disso hoje.

Dou algumas voltas erradas em Hills e descubro que quando o GPS diz "vire", significa que devo fazer isso *imediatamente*. Paro no portão do lado de fora da casa de Natalie e Flynn por volta das cinco e meia e aperto o botão no painel de segurança.

— Olá? — Natalie diz.

— É a Aileen.

— Entre! — Ela aperta o botão e os portões se abrem. Sigo em frente e estaciono ao lado do grupo usual de carros dignos de babar. O meu parece muito bom ao lado desses, penso comigo mesma. Antes que as crianças possam sair do carro, eu as paro.

— Por favor, lembrem-se dos bons modos e sigam as regras da piscina.

— Nós sabemos — Logan diz, impaciente. — Sem gritar, sem correr e sem nadar, a menos que um adulto esteja conosco. Podemos ir agora?

— Vão em frente — eu digo, me divertindo com ele. Não é por acaso que me refiro a ele como meu homenzinho. Ele é o homem da nossa família desde antes do nascimento de Maddie. Ele mal se lembra do pai, e digo a mim mesma que é uma coisa boa. Mas não vai demorar muito até que eu tenha que responder perguntas difíceis que sei que ele tem, mas ainda não as fez.

Estou pegando a bolsa de praia do porta-malas quando outro carro estaciona na garagem. Me virando para ver quem é, vejo Kristian, que está dirigindo um esportivo prateado que ruge quando acelera e para atrás do meu.

Enquanto espero que ele saia do carro, não consigo me mexer ou respirar. Sinto arrepios da cabeça aos pés, meu corpo reduzido a uma grande terminação nervosa em alerta total.

Ele sai do carro baixo e quando se levanta, me lembro do quanto ele é mais alto que eu. Deve ter entre um e oitenta e cinco e um e noventa. Seu cabelo está mais comprido desde a última vez que o vi e quando ele ergue os óculos estilo aviador no alto da cabeça, posso ver que seus olhos são tão azuis quanto me lembro. Sua mandíbula está coberta pela barba por fazer, e ele está usando camiseta e calção de banho. Imediatamente, noto que ele parece incomodado.

Por um longo e carregado momento, ficamos lá e olhamos um para o outro. Ele não diz nada e nem eu. Mas muito é dito sem palavras. Ainda está lá. A atração louca que tem muita da minha atenção desde que o conheci em janeiro ainda está viva, acesa e formando um arco entre nós como um fio desencapado totalmente carregado.

As crianças. Eu deveria ir até elas, mas Natalie está lá e cuidará deles por um minuto.

Finalmente, depois do que parece uma hora, quando certamente foi apenas um minuto ou dois, limpo a garganta e me forço a olhar diretamente para ele, o que não é tão diferente de olhar diretamente para o sol.

— É bom te ver.

— Digo o mesmo. Já estão instalados?

— Não totalmente, mas estamos chegando lá.

O que antes era tão fácil e sem esforço entre nós, agora é desajeitado e afetado. Sinto que perdi algo que nunca tive.

— Posso levar isso para você? — Ele gesticula para a bolsa de praia que está aos meus pés.

— Ah, claro. Obrigada.

Quando ele alcança a bolsa ao mesmo tempo que eu, minha mão roça a sua, enviando uma carga de eletricidade através do meu corpo. Isso basta para deixar meus mamilos intumescidos e meu sexo tensionar com necessidade. *Caramba.*

Sua ingestão aguda de ar me diz que o breve contato teve um efeito similar sobre ele.

Sei que não deveria, mas tenho que perguntar.

— Está tudo bem, Kristian?

Ele olha para mim por mais um longo momento, sua expressão ilegível.

— Está, sim. Vamos lá, vamos entrar. — Pegando a bolsa, ele espera que eu feche o porta-malas do carro e gesticula para eu ir à sua frente para a casa de Flynn e Natalie. Ele disse que está tudo bem, mas não está. Não está nada bem.

Eu só queria saber o porquê.

Kristian

Vê-la novamente é como um soco no estômago com um taco de beisebol. Ela está muito bem. O cabelo loiro está mais comprido desde a última vez que a vi, e ela ganhou um bronzeado leve que lhe dá um brilho doce e saudável. Ela me olha com grandes olhos castanhos cheios de admiração. O que ela tem que me faz querer abraçá-la e protegê-la sempre? Nunca tive esse tipo de reação a ninguém e não tenho ideia de como lidar com isso.

Me obriguei a ir à festa de Mo, mesmo sabendo que Aileen e as crianças estariam aqui. Não poderia decepcionar uma das minhas melhores amigas. E depois de passar o dia todo respondendo perguntas sobre onde eu estava ontem, posso aparecer ou fazer todo mundo especular sobre o que está errado comigo.

Não quero que eles especulem, então, aqui estou eu.

Enquanto sigo Aileen para dentro da casa, é preciso um esforço enorme para não segurar a mão dela e girá-la para que eu possa beijá-la intensamente, do jeito que desejei desde a primeira vez que a vi. Quero beijá-la, abraçá-la e protegê-la — e a seus filhos. As únicas pessoas por quem já me senti protetor são meus sócios, então me sentir assim com uma mulher que mal conheço abalou meu mundo.

Resisto à vontade de segurar, girar e beijar. Estou cambaleando. Não sei o que fazer, dizer ou como agir e sempre tenho total domínio das minhas ações. Não sou assim. Nunca fico fora de controle ou incerto e odeio me sentir dessa forma. Mas não consigo parar e não tenho certeza se quero.

Quando entramos na cozinha, Natalie abraça Aileen.

— Você encontrou!

— Fiz algumas curvas erradas, mas consegui.

Até a porra da sua voz me excita — rouca, sexy e cheia de diversão contagiante que me faz querer me aproximar para não perder uma palavra do que ela diz.

— Agora que já sabe chegar aqui, pode vir sempre.

A esposa de Flynn é uma boneca. Admito ter me preocupado com a rapidez com que se uniram, bem como sua insistência em se casar com ela sem fazer um acordo pré-nupcial, poucas semanas depois de se conhecerem. Mas não se pode estar perto deles por muito tempo e não ver que eles se amam de verdade. Estou muito feliz pelo meu amigo, que merece tudo de bom que este mundo tem a oferecer. Ele faria qualquer coisa por mim e o sentimento é inteiramente mútuo.

Flynn e o pai são o motivo da minha carreira extraordinária. Max me deu a primeira e grande oportunidade há anos e me colocou no caminho em direção a uma vida que nunca teria acontecido sem sua orientação e influência. Max Godfrey é o mais próximo de um pai que já tive e, literalmente, não há nada que eu não faria por ele — ou por seu filho.

Essa é uma das muitas razões pelas quais preciso controlar essa insanidade com Aileen. Ela é a amiga íntima da esposa de Flynn, o que a coloca firmemente sob a proteção da família Godfrey. Para mim, isso significa manter as mãos longe. Mantenho as mãos distantes, mas meus olhos... são atraídos para cada movimento seu. Observo enquanto ela sai para o deck da piscina para ver os filhos, que estão brincando com os sobrinhos de Flynn, sob a supervisão dele, seu cunhado, Hugh, e nosso sócio, Hayden Roth.

Os dois são muito fofos. Logan tem cabelos escuros e um comportamento sério que aperta meu coração. O pobre garoto passou por muita coisa e é muito bom vê-lo rindo e se divertindo. Sua irmã tem a mesma cor de cabelo, mas o dela é encaracolado. Ela tem olhos castanho-dourados, as covinhas mais fofas e um jeito travesso que acho completamente irresistível. Maddie não parece ter sido tão afetada pelo trauma da doença da mãe, provavelmente, porque é muito nova para entender as possíveis implicações. Mas Logan... ele sabe. Ele cuida da mãe e da irmã como o homem da família que é, com muito mais consciência do que qualquer criança em sua idade deveria ter.

Flynn pega Logan de surpresa quando o levanta e o joga no ar.

Por um segundo, meu coração para ao me perguntar se Logan nada bem o suficiente para ser jogado no fundo da piscina. Em seguida, ele aparece, rindo muito enquanto volta para a parte rasa, querendo que Flynn faça de novo.

Solto o ar, me lembrando de que a segurança dos filhos de Aileen não é minha responsabilidade.

Queria que fosse.

Volto a me questionar o que há de errado comigo. Seja o que for, preciso de uma bebida agora. Me dirijo ao bar junto à piscina e me sirvo de vodca e refrigerante — ênfase na vodca — com um toque de limão. Prefiro uísque, mas só bebo quando posso me embebedar e não ter que trabalhar no dia seguinte.

Mo se aproxima para me cumprimentar e beija minha bochecha.

— Está se sentindo melhor?

— Sim, estou bem. Feliz Aniversário.

— Obrigada. — Ela me dá um olhar que me faz sentir como se ela pudesse ver dentro de mim. — Tem certeza de que está bem? Você ainda parece um pouco estranho.

Essa é a nossa Marlowe. Ela diz o que pensa e não a aceitaríamos se fosse de outra forma.

— Estou bem.

— Estou aqui se precisar de mim.

Beijo sua bochecha.

— Eu sei e isso significa muito. — Pegando a bebida, vou para um território mais seguro, me juntando a Jasper, Ellie, Addie, Leah, Emmett e Sebastian em uma das mesas ao lado da piscina.

— Aí está ele — Ellie fala. — Está se sentindo melhor?

— Estou bem. Sinto muito tê-los preocupado. — Digo o que eles querem ouvir, mas Jasper me observa da mesma forma que Marlowe e tenho certeza de que ele vê que não estou nada bem. Mas ao contrário de Mo, ele não vai me pressionar. Não agora.

Passei a maior parte da vida desejando uma família. Agora tenho uma, pela primeira vez, gostaria que eles se importassem um pouco menos. Quero desesperadamente manter meus sentimentos incomuns por Aileen para mim mesmo. A ideia de compartilhá-los, mesmo com as pessoas mais próximas, me deixa em pânico.

Felizmente, a festa começa animada, com filés, bebidas, bolo e risos, e ninguém dá muita atenção ao fato de eu estar mais quieto do que o habitual, menos envolvido e totalmente distraído por Aileen.

Ela me pega olhando-a algumas vezes, o que é embaraçoso. Mas parece que não posso evitar. Se ela está por perto, quero olhar para ela.

Estamos sentados ao redor da churrasqueira depois do jantar, aproveitando a noite quente e a companhia das nossas pessoas favoritas. Antes da família Quantum, nunca amei ninguém. Mas eu os amo muito. Adoro noites assim, quando estamos todos juntos: Addie no colo de Hayden, Natalie no de Flynn, Ellie abraçada a Jasper e o resto de nós alegremente desimpedidos. Enrolado em uma toalha, Logan está no colo da mãe, seus olhos estão pesados enquanto ele se aconchega a ela. Fico com inveja de uma criança de nove anos, porque ele está com os braços dela ao seu redor.

Sou um idiota.

Mas então eu a vejo olhando para mim, nossos olhos se encontrando, a atração se formando com tanta força que não posso ignorar, mesmo que eu saiba que deveria.

Maddie sai da casa arrastando uma toalha atrás de si. Ela corre em direção a mãe e eu assisto, com horror, a toalha se enroscar em seus pés, jogando-a para o deck da piscina.

Estou fora da cadeira e correndo até ela antes de perceber o que estou fazendo, mas não consigo chegar a tempo de impedir o desastre.

O tempo para por um segundo enquanto ela cai, a testa recebendo o peso da queda, já que suas mãos estão enroladas na toalha. Ela solta um grito agudo que chama a atenção de todos.

Chego primeiro até ela e me encolho, horrorizado ao ver o sangue escorrendo pelo seu rosto fofo e uma ferida aberta em sua testa. Agarrando a toalha, eu a pressiono em sua cabeça enquanto a abraço, tentando mantê-la imóvel para poder aplicar pressão na ferida.

Aileen está bem ali, consolando a filha machucada, mas posso ver o pânico selvagem em seus olhos ao ver tanto sangue.

Maddie está inconsolável.

— Vamos levá-la para dentro — Flynn fala, assumindo o controle.

Eu a pego em meus braços e a levo para dentro, meu olhar encontrando o de Aileen.

— Ela está bem. Parece pior do que é. — Enquanto digo essas palavras, espero que eu esteja certo. Carrego a criança soluçando e gritando para dentro da cozinha, onde a luz é melhor e podemos ver que ela tem um corte profundo bem na linha do cabelo. — Precisamos levá-la ao pronto-socorro.

— Eu concordo — Flynn diz.

Aileen luta uma batalha perdida com suas emoções, e as lágrimas caem enquanto ela limpa o sangue do rosto da sua bebê.

Todos os meus instintos protetores entram em ação.

— Vou levá-las.

Natalie pega toalhas e uma bolsa de gelo que entrega a Aileen.

— Vá. Ficaremos com o Logan esta noite. Está tudo bem.

Aileen acena com a cabeça, mas quando pega os itens das mãos de Natalie, posso ver que suas mãos estão tremendo violentamente. Ela se vira para o filho.

— Você vai ficar bem com o Flynn e a Nat?

Ele concorda, o rosto sério e os olhos arregalados pelo choque.

— Me avise como ela está.

— Pode deixar. — Aileen beija o filho e vai na minha frente para abrir as portas enquanto eu carrego Maddie para o carro.

5

Kristian

Concordamos que seria melhor ela ficar nos braços da mãe durante a curta viagem ao pronto-socorro do que presa na cadeirinha. Eu as acomodo no meu carro, porque está atrás do dela e manobrá-los levariam um tempo que não quero desperdiçar. Alcançando debaixo do painel, desligo o airbag.

Quando dou partida e saio da garagem, percebo que minhas mãos estão tremendo também. Tento lembrar qual hospital é o mais próximo de onde estamos e decido ir direto para o *Cedars-Sinai*, porque sei como chegar lá. Dirijo rápido, mais rápido do que deveria com uma carga tão preciosa a bordo.

Maddie continua a choramingar e soluçar.

Aileen fala baixinho com ela, oferecendo palavras de conforto, mas posso ouvir o pânico que ela está se esforçando para manter escondido da filha.

Nossos olhares se encontram pelo retrovisor. Mesmo no meio de uma crise, sinto a conexão com ela. Sou forçado a afastar os olhos para me concentrar na estrada, ainda que eu prefira o contrário.

O hospital fica perto, e estou dirigindo rápido, então chegamos lá em cerca de dez minutos. Estaciono na entrada de emergência e corro para dentro pedindo ajuda. Uma enfermeira me acompanha até o carro.

— Deixe-me levá-la, pequena — digo para Aileen, que me entrega a filha machucada. A frente do seu vestido está coberta de sangue e seu rosto está pálido, como na primeira vez que a vi. Estou tão preocupado com ela quanto com Maddie. — Vamos — digo quando percebo que ela está paralisada. — A Maddie precisa de você.

Isso parece estimulá-la a se mover e corremos para dentro, seguindo a direção da enfermeira, que nos leva direto para uma sala de exames. Estou agradecido por não termos que esperar horas. Eu as deixo apenas para estacionar o carro em uma vaga e retorno em menos de um minuto. Estou correndo e cheio de adrenalina.

— O que aconteceu? — a enfermeira pergunta enquanto acomoda Maddie em uma cama que a faz parecer muito pequena.

— Ela tropeçou em uma toalha e caiu no deck da piscina — respondo. — Caiu de frente.

— Ahhh, pobre bebê. — A enfermeira dá a Aileen lenços umedecidos medicinais para que ela possa limpar o sangue do rosto de Maddie. — Precisamos fazer a admissão dela. Pode vir comigo por um minuto? — ela pergunta a Aileen.

Ela me olha.

— Pode ir. Estarei bem aqui.

Ela não quer ir, mas beija a bochecha de Maddie.

— Volto já. O sr. Kristian estará aqui com você.

— Não vá, mamãe — Maddie, murmura em soluços que estremecem seu corpinho.

— Existe alguma maneira de fazer a admissão dela aqui? — pergunto à enfermeira.

— Verei o que posso fazer.

Ela sai do quarto, e Aileen me dá um sorriso agradecido.

— Obrigada.

— Estou à disposição. De vocês duas. — *Para sempre*, quero acrescentar, mas não parece ser a hora certa para isso. Seguro uma risada que seria totalmente inapropriada sob as circunstâncias. Estou ficando completamente maluco.

Outra enfermeira entra no cubículo, empurrando um carrinho com um computador. Ela faz os procedimentos para a admissão de Maddie no pronto-socorro.

— Plano de saúde? — ela pergunta.

— Estamos em transição no momento — Aileen fala, com o rosto corado de vergonha, o que me enfurece.

— Vou pagar o que for preciso — eu digo.

— Isso não é necessário — Aileen fala. — Posso pagar. — Ela entrega um cartão de crédito.

Decido que discutiremos sobre isso depois que a enfermeira sair da sala. Ela pega o restante das informações e nos informa que o médico virá em breve.

— Vou incluí-la no plano da Quantum na segunda-feira — digo quando estamos sozinhos.

— Só começo daqui uma semana.

— Não me importo. — As palavras saem mais duras do que o pretendido. Suavizo meu tom quando digo: — Você não deveria ficar sem plano de saúde.

— Geralmente não fico, mas com a mudança e tudo mais... eu tinha um plano em Nova York que não nos cobre aqui.

Agora, temo que ela pense que a estou criticando, mas antes que eu possa me corrigir, o médico chega para ver Maddie. Ele informa que ela precisa de pontos e recomenda que sejam feitos por uma cirurgiã plástica.

— Já a avisei, e ela estará aqui dentro de uma hora. — Ele também pede uma tomografia computadorizada para verificar se há concussão e para ter certeza de que ela não tem sangramento interno.

Enquanto novas lágrimas escorrem dos cantos de seus olhos, Aileen agradece ao médico e continua agarrando a mão da sua menininha.

— Vou ligar para o Flynn e avisar que ela está bem — digo quando estamos sozinhos novamente.

— Isso seria bom. Obrigada por tudo.

Estou de pé ao seu lado, então é fácil colocar meu braço ao seu redor e beijar sua testa.

— Não fiz nada.

Seu olhar é repleto de sentimentos.

— Você está aqui e isso significa tudo.

Puta que pariu. Quando ela me olha assim e diz palavras tão doces, toda a minha determinação em manter distância desaparece. Eu a quero. Queimo por ela. Preciso dela e anseio por isso. E então ela inclina a cabeça no meu peito e estou perdido.

Eu deveria estar ligando para os outros, que devem estar preocupados enquanto esperam notícias. Mas enquanto ela quiser se apoiar em mim, não vou sair de perto.

Aileen

Eu não deveria estar fazendo isso. Não deveria deixá-lo me consolar dessa maneira, mas não consigo fazer com que meu corpo coopere com a mensagem que meu cérebro está enviando. É tão bom estar perto dele, deixar seu calor aquecer o frio que invadiu meu corpo no minuto em que vi o sangue no rosto da minha bebê.

Sua mão desliza para cima e para baixo no meu braço. Ele está me consolando, mas seu toque é como um choque elétrico me despertando para sua proximidade.

Nunca me esquecerei da forma como ele reagiu quando Maddie caiu. Ele a viu cair antes que eu me levantasse e correu em sua direção antes mesmo de ela cair. Isso o torna muito mais atraente para mim. Eu me pergunto como é possível me sentir ainda *mais* atraída por ele do que antes.

Maddie está chupando o dedo e nos observando, o rosto pálido e os olhos arregalados.

Respiro fundo pela primeira vez desde que ela caiu, e isso me faz sentir tonta.

Kristian me aperta em seu abraço e me vejo chorando em seu peito.

— Está tudo bem. Ela vai ficar bem e você também.

Ele diz exatamente o que preciso ouvir e me faz sentir menos sozinha com meus medos do que eu estaria sem ele aqui comigo. Este é o mais perto que já estivemos e não posso deixar de notar como meu corpo parece se encaixar tão perfeitamente no dele. Sinto o perfume afetuoso e sexy que achei tão atraente desde que o conheci.

Sinto seus lábios roçarem no meu cabelo e estremeço com as sensações que vibram através do meu corpo, me deixando muito consciente da sua presença. De repente, parece errado estar de pé ao lado da cama de hospital da minha filha, me permitindo ser abraçada por um homem que só está sendo legal e tentando me consolar.

— Estou bem — digo, me afastando dele, embora essa seja a última coisa que eu queira fazer.

Ele parece relutante em me soltar, mas acaba cedendo. Virando a cabeça em direção ao corredor, ele diz:

— Vou ligar para o Flynn.

Aceno, concordando.

— Obrigada.

Ele sai da sala e me concentro na respiração. Respira profundamente para dentro e para fora. O que está acontecendo comigo? Nunca quis me aconchegar a um homem desse jeito. A atração magnética por ele é a coisa mais louca que já senti. É como se eu não pudesse me controlar. Se ele está em qualquer lugar próximo, quero estar junto. Quero tocá-lo, abraçá-lo e deixá-lo me dizer que tudo vai ficar bem.

Essas coisas vão contra tudo o que acredito como uma mulher independente que cuidou de dois filhos pequenos sozinha por anos enquanto trabalhava e se submetia ao tratamento contra o câncer. Não sou alguém que precisa de um homem para fazer as coisas para ela ou seus filhos. Mas, *caramba*, foi muito bom deixá-lo me consolar, mesmo que só por alguns minutos.

Afasto o cabelo de Maddie da testa. Ele está coberto de sangue seco e seu rosto está mais pálido do que jamais vi. Pela primeira vez em muito tempo, ela está com o polegar na boca e não estou tentando tirá-lo do jeito que normalmente faria. Ela poderá fazer tudo o que precisar. Fiquei muito apavorada ao ver todo aquele sangue. Quase desmaiei quando Kristian a levantou e vi o quanto estava machucada.

Uma enfermeira entra na sala para levar Maddie para a tomografia computadorizada.

— Posso ir com ela?

— Seria melhor se você esperasse aqui. Seremos rápidos.

Eu me inclino para beijar minha filha.

— Estarei bem aqui quando você terminar, tá?

— Tá bom, mamãe. — Seu lábio inferior treme.

Vejo a enfermeira sair da sala e depois me sento. Minhas pernas parecem de borracha. Finalmente olho para baixo e vejo a parte da frente do meu vestido coberto de sangue.

Quando Kristian volta, um minuto depois, percebo que a frente da sua camisa também está manchada de sangue. Ele vem se sentar ao meu lado, mais uma vez colocando o braço ao meu redor.

Como antes, me inclino para ele porque a atração é forte demais para resistir.

— Ela foi fazer a tomografia. A enfermeira disse que seria rápido.

— Falei com o Flynn. Ele ficou feliz em saber que ela está bem. Disse para ligar se você precisar de alguma coisa.

— Você não precisa ficar se quiser voltar para a festa. Posso pedir um Uber.

— Não vou embora.

É imaginação minha ou ele parece aborrecido por eu ter sugerido que ele partisse?

— Me sinto mal por termos arruinado a sua noite.

— Vocês não arruinaram nada. Estou exatamente onde quero estar.

Sua declaração paira no ar entre nós, cheia de significado. Ou será que a minha imaginação está fugindo do controle de novo? Não sei e isso me deixa louca. Mas então ele me puxa para mais perto de si e começo a acreditar que ele falou sério quando disse que está exatamente onde quer estar.

Kristian

Ver Maddie levar os pontos é uma completa agonia. Eles lhe dão anestesia e seus gritos fazem com que eu me sinta inútil. São necessários quinze pontos para fechar a ferida e quando termina, estamos acabados.

Como seu exame estava normal, o médico nos permite levá-la para casa para que ela possa dormir em sua própria cama. A enfermeira traz uma cadeira de rodas para ela, mas insisto em carregá-la, e ela se curva para mim como se tivesse feito isso a vida toda. Mesmo que os soluços continuem a estremecer seu corpinho, ela está dormindo antes de chegarmos ao carro.

Entrego-a para Aileen, que a segura nos braços até Venice Beach. Quando chegamos, pego Maddie novamente e a carrego para dentro, seguindo Aileen, que lida com a fechadura, portas e luzes.

— Pode levá-la para o meu quarto — ela fala.

Posso ouvir o esgotamento em cada palavra que ela diz. Há caixas esperando para serem abertas em todos os quartos, mas a casa já parece um lar, e eles só estão aqui há um dia. Quando entro no quarto de Aileen, é quase engraçado. Se me perguntassem qual era o último lugar que eu esperava estar hoje à noite, o quarto dela estaria bem no topo da lista. Mas aqui estou, com ela e sua filhinha, e de alguma forma isso parece certo.

Acomodamos Maddie no meio da cama queen-size.

— Eu deveria lavar o cabelo dela — ela fala.

— Melhor fazer isso amanhã. — Puxo as cobertas para cobrir seu peito, que ainda está tremendo com os soluços. Agora que Maddie está deitada na cama, eu deveria ir. Deveria me levantar, dizer a Aileen que ligo amanhã para saber como elas estão e dar o fora daqui. Mas meus membros não concordam com as ordens da *gerência.*

— Não posso te agradecer o suficiente por tudo que você fez esta noite — ela fala me olhando do outro lado de Maddie.

— Não fiz nada.

— Você fez tudo e significou muito para mim.

— Para mim também. — Não posso me impedir de desabafar com ela. — Ela é uma menina tão fofa. Odeio vê-la machucada.

— Não sei quanto a você, mas eu tomaria uma bebida.

— Sim, por favor. Uma bebida realmente seria uma ótima ideia.

— Seus amigos deixaram algumas coisas boas aqui ontem. Vamos ver o que temos?

— Vá na frente.

Eu a sigo até a cozinha, onde verificamos as garrafas da reunião que perdi ontem.

— Você gosta de vodca, certo?

— Sim.

Ela me entrega uma garrafa de *Absolut Citron* e me sirvo de uma boa dose no copo com gelo que ela me entrega. Ela serve vinho para si mesma e toco meu copo na taça dela.

— Tim.

Tomo um grande gole, mantendo meu olhar fixo em seu lindo rosto enquanto ela bebe seu vinho. Tudo o que ela faz, até mesmo tomar vinho, é sexy para mim.

— Parece que acabamos de sobreviver ao apocalipse ou algo assim. Ela ri.

— Se quiser, posso jogar sua camisa na máquina de lavar com o meu vestido. Provavelmente podemos salvar as peças se as lavarmos logo.

Todos os meus instintos me dizem para não tirar a camisa. Mas se eu deixar que ela a lave, significa que vou ficar um pouco mais. A peça está saindo pela minha cabeça antes que eu tenha tempo de pensar duas vezes sobre o fato de ficar seminu na frente da mulher que quero tão desesperadamente.

Ao ver meu peito, sua boca se abre e depois se fecha, como se ela tivesse percebido que estava boquiaberta e se conteve. Queria que ela não tivesse feito isso.

Ela pega a camisa.

— Eu vou, ah... vou colocar na máquina e volto já.

— Ok. — Adoro que ela esteja tão abalada quanto eu. Quero perguntar se posso ajudá-la a tirar o vestido, mas é um impulso que consigo conter em noite em que meus impulsos estão completamente fora de controle. Enquanto ela está em outro cômodo, envio uma mensagem de texto para o grupo da Quantum.

A MADDIE JÁ ESTÁ EM CASA E DESCANSANDO DEPOIS DE LEVAR 15 PONTOS. A médica disse que ela não deve ficar com cicatriz. A tomografia não mostrou sinais de concussão. Deu tudo certo.

As respostas chegam, cheias de alívio e bons desejos.

Como está a Aileen? Natalie pergunta.

Abalada, mas bem. Estamos tomando uma bebida e então vou deixá-la dormir.

Diga a ela para dormir tranquila. Logan vai ficar bem conosco amanhã.

Obrigado, Nat. Direi a ela.

Aileen retorna à cozinha, de pijama, que fica tão sexy nela quanto lingerie ficaria em outra mulher. Eu me pergunto se ela acharia estranho eu querer abraçá-la um pouco mais. Provavelmente sim.

Em muitas noites de sábado, estive no Club Quantum com uma submissa disposta aos meus pés e horas de devassidão adiante. Hoje à noite, estou completamente satisfeito com uma bebida forte e a companhia de uma mãe solteira que me faz desejar coisas que nunca quis antes.

— Vamos lá para fora — ela chama.

— Conseguimos ouvir a Maddie de lá?

Ela segura um dispositivo que não havia notado em sua mão.

— Liguei a babá eletrônica lá dentro. Fico feliz por ter decidido trazê-la. Quase me livrei dela antes da mudança.

— Bem pensado.

Saímos para a varanda, onde está quente, mas não excessivamente úmido.

Depois que ela se espreguiça em uma poltrona enquanto eu me acomodo na que está ao seu lado, ela respira fundo e toma um gole do vinho.

— Adoro poder sentir o cheiro do mar daqui.

— Você gosta de praia?

— *Amo*. Sempre amei. Poder caminhar daqui até Venice Beach é maravilhoso. Estivemos lá hoje cedo. Ou ontem. Que horas são?

— Pouco mais de uma hora.

Ela geme e isso é tudo que preciso para ficar duro por ela.

— Vou ficar um zumbi amanhã.

— Mandei uma mensagem para o grupo para avisar que a Maddie está em casa e a Natalie disse para você descansar. Eles vão ficar com o Logan amanhã.

— Isso é muito legal da parte dela. Ele vai ficar feliz de ter a sra. Natalie só para ele. Logan a adorava como professora.

— Ele terá que compartilhá-la com seu marido muito ciumento.

Aileen ri e o som vai direto ao meu coração.

— Verdade. O Flynn é possessivo demais. Aquela vaca sortuda.

Ouvi-la dizer que Natalie tem sorte de ter um marido tão possessivo me deixa zonzo. Também quer isso para si mesma? Se sim, onde me inscrevo?

Ela me olha com uma expressão suave, fazendo meu coração inchar de afeição por ela.

— Você foi ótimo hoje à noite. Muito obrigada por cuidar tão bem de nós.

Mal posso engolir o nó que se forma na minha garganta.

— Imagina — digo com a voz rouca —, não foi grande coisa.

— Para mim foi.

— Provavelmente, eu deveria ir embora e te deixar dormir um pouco.

Ela se aproxima para segurar minha mão.

— Não vá ainda.

6

Kristian

Sua pele acariciando a minha provoca uma onda de calor através do meu corpo. Atordoado novamente pela minha reação a ela sem precedentes, afasto a mão, embora essa seja a última coisa que eu queira fazer.

— Aileen...

— Fiz algo de errado, Kristian?

A pergunta me choca.

— O quê? Por que você acharia isso?

Ela toma um grande gole do vinho, como se buscasse coragem na bebida.

— Não posso deixar de notar que você está ou estava, antes da Maddie se machucar... diferente. — Ela engole em seco. — Comigo. Então me perguntei se talvez eu tivesse feito alguma coisa...

— Não. — Saber que ela poderia pensar tal coisa é insuportável para mim. — Não — digo novamente, com mais ênfase desta vez. — Não é você. S-sou eu.

— Nada de bom vem dessa declaração — ela fala com uma risada irônica que é seguida por um suspiro.

Estou fazendo uma baita confusão, então decido me posicionar.

— Você poderia encontrar alguém muito melhor do que eu, Aileen.

Ela me olha com os olhos arregalados pelo choque.

— Por que você diz isso?

Eu poderia lhe dar muitas razões, mas decido falar a mais importante.

— Você merece coisa melhor.

— Sabe por que eu quis me mudar para cá?

Confuso pela mudança de rumo, pergunto:

— Por que a Nat e os outros falaram com você sobre isso?

Ela balança a cabeça.

— Principalmente porque você mora aqui.

Fecho os olhos e descanso a cabeça contra a cadeira. Eu não deveria estar aqui. Não mereço sua doçura, honestidade ou seu desejo. Mas, meu Deus, quero isso. Quero tanto tudo isso que queimo com a necessidade de ter mais dela.

— Eu não deveria ter dito o que disse? — ela pergunta em voz baixa.

Mantenho meus olhos fechados enquanto balanço a cabeça.

— Entendi tudo errado?

— Aileen...

— Sinto muito. Vou colocar sua camisa na secadora para que você possa ir. — O som dela se levantando me faz abrir os olhos e reagir.

Como aconteceu quando Maddie caiu, estou me movendo antes de decidir que deveria. Agarro o braço de Aileen, desequilibrando-a e a puxando para o meu colo, meus lábios pousam nos seus antes que qualquer um de nós possa ter tempo para refletir sobre as enormes implicações. Emolduro seu rosto com as mãos e tento me lembrar de ser gentil com ela. Meu dominador interior precisa se controlar. Não há lugar para ele aqui.

Quando uso a língua para persuadir seus lábios a se abrirem, ela geme baixinho, outro som que vai diretamente para o meu pau, que está duro desde que ela gemeu por causa do tempo. Eu a beijo com meses de desejo reprimido que fez todas as outras mulheres empalidecerem em comparação a ela desde o dia em que a conheci. Não quero ninguém além dela e agora que ela está quente e macia em meus braços, quero demonstrar o que ela significa para mim.

Meu coração está batendo forte e minhas palmas estão suadas. Estou tonto, desequilibrado e fora do ar. Tudo é novo para mim, assim como o desejo voraz que me abala quando sua língua toca a minha pela primeira vez. *Merda. Merda. Merda!* Estou muito ferrado. Bastou uma prova dela e estou viciado. Isso nunca será o suficiente. No espaço de dois segundos, tudo o que quero fazer com e por ela passa pela minha cabeça como o filme mais obsceno que já vi.

Isso me faz me afastar um pouco, suavizando o beijo e colocando um fim nele antes que fique ainda mais fora de controle. Olho para seus lábios inchados e a expressão atordoada em seu rosto.

— Isso responde à sua pergunta?

— Parece que me esqueci dela.

Sorrindo com sua resposta espirituosa, eu digo:

— Você perguntou se havia entendido errado o que havia entre nós. — Eu a beijo de novo, inclinando a cabeça para melhorar o ângulo. — Não. Você entendeu certinho. — Eu me forço a manter as mãos paradas quando elas gostariam de vagar. Quero tocá-la por inteiro, mas sua filhinha está dormindo lá dentro e não é hora para isso. No entanto, nos últimos cinco minutos, comecei a aceitar que seja lá o que exista entre nós, vai acontecer, eu achando que deveria ou não.

— Algo está diferente — ela diz com os lábios próximos dos meus e a mão acariciando meu rosto enquanto olha nos meus olhos. — *Você* está diferente.

É perturbador e estimulante ao mesmo tempo perceber que ela já me conhece bem o suficiente para ver que estou com problemas.

— Não queria estar. — Me aninhando em seu pescoço, sinto o seu cheiro fresco e limpo. Não é perfume nem nada além *dela*. — Mal podia esperar para te ver de novo.

— Então onde você estava ontem?

— Eu estava... — começo a dizer a ela que estava me sentindo mal, mas não consigo. Não posso mentir para ela. — Me convenci de que isso não poderia acontecer. Ainda acho que não deveria.

— *Por quê?* — ela pergunta, implorando. — É porque tenho filhos? Eu não esperaria que você os assumisse ou...

E então eu a beijo de novo, porque não suporto ouvir mais sobre seu medo de que eu não a queira por causa dos seus filhos. Eu a beijo com voracidade, me esquecendo que deveria ser gentil e delicado. Ela me deixa muito louco.

— Seus filhos são adoráveis, bem comportados e lindos. Assim como a mãe.

Ela bufa com desdém.

— Não sou bonita. Estou magra, pálida, meu cabelo está crescendo encaracolado e não tenho ideia do que fazer com ele.

Sua descrição de si mesma me enfurece.

— *Você é linda*.

— Você que é — ela diz, sua voz rouca e sexy. — Se você soubesse quanto tempo passei pensando em você desde o dia em que nos conhecemos, você fugiria daqui e nunca olharia para trás.

— Aileen... — Cheio de desespero, deixo cair a cabeça e tento encontrar minha determinação. — Linda...

— O que houve? Por favor, me diga o que está errado. Não entendo.

— Eu te quero muito e sou totalmente errado para você – e seus filhos.

— A decisão não deveria ser minha?

Antes que eu possa responder, um choro baixo soa da babá eletrônica.

Aileen está de pé e fora do meu colo num piscar de olhos para cuidar da filha.

Respiro fundo o ar frio, tentando encontrar meu equilíbrio depois de beijá-la e abraçá-la. Nunca deveria ter feito isso, mas não posso esperar para fazer de novo. Eu a ouço através da babá eletrônica e ouço as doces palavras de conforto que ela diz à filha.

Nunca tive isso. Não sei como ser fofo, doce ou qualquer uma das coisas que eles precisam que eu seja. Sou egoísta, arrogante e focado na minha carreira. Preciso de sexo dominador e excêntrico como algumas pessoas precisam da cafeína para começar o dia. Não é só o que eu gosto. *É quem eu sou*.

Ouço Aileen cantarolando suavemente para a garotinha e fico

atordoado quando as lágrimas fazem meus olhos arderem. Isso é brincadeira? *Eu não choro.* Não choro desde que a família adotiva que comecei a amar me mandou embora para dar lugar a um dos seus filhos biológicos que estava voltando da faculdade.

Devo me levantar, dizer a ela que estou indo e dar o fora dali enquanto ainda posso. Mas não me movo. Fico fascinado pelo som suave da sua voz e pela maneira doce com que ela ama sua filha. Me sinto emocionado demais pelo garotinho que ainda existe dentro de mim que nunca conheceu suavidade, doçura ou amor de mãe, ao ouvi-la dar tudo isso a sua filha.

Respiro fundo, como se isso pudesse diminuir a batida selvagem do meu coração. Mais uma vez, estou me movendo antes de decidir de forma consciente, atraído por ela com tanta força que não consigo me afastar. Paro na porta do quarto, observando-as enquanto Aileen acalma Maddie para que ela volte a dormir.

Ela me vê, se inclina para beijar Maddie e se levanta para vir até mim, seus braços deslizando ao redor da minha cintura e sua cabeça voltando para o meu peito nu. Me sinto impotente para fazer qualquer coisa além de abraçá-la o mais forte que posso. Não me importo que ela possa sentir a prova óbvia da minha excitação pressionada contra ela.

— Eu deveria ir. — Até minha voz soa diferente – mais rouca, mais grossa.

— Fique. — Ela me aperta com mais força e me olha com um olhar repleto de sentimentos. Naquele instante, entendo por que Flynn se casou com Natalie sem um acordo pré-nupcial. Se ele sente uma fração do que sinto quando olho para Aileen, eu entendo. Daria a ela tudo o que tenho sem perguntas se isso significasse que ela olharia para mim desse jeito, todos os dias pelo resto da vida.

Sem quebrar o contato visual intenso, cubro seus lábios com os meus, que estão inchados dos nossos beijos anteriores.

Suas mãos deslizam pelo meu peito para chegarem ao meu pescoço, me prendendo.

Nunca deixei nenhuma mulher me prender. Eu faço a armadilha, não o contrário, mas neste caso, não me importo com detalhes que seriam importantes para qualquer outra pessoa. Aqui com ela, a única coisa que importa é mais — de tudo. Todas as razões pelas quais eu planejava ficar longe já se foram quando a levanto em meus braços, a levo para o sofá e me deito sobre ela, perdendo o controle com um beijo.

A porra de um beijo. Quando foi a última vez que um beijo foi o suficiente para me levar à beira do clímax? Há um milhão de anos, quando eu era novo nessas coisas. Mas isso... isso é novo para mim, o sentimento que vem de beijá-la, o desespero, o desejo. Nunca experimentei nada remotamente parecido e não consigo ter o suficiente.

É como uma grande overdose sem drogas. Esse pensamento é mais um lembrete das muitas razões pelas quais eu não deveria estar me agarrando com Aileen em seu sofá. Mas quando me afasto, ela geme baixinho e seus dedos seguram meu cabelo para me impedir de fugir. Tenho capacidade zero para fazer o que sei que deveria. Perder o poder que salvou minha vida deveria me aterrorizar, mas não consigo fazer com que minhas células cerebrais pensem sobre isso e ponderem sobre as implicações do que estou dando a ela.

Como posso pensar em qualquer outra coisa quando ela está enrolada em mim, o calor da sua vagina apertada contra o meu pau, que está tão duro que dói?

A única coisa que sei com certeza é que não posso deixar que as coisas continuem, não com Maddie machucada e dormindo no quarto ao lado. Se — ou provavelmente devo admitir quando — isso acontecer, quero estar completamente sozinho com ela, assim não precisarei me conter.

— Aileen — sussurro contra seus lábios. — Pequena...

Ela me olha, parecendo tão aturdida quanto eu me sinto. Seus lábios estão inchados, suas bochechas coradas, ela está ofegante e seus olhos estão tão arregalados de espanto que tenho vontade de mandar o decoro e qualquer outra coisa que esteja me impedindo de estar dentro dela se foder agora mesmo. Estou tremendo com o esforço necessário para me segurar. Não me lembro da última vez que me segurei assim. É muito mais comum eu pegar o que quero do que mostrar moderação.

— O que há de errado?

— Absolutamente nada. — Além do fato de que perdi a cabeça, o coração e tudo mais para ela, estou bem. Mais do que bem. Estar com ela assim é incrível.

— Por que você parou?

— Não parei porque eu queria. — Acaricio seu rosto e deslizo os dedos sobre sua pele macia. Ela é tão responsiva que até um leve toque faz seus quadris se levantarem à minha procura. Engulo um gemido de frustração.

— Então por quê?

É uma boa pergunta.

— Porque quando fizermos isso, quero estar completamente sozinho com você, assim não teremos que ficar quietos. — Acaricio seu pescoço, e ela arqueia o corpo em minha direção. — E quero demorar o tempo que for.

Ela estremece e sinto isso no corpo todo, especialmente no meu pau.

— Acho melhor eu ir embora.

— Não. — Ela aperta seu abraço, e eu amo a sensação. Amo saber que ela me quer tanto. Ninguém nunca me quis do jeito que ela quer. As mulheres me querem pelo que posso fazer por suas carreiras e pelas coisas que posso comprar para elas. Elas não me querem por mim como Aileen parece querer. — Não vá. Ainda não.

Me inclino contra ela, meu corpo dolorosamente excitado se moldando ao seu.

— É tão bom ser abraçada por você. Já faz muito tempo desde que alguém me abraçou e nunca foi tão bom quanto é com você.

E ela é tão honesta. Diz o que pensa. Quando me perguntou mais cedo se havia feito algo errado, quase partiu meu coração. Não estou acostumado com a honestidade das mulheres. Estou muito mais habituado com jogos de gato e rato, intrigas e fingimentos. Com Aileen, o que se vê é o que se recebe e tenho a sensação de que ainda não vi nada.

Aileen

Estou muito aliviada por ele não ter ido embora. É óbvio que ele está em conflito sobre o que está acontecendo entre nós, mas não consigo entender o porquê. A atração que sentimos é mais sensual do que qualquer coisa que já senti, mesmo pelo homem que gerou meus filhos. É fácil conversar com ele, e ainda por cima, ele é tão sexy, que mal posso respirar de tanto que o desejo.

Me aconchego em seu abraço quente, sentindo o perfume excitante da sua colônia, shampoo ou algo que me deixa louca querendo imprimi-lo em meus sentidos, assim nunca vou esquecer.

— O que você quis dizer antes, quando disse que posso conseguir coisa melhor que você?

Seu corpo fica tenso. Sei disso, porque estamos tão unidos que sinto tudo, especialmente o comprimento duro da sua excitação em minha barriga. Quero me esfregar contra ele, mas Kristian está certo. Não podemos perder o controle com Maddie no quarto ao lado. Estou um pouco chocada por ele ter pensado nela. Não me julgue. Quando você passa tanto tempo quanto passei sem sexo e está debaixo do cara mais gostoso que já conheceu, *parar* não é a primeira coisa em mente.

— Não sou o cara certo para você – ou seus filhos.

Minhas mãos estão sobre suas costas musculosas, sentindo sua pele.

Ele estremece sob o meu toque, o que me enche com uma sensação de poder e desejo de descobrir o que está em nosso caminho.

— Quero entender por que você pensa isso. Você foi muito bom comigo e com a Maddie esta noite. Você foi tudo o que precisávamos e a maneira como reagiu quando viu a queda dela...

Meus sentimentos estavam ainda mais intensos naquele momento, não que eu possa dizer isso a ele. Tenho medo de assustá-lo, deixando-o saber o quanto sou louca por ele. Já falei demais ao dizer que ele foi um dos motivos da minha mudança.

— Reagi como qualquer um faria.

— Não, você reagiu da mesma forma que alguém que se preocupa com ela faria.

Ele solta um suspiro com um som torturado.

— Você não me conhece, Aileen. Não de verdade.

— Quero te conhecer. Isso não parece bom para você?

— Bom até demais.

— Como isso é possível? Como algo pode parecer bom demais?

Seus dedos deslizam pelo meu rosto.

— Você é tão doce e bonita. Seus filhos são incríveis. Você fez um ótimo trabalho com eles.

— Obrigada. — Por que eu sinto um enorme "mas" chegando?

— É só que não sou realmente... não sou capaz de...

De uma vez só, percebo. Meu corpo, que estava em chamas por ele há alguns minutos, fica frio com a compreensão.

— É porque tenho câncer, não é? Não se preocupe. Se você se envolver comigo, não vou amarrá-lo aos meus filhos se eu morrer.

Ele se assusta da mesma maneira que faria se eu o acertasse com uma arma de choque.

— *O quê?*

— Tudo bem. Eu entendi. Você é um cara solteiro com uma vida muito boa e uma grande carreira. A última coisa que precisa é de duas crianças que não são suas. Nunca faria isso com você. Pretendo perguntar ao Flynn e a Nat se eles poderiam ser os guardiões caso alguma coisa aconteça comigo, mas não tive chance de conversar com eles...

Ele me beija.

— Pare. — Ele me beija novamente, empurrando a língua na minha boca, acendendo a chama que havia virado brasa desde que ele diminuiu a velocidade há alguns minutos. Apoiando a testa na minha, ele fala: — Minha relutância não tem nada a ver com você, seus filhos, o câncer ou qualquer outra coisa que você acabou de dizer. Juro por Deus, não é isso.

— Então *o que é?*

— Existem coisas... sobre mim... se você me conhecesse, realmente me conhecesse, não iria me querer.

Ele parece tão triste e derrotado, um contraste enorme com o homem que conheci nos últimos meses. Mal reconheço esse Kristian. Geralmente, ele é tão confiante e quase convencido. Acho essa arrogância incrivelmente atraente nele, quando seriam um defeito em qualquer outro homem. Ele e seus sócios na Quantum mais do que mereceram o direito de ter um pouco de orgulho.

— Você não pode saber disso com certeza.

— Sei. Sei disso com certeza.

— Não vou implorar por uma chance de provar que você está errado. Só vou dizer que gosto de você e gosto disso. — Eu o abraço com mais firmeza. — Gosto de estar com você e de te beijar. E gostei de ter seu apoio mais cedo, quando a Maddie se machucou. É provável que tenha gostado um pouco mais que deveria.

— Eu também gostei. Gosto de tudo isso.

— Então talvez... — Busco dentro de mim a coragem de lutar pelo que quero. Ter câncer me deixou com menos medo do que eu costumava ter. Estou dolorosamente ciente de que a vida é curta e que temos que aproveitar o momento, especialmente quando o momento está em meus braços, duro, quente, sexy e tão atormentado. — Talvez pudéssemos passar algum tempo juntos e ver o que acontece. Não precisa ser sério, ter um compromisso ou algo assim.

— Então você ficaria bem se eu saísse com outra pessoa? — ele pergunta, deslizando seus lábios sobre os meus.

— Prefiro que você não faça isso, mas não posso decidir isso por você.

Seus olhos brilham com desejo potente.

— Você é tão corajosa e honesta.

— Aprendi da maneira mais difícil que tempo perdido é algo que nunca mais retorna. Não acredito em joguinhos ou meias palavras. — Guio sua cabeça para o meu peito e passo os dedos pelo cabelo grosso e ondulado. Quis fazer isso por tanto tempo que aproveito ao máximo. — Não estou te pedindo nada, Kristian. Só quero passar um tempo com você e ter a chance de te conhecer.

— Quero isso também. Quero mais do que deveria.

Não compreendo. Talvez, jamais entenda. Mas o que sinto por ele é mais do que senti por qualquer homem e se isso é tudo que ele é capaz, eu aceito. Um pouco dele é melhor do que nada.

Kristian

Passa das três horas quando puxo um cobertor sobre Aileen e a deixo dormindo no sofá. Preciso ir antes que Maddie acorde e me pegue aqui. Não tenho ideia do que ela teria a dizer sobre a minha presença ali e não quero tornar nada difícil para Aileen, mesmo que ela tenha dificultado tudo para mim.

Isso não deveria acontecer. Tomei minha decisão e não costumo mudar de ideia. Normalmente, decido as coisas e nunca volto atrás. Mas com ela... ela me faz questionar tudo.

Estou muito excitado para ir para casa, então volto para a cidade e vou para o escritório. Não é incomum que eu trabalhe a noite toda enquanto o lugar está calmo. Quando entro no estacionamento do edifício Quantum, vejo que a caminhonete de Sebastian ainda está estacionada lá fora. Em vez de subir para o escritório, vou até o clube, onde o encontro limpando a área do bar.

O hip-hop soa alto o suficiente para acordar os mortos. Drake, se não me engano. Nós o vimos em um show com o *trapper* Future no verão passado. Flynn nos levou aos bastidores com acesso total. Aquela foi uma noite ótima, uma das muitas que tive com minha família Quantum. Balanço a mão para chamar a atenção de Seb, assim não vou assustá-lo.

Ele me vê e baixa a música em um rugido tedioso.

— Tudo bem?

— Não muito. Noite boa?

— Ocupada pra caramba. A melhor coisa que vocês fizeram foi abrir este lugar para novas pessoas. Estamos ganhando um dinheirão.

— Fico feliz em ouvir isso. — Ele é o amigo mais próximo de Hayden desde a infância. Os dois cresceram juntos, embora em lados opostos de Hollywood. A mãe de Seb era a empregada da família de Hayden.

— Bebida?

— Por favor.

Ele me serve uma Grey Goose e refrigerante com um toque de limão. Sou fã de vodca desde que me lembro — o que é muito mais tempo do que deveria. Tomei meu primeiro drinque aos doze anos, quando outras crianças da minha idade estavam na sexta série. Nunca fui criança. A infância era um luxo que eu não podia pagar.

— Como está a Maddie?

— Melhor agora. Vê-la levar os pontos foi brutal.

— Pobrezinha. Nunca vi tanto sangue. Assustou todo mundo.

— Sim, coitada da Aileen. Que porcaria acontecer isso no seu segundo dia em uma nova cidade.

— Tenho certeza que ela gostou de ter você junto no hospital.

— Aham. — Tomo um gole da bebida, deixando a vodca queimar dentro de mim, oferecendo o doce alívio que só posso conseguir com álcool e sexo excêntrico. A combinação dos dois é a minha coisa favorita. Ou era até que uma certa mulher entrou em minha vida, me fazendo questionar tudo – inclusive as minhas coisas favoritas.

— Você está bem?

— Sim.

— Tem certeza?

Olho para ele.

— Tenho.

— Fico satisfeito em ouvir isso.

Estou prestes a pedir outra bebida quando Melody Gorman, uma mulher que todos conhecemos bem, se senta na banqueta ao meu lado. Ela é a fantasia de todos os homens, com um corpo repleto de curvas, cabelo ruivo, grosso e brilhante que cai quase até a cintura e o rosto de um anjo.

— Oi, Kris — ela diz, sorrindo para Sebastian, que coloca uma taça de vinho branco na sua frente.

Olho para Sebastian e ele levanta uma sobrancelha e sorri. Eu deveria saber que ele não estava aqui sozinho.

— Mel. De onde você veio?

— Foi um longo dia no set hoje. Seb foi bondoso o suficiente para me emprestar a sauna e o chuveiro. Espero que você não se importe.

— Minha sauna e chuveiro são seus. Sabe disso. — Ela é o oposto de Aileen em todos os sentidos possíveis. Ela é exuberante onde Aileen é contida. Ela é o glamour de Hollywood, enquanto o estilo de Aileen é "mãe chique", se é que isso existe. Seja o que for, funciona para mim.

Olhando para a beleza pura e deslumbrante, não sinto nada por Melody. Ela é uma velha amiga com quem já joguei muitas vezes no clube, mas pode muito bem ser uma estranha, em vez de uma mulher com quem já transei muitas vezes para contar.

— Você está um pouco tenso, Kris — ela diz, descansando a mão no meu braço.

É preciso um grande esforço da minha parte para não recuar ao seu toque, puxar o braço e dizer que ela não tem o direito de me tocar. Não mais. Mas não faço isso, pois não quero lidar com as perguntas ou a especulação que meu gesto geraria. Um tigre como eu não muda suas listras praticamente da noite para o dia sem que as pessoas notem e quero ficar sozinho com minhas mudanças até descobrir como vou lidar com elas.

— Quer relaxar? — ela pergunta, olhando para Sebastian, que levanta as sobrancelhas.

— Não, estou bem, mas obrigado por perguntar. — O pensamento de tocar outra mulher depois de estar com Aileen provoca a mesma sensação ruim que tive quando eu pensei em jogar com Evie na noite passada. Esse mal-estar é outra coisa nova para mim.

Além dos meus sócios da Quantum e dos nossos amigos mais próximos, nunca me senti fiel a uma mulher antes. É outra emoção com a qual não tenho ideia de como lidar. Meu interior está agitado e a vodca não tem seu efeito calmante usual. Todas as coisas em que confio para me manter são estão me deixando desanimado esta noite e sinto uma faísca de raiva em relação a Aileen. Como ela se atreve a fazer isso comigo? Eu estava muito bem, vivendo minha vida quando fui ao casamento do meu melhor amigo e ela apareceu e me arruinou.

Ela não deveria ter autorização para disso.

Esse pensamento faz com que eu me sinta mal. Ela não tem culpa por eu ter ficado louco por ela. A culpa é minha. Sei que não deveria ter esses pensamentos sobre seus filhos, cercas brancas, cachorrinhos e felizes para sempre. A vida não funciona assim no meu mundo e eu deveria me lembrar disso.

— Pronto para mais uma dose? — Seb pergunta enquanto ele limpa o bar até o mogno brilhar, seu orgulho do clube sempre aparente.

— Vou embora. — Não quero estar aqui nem em casa. O único lugar que quero estar é em um sofá em Venice Beach.

Puta *merda*.

— Tenha uma boa noite, Mel.

— Você também.

Seb me leva até o elevador e coloca a mão no meu ombro. Odeio que meu primeiro impulso ainda seja recuar e me defender, mesmo que não haja necessidade disso com ele.

— Sei que você disse que está bem, mas não está, irmão. Se houver algo que eu possa fazer...

— Obrigado, cara. — Dou-lhe um abraço. Ele é um dos caras bons e tenho sorte de tê-lo como amigo. Quero dizer a ele que não há nada que ele ou alguém possa fazer sobre o dilema em que estou. Vou ter que resolver sozinho e, como a minha sanidade está em jogo, vou fazer isso ficando longe dela.

7

Kristian

Menos de seis horas depois, estou na sua porta com uma caixa de donuts, dois cafés, um milk-shake de chocolate e a edição da manhã do *L.A. Times* enfiado debaixo do braço. Me ocorreu, por volta das cinco horas, que o carro dela ainda está na casa do Flynn, então ela está presa em casa. No mesmo momento, me ocorreu que temos pelo menos uma dúzia de pessoas em nossa folha de pagamento a quem eu poderia ligar e instruir a buscar o carro e levá-lo até ela.

Mas não fiz isso.

Não, tomei banho, fiz a barba, me vesti para o trabalho e me vi na doceria *Kettle Glazed*, em Hollywood, comprando o café da manhã e dirigindo até Venice Beach para entregar pessoalmente.

Adoro sofrer.

Aileen vem até a porta e a primeira coisa que noto é que as olheiras voltaram aos seus olhos, indicando uma noite difícil.

Ela se ilumina com prazer ao me ver.

— Oi.

Quando foi a última vez que alguém ficou feliz em me ver? Nunca, pelo que posso me lembrar.

— Entre. — Quando ela se afasta para me receber, meu olhar é atraído para o robe de seda que ela está usando. Tudo nela é pequeno, delicado e frágil, e é por isso que nunca consigo libertar minha fera interior. Eu acabaria com ela.

— Como está a Maddie? — pergunto, optando por seguir em terreno seguro.

— Ainda dormindo. Ela acordou algumas vezes durante a noite.

Entrego-lhe um café.

— Imaginei que poderia precisar disso.

— Deus te abençoe.

Seu prazer com coisas simples é revigorante.

— Está com creme, mas sem açúcar. Não tinha certeza de como você gostava.

— Exatamente assim. Desisti de açúcar no café há anos. — Ela toma um gole e faz um som que me lembra muito da noite passada e do interlúdio em seu sofá.

Deixo meus olhos desviarem para a "cena do crime" e meu pau se contorce com a apreciação das memórias.

Pare com isso, digo a mim mesmo e ao meu pau. *Não é por isso que você está aqui.*

Não é?

Cale a boca!

Não tenho certeza de com quem minha voz interior está falando, mas tem a minha atenção. Mantenho os olhos em seu rosto e resisto à vontade de deixá-los vagar.

— Estava pensando... já que o seu carro está na casa do Flynn, você pode precisar de uma carona para pegá-lo.

— É muita gentileza sua. Estava mesmo pensando em como ia buscar o carro e meu filho.

— Eu te levo.

— Você não tem que ir trabalhar?

— Eu disse que vou te levar. — A frase soa mais ríspida que o pretendido e imediatamente me arrependo. — Desculpe.

— Você está bem?

Estou começando a me cansar das pessoas me perguntarem isso, especialmente ela, pois é a culpada por eu não estar nada bem.

— Estou. Sou dono da empresa. Posso chegar quando quiser.

— Tudo bem então.

Estou fodendo tudo.

— Estou parecendo um idiota arrogante, o que não era minha intenção.

Ela sorri e sua diversão me irrita. Estou sem jeito com ela e isso também me deixa louco. Nunca fico sem jeito com mulheres. Ao contrário da maioria dos homens, nunca as achei particularmente complicadas ou difíceis de entender. Mas ela é diferente de qualquer mulher que já conheci e isso me deixa desequilibrado e fora de mim. Nem sei o que estou fazendo aqui quando jurei, *há poucas horas*, que ficaria longe dela, pelo amor de Deus.

— Só quis dizer que tenho tempo para te levar. Se você quiser.

— Quero, sim. — Ela estende a mão para mim e eu a encontro no meio do caminho, entrelaçando-as, mais uma vez antes de decidir conscientemente. Se ela soubesse o poder que tem sobre mim. É assustador. — Vamos lá para fora tomar nosso café.

Deixo que ela me leve ao quintal como se eu fosse um cachorrinho. Lá, nos sentamos um ao lado do outro nas mesmas cadeiras que ocupamos na noite anterior.

— Adoro ter um deck e um quintal e poder tomar meu café aqui de manhã.

— É bonito. Ellie fez um bom trabalho com o quintal e o jardim.

— Não posso acreditar que ela fez tudo sozinha. Tenho muita inveja. Quero saber como fazer tudo isso. Ela disse que vai me ensinar.

Guardo cada palavra que ela diz, arquivando cada nova informação oferecida, adicionando-as à crescente coleção de coisas que sei sobre ela.

— Estou acostumada a ter um síndico a quem poderia ligar para consertar as coisas. Não quero ser esse tipo de inquilina para Ellie.

— Posso te ajudar se você precisar de alguma coisa.

— É muito gentil da sua parte oferecer, mas quero ser capaz de fazer sozinha. Estou acostumada a ser autossuficiente.

Meu dominador interior quer se levantar e se enfurecer com essa afirmação. Quero que ela conte *comigo* e só *comigo*. *Pensei que não íamos fazer isso*, minha irritante voz interior diz. Quero mandá-la calar a boca. Ele não está no comando aqui. Eu estou. Precisando me mover, me levanto.

— Que tal um donut? Você tem que provar um desses. São a nova obsessão de Hollywood.

— Não vou negar.

Entro para pegar a caixa de donuts, me forçando a ficar calmo enquanto estou lá dentro. Odeio ficar fora de controle e sem jeito. Controle tem sido a peça central da minha vida. Mantê-lo me permitiu ir de um moleque de rua desabrigado para o auge da minha profissão. Perdê-lo não é uma opção e seria muito bom que eu me lembrasse disso. Depois de respirar fundo algumas vezes, volto ao deck com a caixa de donuts.

Ela me observa com um olhar que me faz estremecer. É como se ela pudesse ver dentro de mim, o que me coloca em uma distinta desvantagem.

Abro a caixa e a mostro a ela, o aroma açucarado inundando meus sentidos – e os dela.

— Humm — ela diz, umedecendo os lábios.

Naturalmente, meu pau se levanta com interesse no movimento da sua língua sobre os lábios.

— Isso é cobertura de chocolate quente?

— Acredito que sim.

— Ah, meu Deus. Eu aceito. — Ela pega o donut e eu fecho a caixa, colocando-a na mesa ao nosso lado. — Você não vai me fazer comer sozinha, vai?

— Não como açúcar — digo a ela quando volto para o meu lugar.

— Nunca?

— Nunca.

— *Por quê?*

— Minha alimentação é natural – sem açúcar, nada processado, poucos carboidratos.

Ela se encolhe.

— Não acho que eu poderia comer assim. Eu amo carboidratos.

— Eu também, mas depois de não os comer durante anos, sempre que como, me sinto mal. Então eu os evito. Mas vá em frente e aproveite o donut. Não se importe comigo.

Ela dá duas mordidas antes de colocá-lo em um guardanapo e apoiá-lo na mesa.

— Não gostou?

— Tenho certeza de que eu adoraria se pudesse sentir o gosto. A quimioterapia bagunçou minhas papilas gustativas, fazendo tudo parecer estranho. Disseram que vai melhorar. A qualquer momento.

A palavra "quimioterapia" me enche de ansiedade. Quero saber exatamente o que ela teve, como foi tratada, qual é o prognóstico a longo prazo, como ela se sente agora. Quero saber tudo. Desejo saber se ela está recebendo o melhor atendimento possível. Mas não posso perguntar. Não tenho esse direito.

— É muito — ela diz baixinho.

— O quê?

— Eu, meus filhos e minha doença. Entendo que isso seja demais...

— Não é. — *É demais. Tudo isso, especialmente o jeito que ela me faz sentir, mas não digo a ela.*

— Kristian...

Seguro a sua mão e entrelaço nossos dedos.

— Não é demais. — *Não vamos nos envolver, lembra?*

Cale-se. Apenas cale a boca.

— Posso te perguntar uma coisa?

Qualquer coisa.

— Claro.

— O que exatamente você faz na Quantum? Sei que é produtor, mas não tenho certeza do que isso significa.

Sua pergunta me coloca em terreno muito mais seguro, mesmo que segurar sua mão seja melhor do que sexo excêntrico com outras mulheres.

— Basicamente, significa que eu uno as peças para cada projeto. Verifico o material, levo aos meus sócios, decido com eles o que vamos ou não fazer. O papel é um pouco diferente na Quantum do que em alguns outros projetos, porque fazemos a maioria dos nossos filmes "em casa". Agora, estou me preparando para o lançamento de *Insidioso*, orientando quatro outros filmes através das várias etapas, desde o financiamento até a escalação do elenco, pós-produção, distribuição, lançamento e lançamento em DVD. Nunca acaba. No topo da nossa lista agora está o projeto que estamos fazendo com base na história da Natalie. É o projeto mais querido do Flynn e estamos empolgados com ele. Além de tudo isso, também sou sócio-gerente, responsável por pessoal e RH, entre outras coisas.

— Uau — ela fala. — Você deve ter habilidades organizacionais incríveis.

— Acho que sim, mas também tenho uma equipe maravilhosa que me apoia. Eles não deixam as coisas darem errado.

— É impressionante.

— O quê?

— Tudo isso. O que você faz. E, à propósito, sou uma grande fã dos filmes da Quantum. Acho que vi *Camuflagem* uma dúzia de vezes.

— Esse foi um filme muito especial para nós.

— Foi incrível.

— Fico feliz que você tenha achado isso.

— *Todo mundo* achou.

Sorrio para ela, satisfeito por sua aprovação ao trabalho da minha vida.

— Isso é bom de se ouvir. Às vezes me pergunto se o que fazemos importa...

— Claro que importa. Quando eu estava muito doente, não conseguia fazer muita coisa, então assistia a muitos filmes. Não sei se teria conseguido passar por essa fase sem me perder nas histórias de outras pessoas. Os filmes me impediram de passar muito tempo pensando na minha própria situação e enlouquecendo sobre o que iria acontecer comigo e com meus filhos.

— Odeio pensar em você doente e com medo.

— Foi um ano difícil, mas estou melhor agora.

Estou amarrado em nós. Quero perguntar se ela vai continuar assim, se precisa de mais tratamento, se eu preciso ficar com medo de perdê-la depois de encontrá-la. Mal posso respirar quando esses pensamentos me atingem um após o outro.

A babá eletrônica se manifesta quando Maddie tosse.

Aileen solta minha mão e se levanta para ir até a filha.

— Volto já.

— Demore o quanto precisar. — Tenho dez milhões de coisas para fazer hoje, mas nenhuma delas importa tanto quanto o que Aileen precisa. Então espero e tento não pensar sobre o que significa minha presença aqui, que eu esteja cativado e apavorado.

Aileen

Ele voltou. Estou tão alegre esta manhã que não sei como me comportar. Quando acordei sozinha, temi que talvez ele tivesse mudado de ideia. Mas não tive que esperar muito para descobrir que ele não mudou.

Entro no quarto de Maddie e a encontro sentada, os olhos brilhantes e alertas, o que é um grande alívio depois do trauma da noite passada.

— Oi, bebê. — Me sento na cama e afasto o cabelo do seu rosto. Lavar o sangue do cabelo dela é minha prioridade agora que ela está acordada. — Como você está se sentindo?

— Bem.

— Sua cabeça dói?

— Um pouco. — Ela boceja e depois faz uma careta. — Ai.

— Vai precisar ir devagar e descansar hoje.

— Não quero descansar. Quero ir para a praia e nadar.

— Voltaremos a fazer isso em breve, mas hoje é dia de descanso. Vamos nos aconchegar, ler livros, assistir filmes e relaxar.

O que parece um dia perfeito para mim não atrai minha filha cheia de energia, mas fará o que foi dito, porque ela sempre obedece.

— O sr. Kristian veio te ver e trouxe donuts.

Seus olhos se iluminam com prazer.

— Ele veio me ver mesmo?

Me sinto tocada por ela se importar mais com ele do que com as guloseimas que ele trouxe.

— Claro que sim. Ele estava preocupado com você. Todo mundo está.

— Isso é legal. O Logan está aqui?

— Não, ele dormiu na casa da Natalie, mas o sr. Kristian vai nos levar até lá para buscá-lo. Nosso carro ainda está lá. Mas primeiro, precisamos ir para o chuveiro para te limpar. Você se sente bem para isso?

— Aham.

Consciente de que Kristian colocou seu dia de trabalho em espera por nós, dou um banho rápido em Maddie e a visto. Ela pode comer seu café da manhã no carro a caminho da casa de Nat. Quando estamos vestidas e prontas, pego uma garrafinha de suco de maçã.

— Podemos ir — digo a Kristian, que ainda está no deck, digitando em seu telefone.

Ele olha para mim e antes que possa conter sua expressão, vejo tudo que sempre quis me olhando com calor, desejo e carinho. Então ele sorri, e preciso me conter para não derreter em necessidade quando as covinhas fazem uma aparição rara.

— Como está a nossa paciente esta manhã?

— Bem — Maddie fala. — Minha cabeça está doendo.

Ele se levanta, pega a caixa de donuts e vem até nós, abrindo a porta de tela e agachando-se ao nível de Maddie.

— Tenho certeza de que sim, mas você foi muito corajosa na noite passada. Uma garota muito crescida.

Minha filha se inclina para mim, de repente ficando tímida diante do tal poderoso charme masculino. Como a mãe, ela é apenas humana, e ele é demais.

— Kristian nos trouxe donuts deliciosos. — Pego a caixa e a deixo escolher um.

— Obrigada.

— Disponha. — Ele se levanta, pega os óculos aviador do alto da cabeça e os coloca sobre os olhos. — Vamos, garotas?

Vamos para o carro e o que estava perfeito ontem à noite no meio de uma emergência me fez pensar duas vezes hoje enquanto me sento com Maddie no banco do passageiro.

— Por favor, não bata. Isso é tão contra a lei que não é nem engraçado.

Sua mão pousa no meu joelho, enviando uma onda poderosa de desejo pelo meu corpo.

— Você está totalmente segura comigo. As duas estão. Nunca deixaria nada acontecer com vocês.

Suspiro, por que como não poderia? Ele é perfeito e se eu pudesse passar todos os dias da minha vida assim — os braços ao redor dos meus filhos e seus braços ao meu redor — não ia querer mais nada.

Calma aí, bobona. Vá devagar, garota. Está indo rápido demais. Se ele tiver alguma ideia dos pensamentos que tenho sobre ele, provavelmente nunca mais o veria. Mesmo sabendo que isso é errado, não posso evitar como me sinto. Tem sido diferente com ele desde o dia em que o conheci e comecei a aceitar que sempre sentirei mais por ele do que provavelmente deveria, especialmente ele sendo um dos meus chefes.

PC — ou pré-câncer — eu poderia ter me convencido a guardar o que sinto. Não é prático ou aconselhável, mas não me importo. DC — depois do câncer — sei que a vida é curta e sentimentos como os que tenho não aparecem todos os dias. Não quero fugir e me esconder do jeito que teria feito antes que a vida me desse uma bofetada e um lembrete poderoso de que o tempo é finito, a boa saúde é um presente e a vida deve ser celebrada e vivida ao máximo.

Eu o quero. Quero sua mão no meu joelho no carro. Quero seu corpo grande, forte e sexy abraçado ao meu na cama à noite. Quero que ele realmente conheça meus filhos. Eu o quero em nossas vidas — da forma que puder — e suas ações na noite passada só me fazem querê-lo ainda mais diante desse dia glorioso no sul da Califórnia.

— Gostaria de vir jantar mais tarde? — pergunto, tentando dizer em um tom casual. Acho que o faço de forma bastante convincente. — Quero te agradecer por tudo que fez na noite passada.

— Não precisa me agradecer. Fiquei feliz por estar lá com vocês.

— Ainda assim, precisamos comer. Você precisa comer. E sou uma cozinheira muito decente, posso dizer.

Ele mantém seu olhar coberto por aqueles óculos de sol enlouquecedores que escondem os lindos olhos, então não posso dizer o que ele está pensando. Depois de um longo silêncio, ele diz:

— Claro, parece bom. Que horas?

— Por volta das seis e meia? Ou é cedo demais para você? Eu poderia dar o jantar para as crianças e depois...

Ele aperta meu joelho, o que me impede de continuar.

— Seis e meia está ótimo. O que posso levar?

— Nada. Você já fez mais do que o suficiente por mim. Deixe-me fazer algo por você.

Ele me olha rapidamente e depois volta sua atenção para a estrada.

— Não precisa fazer nada por mim, Aileen.

— Por que não? A amizade é uma via de mão única no seu mundo?

— Não — ele diz, soando desconfortável com o rumo da conversa.

Eu deveria deixar pra lá, mas não posso.

— Me deixe te contar como a amizade funciona no meu mundo. Você organiza para que eu tenha um carro, um emprego e uma nova vida. Corre para ajudar minha filha machucada, nos acompanha até o pronto-socorro e fica comigo até ter certeza de que não vou ter um colapso completo. Então, você aparece hoje de manhã, quando certamente tem coisas melhores para fazer, com donuts e a oferta de uma carona para pegar meu carro. Depois de tudo isso, vou precisar fazer o jantar todas as noites durante um ano para agradecê-lo corretamente.

Depois de outro longo silêncio, ele fala:

— Eu não tinha coisas melhores para fazer esta manhã.

— Certo — falo com uma risada. — Se você está dizendo.

— Estou. — Ele aperta minha perna novamente e, juro por Deus, se minha filha não estivesse machucada e presa a mim, eu estaria tentada a soltar o cinto de segurança e me aconchegar a ele. Um aperto é o suficiente para me deixar *louca*.

— Minha mãe é uma cozinheira muito boa — Maddie fala. — Ela também faz um macarrão com queijo e frango delicioso.

— Adoro frango — ele fala, parecendo mais confortável falando com ela do que comigo.

Eles mantêm a conversa sobre coisas bobas por todo o caminho até a casa de Flynn e Nat. A mão de Kristian permanece na minha perna, exceto quando ele precisa trocar a marcha. Cada vez que ele muda, coloca a mão de volta na minha perna, me fazendo desejar ficar sozinha com ele. Mas isso não é para acontecer. Pelo menos, não agora.

Kristian tem o código para o portão e o digita. Ele se abre e nós paramos ao lado do meu carro, que está exatamente onde deixei na noite passada. Tanta coisa aconteceu desde então que minha cabeça gira enquanto tento processar tudo. Ele sai do carro e dá a volta para ajudar Maddie, que ainda está um pouco desequilibrada ao ficar de pé. Vendo isso, ele a pega em seus braços e ela se aconchega a ele como se fosse algo que ela sempre fez.

Meu coração incha ao observá-lo carregar minha garotinha.

Ela passa as mãos ao redor do seu pescoço e ele a aperta.

É demais para mim e não o suficiente ao mesmo tempo.

Kristian entra direto na casa como se tivesse feito isso um milhão de vezes antes, o que provavelmente fez. Essas pessoas são muito íntimas e nos fizeram sentir muito bem-vindos entre elas.

Encontramos Natalie e Logan na piscina, onde ele está espirrando água enquanto ela fica de olho.

Logan salta da piscina e corre para nós.

Kristian coloca Maddie no chão e Logan a abraça com força.

Mais uma vez meu coração se aperta. Não posso suportar a sobrecarga de emoções de hoje e são apenas dez horas!

— Você está bem, Maddie? — ele pergunta, recuando para dar uma olhada no curativo na testa da irmã.

— Aham, mas tive que levar pontos na cabeça!

— Que droga. Doeu?

— Muito.

Ele estremece.

— Estou contente que você esteja bem. Quer nadar?

— Ela não deve molhar o curativo — digo a ele.

— Ela pode colocar os pés dentro da piscina. — Ele segura a mão da irmã e gentilmente a leva para os degraus, esperando que ela se acomode antes de soltá-la.

— Ele é muito gentil com ela — Kristian comenta.

— Ele é quase sempre assim — respondo, mantendo a mão no meu peito como se isso pudesse conter a emoção.

Natalie me abraça.

— Ele estava muito preocupado. Como você está, mamãe?

— Enquanto ela estiver bem, estou bem.

— Conseguiu dormir?

Olho para Kristian, que parece inexpressivo enquanto fica de olho nas crianças.

— Um pouco.

As sobrancelhas de Natalie arqueiam, mas, felizmente, ela não diz nada.

— Eu deveria ir trabalhar — Kristian fala.

— Flynn já está lá. Ficarei feliz quando passar esta estreia.

— Haverá outra antes de nos darmos conta — ele fala. — É o que nos mantém no negócio.

— Acho que sim, mas ninguém me disse que as celebridades trabalham tanto.

Kristian ri.

— As pessoas fazem com que pareça muito glamouroso quando é trabalhoso demais.

Quero abraçá-lo, mas consigo me controlar. Mais ou menos.

— Muito obrigada pela carona e pelos donuts. E por tudo mais.

— Sem problemas. Vejo você mais tarde.

— Certo.

— Tchau, pessoal — ele fala para as crianças.

— Tchau, sr. Kristian.

— Tenham um bom dia, garotos.

Eu o observo sair, porque a visão de costas é tão boa quanto de frente e, depois que ele sai e fecha a porta de tela, vejo Natalie me observando tão de perto quanto eu o observava.

8

Aileen

No segundo em que ele se afasta, Natalie pergunta:

— Estou vendo um progresso?

— Um pouco.

Ela me pega pela mão e meio que me arrasta para a cadeira ao lado da que estava sentada.

— Me conte. Não deixe nada de fora.

Deixando de fora os elementos mais pessoais, eu a atualizo com o que aconteceu depois que chegamos em casa ontem à noite e como ele me surpreendeu ao aparecer esta manhã para tomar o café da manhã e oferecendo carona para pegar o carro.

— Ele está tão afim de você, que não é nem engraçado — Natalie diz. — E o pobre rapaz não tem ideia do que fazer a esse respeito.

— Gosto muito dele.

Natalie morde o lábio, me fazendo pensar se há algo em sua mente.

— O quê?

— Eu só... quero que você tenha cuidado com ele. Ele é muito... complicado.

— O que você sabe que não sei?

Ela balança a cabeça.

— Nada que eu possa te dizer. Tem que partir dele, se e quando ele decidir te contar.

— Natalie! Vamos! Você não pode largar algo assim no ar e depois não me contar o que quer dizer.

— Eu já disse mais do que deveria.

— Pode me dar uma dica?

— Não.

— Eu e meus filhos estamos seguros com ele?

Ela arregala os olhos.

— Sim! Não é nada disso. Deus, estou fazendo uma confusão. Quando digo complicado, quero dizer privado, pessoal e... merda. Sou péssima nisso.

— Você tem que me dizer do que está falando ou vou ficar louca pensando.

— Não cabe a mim contar as intimidades dele. Isso é pessoal.

— Como você sabe sobre as intimidades dele?

Mais uma vez, ela morde o lábio, olha ao redor e para nas crianças. Logan está nadando em círculos na frente de Maddie, que está dizendo a ele o que fazer, como de costume. Eles estão ocupados e longe o suficiente de nós para que eu não me preocupe que eles ouçam nossa conversa.

— Se eu te contar, você tem que jurar por Deus em uma pilha de Bíblias que nunca vai dizer onde ouviu ou o que sabe a esse respeito.

— Juro por Deus. — Estou tão desesperada para saber que juro até pela minha própria vida neste momento.

— Sabe o que é BDSM?

— Ahh, sim. Vi os filmes. O que tem?

— Ele é adepto. Todos são. *Nós* todos somos.

Se ela tivesse me dito que porcos voavam do inferno, eu não teria ficado mais atordoada do que com essa informação.

— Você, o Flynn...

— Ele me apresentou ao estilo de vida depois que estávamos juntos e me tornei adepta. Para dizer o mínimo.

Preciso de um ventilador. E um cigarro.

— Você está falando sério?

— Seríssimo. A única razão pela qual estou te contando é porque vi o que aconteceu quando Hayden escondeu isso da Addie na época em que eles ficaram juntos pela primeira vez. Eles quase perderam algo importante porque ele não dividia essa parte da sua vida com ela. Não quero que você vá mais longe com Kristian se acha que isso é algo que você não deseja. Se eu aprendi alguma coisa com esses caras, é que fazer parte do estilo de vida não é uma escolha. É *quem* eles *são*.

Não tenho ideia do que dizer.

— O Flynn me mataria por te contar isso, Aileen.

— Obrigada por me falar. Isso realmente explica muito. — Estou tendo visões de estar presa e à sua mercê. Se o calor que percorre meu corpo é uma indicação, a ideia me intriga.

— Ei — Natalie fala. — Você está bem?

— Claro. Por quê?

— Seu rosto está todo corado.

— É o sol. Não estou acostumada.

— Humm, tem certeza de que não está imaginando todos os tipos de cenários em que você estaria à mercê do Kristian?

— Pare — sussurro para ela e olho para os meus filhos. Felizmente, eles ainda estão ocupados com a piscina.

Ela ri.

— Foi o que pensei.

E então outro pensamento me ocorre.

— Não é como se isso pudesse acontecer com a gente.

— Humm, por que, exatamente?

— Sou mãe solteira. Não tenho como sair e fazer qualquer tipo de sexo, quanto mais assim, sempre que eu quisesse.

— Você tem amigos que ficariam felizes em cuidar dos seus filhos quando você quiser.

— Você tem sua própria vida para cuidar e o próprio sexo excêntrico para praticar. Não precisa ficar amarrada com meus filhos.

Natalie estende a mão para apertar meu braço.

— Nós te amamos. Amamos seus filhos. E amamos o Kristian. Adoraria ver vocês dois juntos. Acho que você seria boa para ele e vice-versa.

— Por que você acha isso? — Não estou nem com vergonha do fato de estar expondo meus sentimentos por ele. Não posso esconder que estou ferozmente interessada.

— Há algo nele. Não posso afirmar com certeza, mas há momentos em que ele me faz lembrar de algumas das crianças que tive na minha classe, as que iam para a escola com fome e usando roupas sujas. É difícil explicar o que quero dizer, mas havia algo nos olhos daquelas crianças que vi nele também.

Meu coração dói com o pensamento de ele estar magoado ou perdido de alguma forma. Quero consertar tudo para que nada o machuque de novo.

— Ele é um homem rico, poderoso e bem sucedido.

— Agora. Mas, honestamente, não tenho ideia de onde ele vem. Ninguém fala sobre o passado dele e nunca ouvi falar sobre sua família.

— Quero saber tudo a respeito dele. Sou como uma garota de quatorze anos com uma queda pelo capitão do time de futebol. Sinto como se ele fosse inalcançável para mim.

— Talvez ele se sinta assim com você. Já considerou isso?

— Sério? Olhe para mim e para ele. Ele não sente como se eu fosse inalcançável.

— Você, minha querida amiga, é linda, doce e alegre. Não tem nada com o que se preocupar e, a julgar pela maneira como ele te olha, ele vê o mesmo que eu.

— Você é muito gentil em dizer isso, mas já faz muito tempo desde que tive interesse em um homem. Droga, não transo desde que estava grávida da Maddie.

— Uau...

— Eu sei! Provavelmente tem teias de aranha lá dentro.

Natalie morre de rir.

— O que é tão engraçado, mamãe? — Logan pergunta.

— Nada — respondo. — Nada mesmo. — Dou um olhar enviesado para Natalie enquanto ela continua a rir.

— Desculpa. — Ela enxuga as lágrimas. — Foram as teias de aranha que fizeram isso.

— Nem todos nós temos a sorte de ter um astro de cinema gostoso, sexy e excêntrico em nossas camas para manter as teias de aranha longe.

Ela bufa.

— Nenhuma teia de aranha cresce por aqui. Isso é certo.

— Eu imagino.

Ela me olha.

— Posso te perguntar uma coisa?

— Claro.

— Você nunca fala sobre o pai das crianças e eu não queria perguntar. Mas admito que estou curiosa.

Fixo meu olhar nos meus bebês, as únicas coisas boas que vieram de um relacionamento que me causou mais sofrimento do que alegria.

— Ele nos deixou logo antes da Maddie nascer. — Há muito mais na história, mas não é algo que eu costume falar, mesmo com meus amigos mais próximos. Anos depois do ocorrido, ainda é muito doloroso pensar a respeito.

— Ah, Deus. Sinto muito, Aileen.

— Ele não conheceu a filha.

— Deve ter sido terrível para você.

— Não foi a melhor época da minha vida. Isso é certo. Por muito tempo depois que ele foi embora, fiquei apavorada com o que seria de mim e das crianças. Ele nunca me deu um centavo depois que partiu. Foi difícil, especialmente morando na cidade, que é tão caro. Mas arranjei um emprego decente como administradora de uma empresa de serviços financeiros e tinha uma adorável senhora no meu prédio que cuidava das crianças para mim quando eu estava trabalhando. Ela era uma dádiva de Deus. Estávamos bem até eu ficar doente. — Olho para ela. — Você e o Flynn não podem imaginar a diferença que fizeram na nossa vida depois que ele fez aquela doação enorme para o fundo que a escola criou.

— Aquilo foi ideia *dele*. Não posso levar qualquer crédito.

— Você o apresentou a nós. Nada disso teria acontecido sem você.

— Estamos felizes por você ter recebido a ajuda de que precisava.

— De certa forma, ele salvou minha vida me apresentando ao dr. Birnbaum. Tudo ficou melhor depois disso.

— Você vai se consultar com algum médico daqui?

— Ele me encaminhou para um colega da UCLA que faz parte do estudo da mesma pesquisa que ele. Tenho uma consulta para um check-up na semana que vem enquanto as crianças estarão no acampamento.

— Tenho certeza de que tudo vai ficar bem.

— Espero que sim, mas vai demorar alguns anos até que eu esteja completamente curada e, mesmo assim, sempre pode voltar.

— Isso não vai acontecer — Natalie fala de forma enfática.

— E como você sabe disso, espertinha?

— É só algo que sinto. Prevejo que você vai se apaixonar loucamente por um homem intenso e sexy, que vai se apaixonar por você e seus filhos, e todos viverão felizes para sempre.

— Você deve estar lendo muitos romances.

— Ha-ha, mas marque minhas palavras. Você vai ficar com ele.

— Eu queria te fazer uma pergunta... no caso da minha vida não funcionar como um romance...

— O quê?

— Você cuidaria das crianças? Sei que isso é algo muito sério de se pedir.

Ela levanta a mão para me impedir de falar mais.

— Claro que sim. Não gaste mais um segundo se preocupando com isso. Não vai acontecer.

— Mas se acontecer...

— Vamos cuidar deles e amá-los como amaremos nossos filhos. Prometo.

Meus olhos se enchem de lágrimas.

— Obrigada.

— Mas não quero falar sobre coisas que nunca vão acontecer. Quero falar sobre você e aquele homem sexy e gostoso que está interessado em você e as coisas que vão acontecer.

Meu estômago se contorce de excitação e uma pontada de ansiedade. Nunca vou negar que o quero intensamente. Mas posso ser o que *ele* quer? Isso não sei e não tenho a menor ideia do que fazer com essa nova informação que Natalie me deu.

Kristian

Tenho uma reunião atrás da outra com pessoas que precisam de respostas para uma tonelada de perguntas que só eu posso responder. Temos a pré-estreia de *Insidioso*, o novo filme da Quantum, na noite de sábado e há um milhão de detalhes para serem vistos, pedidos da imprensa chegando e tudo em que posso pensar é em Aileen e como foi maravilhoso abraçá-la e beijá-la na noite passada.

Lembrar o quanto ela foi responsiva me deixa excitado no meio do dia de trabalho, que é exatamente o que preciso com pessoas entrando e saindo da minha sala, o telefone tocando e minha assistente, Lori, esperando que eu assine uma pilha de cheques.

— O que há com você hoje, chefe? — ela pergunta com a mão no quadril e demonstrando aborrecimento. Com cabelos escuros na altura do queixo e grandes olhos verdes, ela é uma jovem linda e muito ativa que contratei assim que saiu da USC há alguns anos. Desde então, ela é essencial para mim e é por isso que eu aguento sua impertinência.

— Nada.

— Sua cabeça não está aqui. Tem alguma coisa acontecendo.

— Perdi a parte do seu currículo que dizia que você faz psicologia?

— Ha-ha muito engraçado. Eu te conheço e sei quando não está prestando atenção e hoje você definitivamente *não* está prestando atenção. Por exemplo, você acabou de assinar o seu pedido de almoço.

— Ela dá uma gargalhada enquanto segura o cardápio da lanchonete.

— Aparentemente, você quer Kristian Bowen para o almoço, o que não deve ser confundido com o Clark Gable de sempre — Lori fala, se referindo a um dos pratos do restaurante que leva o nome do famoso ator. Ela ri muito às minhas custas, o que me faz sorrir mesmo que eu odeie encorajá-la.

— Vou querer um sanduiche Paul Reuben com picles extra, sem trocadilhos.

Ela levanta uma sobrancelha questionando, porque raramente como sanduíches.

— Estou com vontade de comer pastrami — digo a ela.

— Tudo bem. — Ela se dirige para a porta, mas se vira. — Ouvi você dizer que está tudo bem, mas te conheço. Alguma coisa está acontecendo. Se precisar de algo, espero que você peça.

— Há uma coisa...

— O que é?

— Quero convidar alguém para a pré-estreia no sábado, mas ela tem filhos. Todo mundo que conhecemos também estará lá, então vou precisar de uma babá. Você conhece alguém que esteja disposto a ficar com duas crianças muito boas, de cinco e nove anos? Pagarei mil dólares.

— Minha colega de apartamento, Cecelia, pode ficar.

— Pode? Mesmo? — Eu a encontrei algumas vezes, e ela parece legal.

— Sim. Ela está passando por um rompimento doloroso, então tem ficado em casa todas as noites. Vai ser bom para ela ter algo para fazer.

— Você não deveria checar com ela primeiro?

— Vou mandar uma mensagem para me certificar, mas estou quase certa de que ela vai querer.

— Acha que ela estaria disposta a passar a noite? — Estou indo mais rápido do que de costume e sei disso, mas parece que não consigo impedir que o trem saia da estação e corra pelos trilhos.

— Tenho certeza de que ela aceitaria. Vou perguntar e te aviso.

— Diga a ela que pago mil e quinhentos para passar a noite.

— Uau. Você deve gostar mesmo dessa mulher.

Reconheço uma armadilha quando vejo uma, então volto a olhar o e-mail, evitando a pergunta. Ela entende a dica e me deixa trabalhar em paz, mas agora estou ansioso para saber se Cecelia, que é uma enfermeira de vinte e poucos anos, vai ser babá dos filhos de Aileen no sábado para que eu possa levá-la à pré-estreia. Então outro pensamento me ocorre e ligo para Addie, pedindo que ela passe no meu escritório quando tiver uma chance.

Ela enfia a cabeça pela porta quinze minutos depois.

— Chamou?

— Entre. Feche a porta.

— Está tudo bem?

— A sua amiga, Tenley, a *stylist*...

— O que tem ela?

— Ela seria capaz de me ajudar com algo para a noite de sábado?

— Prazo curto.

— Eu sei, mas estou disposto a pagar o que ela quiser.

— Deixe-me perguntar a ela. — De pé diante de mim, ela envia uma mensagem.

Parte de mim não pode acreditar que estou fazendo tudo isso antes de convidar Aileen para vir comigo, mais uma prova de que me antecipei. No entanto, duvido que ela não queira ser minha acompanhante.

Minha acompanhante. Quando foi a última vez que tive algo tão trivial quanto um encontro? Exceto que, se ela disser que sim, nada neste encontro será comum *ou* trivial, porque estarei com ela.

— Ela disse que para você ela dá um jeito. Ela quer saber quem, o que, quando e onde?

— Posso informar tudo isso amanhã?

Addie envia a mensagem e acena com a cabeça.

— Ela disse que vai te ligar.

— Obrigado, Addie.

— Sem problemas. Posso perguntar quem é ou já sei?

— Você já sabe. — Solto um botão da camisa, porque de repente está quente aqui. Não é como se eu costumasse compartilhar minha vida pessoal com outras pessoas. A primeira lição para sobreviver nas ruas foi manter a boca fechada. É uma lição que ficou comigo.

Addie bate palmas e solta um grito.

— Ah, eu sabia! Eu disse ao Hayden que vocês dois vão acabar juntos.

— Não se antecipe – e não me agoure. É muito recente.

Ela me olha com curiosidade, fazendo com que eu me contorça um pouco.

— Por que você não parece feliz por ter encontrado alguém especial?

— O quê? Estou feliz.

— Não, não está.

— E você sabe melhor do que eu como me sinto?

— Te conheço há muito tempo, Kris. Você esteve "distante" a semana toda. Achei que estava animado para a mudança dela e das crianças, mas você não apareceu para recebê-los. Jasper disse que você estava doente, mas estava mesmo ou era outra coisa?

Para alguém que nunca teve família, ainda é inquietante que existam pessoas neste mundo que também me conheçam tão bem — ou melhor — quanto eu mesmo. Foco o olhar em uma caneta e a equilibro entre dois dedos, o que é melhor do que olhar para ela.

— Kris... fale comigo. Me diga o que há de errado.

— Não há nada errado.

— Não minta para mim nem para si mesmo. Você é melhor que isso.

— Não, não sou. — As palavras saem mais duras do que pretendo, e ela está surpresa com o que e como eu disse.

Com as mãos nos quadris, ela me olha.

— O que é que isso quer dizer?

Suspirando, me inclino contra a cadeira, resignado a ter essa conversa, querendo ou não — e definitivamente não quero falar sobre isso com todo mundo que conheço. No entanto, meus amigos não me permitirão usar minhas táticas habituais de evasão nesse caso.

— Ela merece alguém melhor do que eu. Não sei como ser suave, gentil ou doce, e é disso que alguém como ela precisa. Ela passou por tanta coisa...

Addison dá a volta na minha mesa e se inclina contra o móvel. Ela está tão perto agora que não há como evitá-la.

— Você foi todas essas coisas quando Maddie se machucou. Reagiu instintivamente e deu a elas tudo o que precisavam – e ainda mais, se te conheço bem. Talvez você nunca tenha precisado dar essas coisas para uma mulher antes, mas não me diga que não tem isso em você, porque sei que tem.

Sua fé em mim é esmagadora.

— Estou com medo...

— De *quê*?

— Tenho medo de tocá-la. E se eu a assustar ou machucá-la? Ela já sofreu muito. Me mataria causar mais dor a ela.

— *Converse* com ela. Diga o que você quer. Ela pode te surpreender. Pergunte ao Hayden o que acontece quando um homem não é honesto com a mulher que ama. — Ela pisca. — Ele vai dizer o quanto é mais fácil se *comunicar* do que se esconder.

— Você é mais resistente que ela.

— Eu não diria isso. Ela criou dois filhos maravilhosos e lutou contra o câncer *sozinha*. Acho que ela é uma das mulheres mais resistente que já conheci.

Eu não tinha pensado assim até que ela falasse de maneira tão direta.

— Uma coisa que posso dizer por experiência pessoal é que não há nada que uma mulher forte odeie mais do que ser subestimada.

Esse é outro bom ponto.

— E se... — É preciso toda a minha coragem para expressar meu medo mais profundo. — E se ela disser que está interessada e se mostrar mais do que ela consegue lidar?

— Presumo que você lidaria com coisas como limites e palavras seguras com antecedência?

— Claro, mas não é disso o que tenho medo.

— Então, o que é?

— E se eu a assustar?

— Se você contar tudo a ela com antecedência, incluindo o estilo de vida, ela vai saber o que esperar e isso não vai assustá-la.

— E se for demais e ela não me quiser assim?

— Então, pelo menos, você saberá como ela se sente e poderá

seguir daí. Você não pode agir no escuro quanto a esse assunto. Isso quase arruinou as coisas entre Hayden e eu antes que tivéssemos uma chance de ficarmos juntos, o que teria sido trágico.

Não se pode negar o quanto Hayden anda feliz desde que se permitiu se apaixonar por Addie. Ele passou de um pé no saco a um tolo sorridente e idiota — e tudo por causa da mulher sábia que me fez dizer mais sobre o que acontece dentro de mim do que jamais contei a alguém. Nunca.

E ela está certa. Eu deveria conversar com a Aileen sobre isso e vou. Esta noite. Assim que as crianças forem para a cama, vou abrir o jogo e ver o que acontece.

De repente, sinto que vou vomitar.

9

Aileen

Eu e as crianças temos um dia longo e tedioso enquanto tento manter Maddie quieta e confortável. Sinto muito por Logan, que quer ir à praia, ao parque ou algo assim, mas está preso em casa conosco. Apenas a antecipação da chegada de Kristian me mantém sã enquanto luto com crianças chorosas.

O machucado de Maddie dói, então lhe dou um pouco de Tylenol e a coloco para dormir, esperando que o remédio aja enquanto ela descansa.

Em seguida, dou atenção a Logan, o que envolve assistir aos Minions com ele pela centésima vez ou, pelo menos, é assim que me parece. Ele ama esses filmes e fica envolvido como sempre e se aconchega em mim no sofá, permitindo que eu passe meus dedos pelo seu cabelo enquanto o assiste.

O acidente de Maddie o abalou tanto quanto a mim e é por isso que ele está um pouco mais apegado do que o normal hoje. Mas não me importo. Quanto mais velho ele fica, menos se sente confortável comigo e sinto falta do meu garotinho que sempre quis que eu o abraçasse, mesmo quando estava quase muito pesado para eu pegá-lo no colo.

Eles estão crescendo rápido demais para o meu gosto, então

aproveito a chance de abraçá-lo com firmeza sem que ele se afaste do jeito que anda fazendo ultimamente.

O filme não chama minha atenção, então minha mente vagueia para a informação que Natalie me deu mais cedo. Ainda estou tentando entender o que isso significa e estou louca para acessar a internet para pesquisar. Mas não posso fazer isso com meus filhos por perto. Não sei quase nada sobre o estilo de vida ou como funciona, mas estou incrivelmente curiosa. Mais do que tudo, quero saber como isso se aplica a ele. O que ele gosta? E como vou encontrar coragem para abordar este assunto com ele? Pensar em dizer algo como, *ei, soube que você gosta de sexo excêntrico*, me faz sentir como se eu estivesse ligada a uma tomada. Cada célula do meu corpo está formigando há horas.

Me sinto culpada por permitir que meus pensamentos sigam nessa direção quando estou aconchegada ao meu filho, mas desde que Natalie preencheu alguns espaços vazios importantes para mim, é quase tudo em que consigo pensar.

Juro que o relógio está se movendo ao contrário.

Devo ter cochilado, porque acordo ao sentir Logan se esticar no momento em que o filme termina, às cinco e meia. Falta uma hora.

— O que vamos jantar? — ele pergunta.

— Macarrão com queijo e frango.

— Estou morrendo de fome.

Essa é a minha deixa para levantar e começar a preparar a comida. Enquanto faço o frango à milanesa do jeito que as crianças gostam, eu me lembro de Kristian me dizer que come comida saudável, então faço uma porção grelhada e salada para acompanhar o macarrão com queijo que faço para as crianças. Natalie pensou em tudo quando nos forneceu mantimentos e sou muito grata por sua generosidade.

Com o macarrão e o frango no forno, e a salada na geladeira, verifico Maddie e digo a Logan que vou tomar um banho. Quero estar o melhor possível para Kristian, então levo um tempo me preparando. Acho um lindo vestido dos meus dias de solteira em uma das caixas que enviei de Nova York. Não me serviu depois de ter filhos, mas agora que perdi tanto peso, posso usá-lo novamente. É preto e vermelho. O decote valoriza meus seios, o único lugar que ainda tenho um pouco de volume extra depois da doença.

O câncer foi diagnosticado cedo pelo ginecologista durante uma consulta de rotina. Fiz uma cirurgia para retirada do nódulo e depois uma segunda para remover o linfonodo suspeito que apareceu. Tecnicamente, fui diagnosticada no estágio três por causa dos linfonodos, mas meus médicos disseram que não havia se espalhado e se sentiram mais confiantes em retirar só o nódulo, sem necessidade da mastectomia, que é mais radical. A quimioterapia que recomendaram como "precaução" quase me matou, mas agora havia acabado. Pelo menos, é o que espero. Essa foi, de longe, a pior parte. Me deixou tão mal que não pude comer por semanas. Sinceramente, acredito que o fato de Flynn ter me levado para me consultar com o dr. Birnbaum salvou minha vida. Ele acreditava que eu havia recebido uma dose quase letal de quimioterapia e que aquilo poderia ter me matado se eu tivesse continuado o tratamento.

Não suporto pensar em tudo isso quando tenho tantas coisas melhores para me concentrar, como um homem sexy vindo para o jantar. Faço o que posso com o meu cabelo curto e encaracolado, aplico máscara de cílios, um toque de blush, corretivo para esconder os sinais da noite quase sem dormir e o gloss que comprei antes de ficar doente e nunca usei.

Saio do quarto, verifico Maddie novamente e vou para a sala de estar onde Logan está brincando com bonecos de super-heróis. O Homem de Ferro é o seu favorito e é esse que ele está segurando quando olha para mim e dá uma segunda olhada.

— O que foi? — pergunto.

— Nada. Você está bonita. Muito bonita.

Percebo que faz um bom tempo desde que ele me viu fazer um esforço com a minha aparência e prometo tornar isso uma coisa mais regular para que ele não se preocupe tanto comigo.

— Obrigada.

— Por que você se arrumou?

— Porque o sr. Kristian está vindo para o jantar. — Me sento no banquinho para me aproximar dele.

— Ele é seu namorado?

— Não sei se o chamaria assim, mas se fosse, como você se sentiria?

Ele dá de ombros.

— Tudo bem. — Apesar do que ele diz, vejo algo incerto em sua expressão.

Eu o cutuco com o joelho.

— Me fale a verdade.

— Ele te olha de um jeito engraçado.

Sinto meu estômago dar um nó.

— É?

— Aham. — O Homem de Ferro voa sobre a cabeça de Logan. — Isso significa que ele gosta de você.

Quero perguntar como ele sabe dessas coisas.

— Você acha?

— Dã — ele diz com o sorriso que eu amo tanto. — Até eu sei disso.

— O que você acha dele?

— Ele é legal. Ele foi muito bom com a Maddie na noite passada quando ela se machucou.

— É verdade.

— Tudo bem se você gosta dele, mãe. Eu não me importo.

— É bom saber. Obrigada.

Uma batida na porta faz meu coração acelerar. Ele está aqui. Me levanto para abrir a porta de tela para ele e me impressiono mais uma vez com a sua beleza. Cabelos escuros ondulados, incríveis olhos azuis destacados pela camisa azul clara que ele está usando e um corpo incrível. Ele está carregando um enorme buquê de flores e uma sacola.

Seguro a porta de tela para ele.

— Entre.

— Para você — ele fala, me entregando o arranjo lindo e perfumado. Reconheço lírios, *snapdragons* e hortênsias brancas, minhas favoritas. Adoro que ele as tenha incluído, o que significa que Natalie deve ter dito a ele que são minhas preferidas.

— São lindas. Obrigada.

Ele abre um sorrisinho enquanto seu olhar pousa em meus lábios, me deixando saber que ele quer me beijar, mas não vai fazer isso com Logan olhando.

Anseio por esse beijo.

— Oi, Logan.

— Oi.

— Como está a Maddie?

— Ela está dormindo. O corte estava doendo mais cedo. — Aceno para a cozinha. — Quer me ajudar a colocar isso em um vaso?

— Hum, claro.

Na cozinha, coloco as flores no balcão e me viro para ele, apoiando as mãos em seus quadris.

— Oi — eu sussurro.

— Oi. — Sua voz é rouca e sexy, e eu gostaria de poder ficar sozinha com ele. Esse pensamento é sem precedentes para mim. Não sou o tipo de mãe que anseia por se libertar dos filhos. Adoro estar com eles e nunca são demais para mim. Nós três somos uma unidade há muito tempo. Mas agora...

Seus lábios roçam nos meus, afastando todos os pensamentos da minha cabeça enquanto procuro sua proximidade, seu cheiro, o arranhar da barba por fazer contra o meu rosto.

Respiro fundo.

Ele desvia a atenção para o meu pescoço.

— Foi um longo dia — ele sussurra.

— Esteve ocupado?

— Sim, mas não é isso que fez com que fosse um dia longo demais.

— Não?

Ele balança a cabeça.

— A espera fez isso demorar muito. — Seus braços deslizam ao meu redor, me puxando para perto do seu corpo totalmente excitado.

Minha reação é instantânea, minhas pernas estão moles. A última coisa que quero é dar fim a algo tão bom, mas não podemos fazer isso agora.

— Kristian...

— Humm? — Ele parece estar me inspirando, o que eu acho absurdamente erótico.

— As crianças.

Ele congela, levanta a cabeça e dá um passo para trás, mas seus olhos... seus olhos estão em chamas por mim.

— Sinto muito.

— Não sinta. Queria tanto quanto você.

— Não tenho certeza de que é possível.

Perceber que ele me quer com tanta intensidade torna muito mais difícil me afastar, colocar as flores em um vaso, tentar me concentrar em terminar o jantar e acordar Maddie para que ela não fique sem dormir depois.

Estou distraída com a sua presença e o modo como ele continua a olhar para mim enquanto jogo conversa fora com ele e as crianças durante o jantar no quintal. Remexo a comida, porque tem um gosto estranho e estou muito cansada para comer.

Kristian me observa enquanto conversa com Logan sobre a sala de jogos de sua casa que meu filho adorou quando fomos lá.

— Você precisa vir me visitar e jogar de novo.

— Posso, mãe?

— Claro, podemos ir, sim.

— Amanhã — Kristian fala. — Vamos pedir pizza e jogar.

— Isso seria *incrível* — Logan fala com um sorriso enorme.

— O que se diz? — pergunto a ele.

— Obrigado, sr. Kristian.

— Pode me chamar de Kris se quiser. Todos os meus amigos me chamam assim.

Posso ver que Logan está entusiasmado por ser elevado ao status de *amigo,* e eu abro um sorriso caloroso a Kristian. Ele não pode imaginar o que sua gentileza e atenção em relação aos meus filhos significa para nós.

— Posso jogar também? — Maddie pergunta.

— Claro que pode. Tenho o jogo *Frogger* original que você vai adorar. Você tem que fazer o sapo pular para atravessar o rio de um lado para o outro. Aposto que vai ser ótima nele.

— Eu amo sapos — Maddie fala com os olhos brilhando de animação, o que é um alívio bem-vindo depois de um dia difícil.

— Eu sei. Vi o seu cobertor de sapo ontem à noite.

E ele presta atenção. *Ah, meu Deus!* Estou louca por ele. Este homem...

— Sapos e cavalos — Logan diz com desdém. — Ela só liga para isso.

— Assim como você só liga para vídeo games e eletrônicos — respondo.

Ele mostra a língua para mim.

Rindo, bagunço o seu cabelo.

— A verdade dói, garoto.

Faço as crianças ajudarem a limpar tudo depois do jantar e elas trabalham juntas para guardar a comida e carregar a máquina de lavar louça enquanto Kristian e eu ficamos do lado de fora para lhes dar espaço para trabalhar. Além de mediar alguns desentendimentos, não me envolvo.

— Eles são ótimos — ele diz baixinho para que só eu o ouça. — Educados, engraçados, fofos, doces, prestativos, bem-comportados. Eles devem ter uma mãe fantástica. — Sob a mesa, sua mão encontra a minha, e ele entrelaça nossos dedos.

Seu toque me faz aquecer por inteiro.

— Obrigada. Tive sorte com eles.

— É preciso mais do que sorte para ter crianças que carregam a máquina de lavar louça e limpam a cozinha sem protestar.

— Eu sempre os fiz ajudar. Para eles isso já é normal.

— A que horas eles vão para a cama? — ele pergunta, balançando as sobrancelhas para mim.

Isso é tudo o que é preciso para me incendiar.

— Às oito. Maddie pode ter dificuldade hoje, porque tirou um grande cochilo.

Ele se recosta e coloca os pés na cadeira que Logan havia ocupado.

— Tudo bem. Não tenho outro lugar para ir.

E eu devo continuar funcionando depois de ouvir isso?

Supervisiono as crianças durante o banho e ao vestirem os

pijamas. Leio duas histórias e permito que Maddie ouça música com seus fones de ouvido por um tempo para ajudá-la a adormecer depois do longo cochilo. Rezo para que ela não fique acordada a noite toda, porque parece que tenho planos.

Estremeço ao pensar no beijo de ontem à noite e na cozinha hoje mais cedo, para não mencionar as informações que Natalie me deu e como eu poderia abordar esse assunto com ele.

— Está com frio, mãe? — Logan me pergunta, interpretando mal o meu arrepio.

— Um pouco.

— Coloque um suéter. Não quero que você fique doente de novo.

Toca meu coração quando ele se preocupa comigo.

— Estou muito bem — digo a ele enquanto me inclino para lhe dar um beijo de boa noite. — Juro.

— Podemos ir à praia amanhã?

— Vamos ver como a Maddie vai se sentir de manhã.

— Vou me sentir bem de manhã, então podemos ir à praia.

— Não podemos fazer nada até que todos durmam. — Apago as luzes e deixo a porta encostada para que eu possa ouvi-los se precisarem de mim. — Durmam bem, meninos. Amo vocês.

— Também te amo — Logan diz, sua voz pesada com o sono iminente.

— Mamãe — Maddie me chama. — Posso tomar um copo de água?

— Sim. Volto logo. Entro na cozinha e encho um copo de plástico com gelo e água, colocando uma tampa sobre ele, assim não terei que trocar lençóis em dez minutos, e o levo para ela, beijando-a mais uma vez. — Feche os olhos e vá dormir.

— Está bem.

Saio do quarto na ponta dos pés porque Logan já está apagado e volto para o quintal.

Kristian estende a mão para mim.

— Todo mundo acomodado?

Seguro sua mão e o deixo me guiar para o seu colo.

— Por enquanto. — Estou tão empolgada com a emoção de estar de volta aos seus braços que mal posso respirar. Me sinto muito segura e confortável com ele, mas lá no fundo, espreitando como uma sombra escura, estão as coisas que Natalie me contou. Estou louca por me envolver com alguém cujo estilo de vida é tão diferente do meu? Provavelmente, mas parece que não consigo conter os sentimentos que tenho por ele.

— Quero te perguntar uma coisa — ele fala.

Fico imediatamente alerta.

— Certo...

— A pré-estreia de *Insidioso*, o nosso novo filme, é no sábado à noite. Queria saber se você gostaria de ir comigo.

— Para a *pré-estreia de um filme em Hollywood?*

Ele ri baixinho.

— Sim, esse é o plano.

— Eu... tenho as crianças e o que eu *usaria*?

— Já arrumei uma babá para as crianças e encontrei uma *stylist* para você – isso se você quiser ir.

Meu coração bate tão forte e tão rápido, que temo que eu possa hiperventilar. Ele quer me levar para uma estreia — como sua *acompanhante*.

— Aileen? Você está respirando?

Eu rio.

— Pouco. Quem você chamou para cuidar das crianças?

— A colega de apartamento da Lori, minha assistente. O nome dela é Cecelia, tem vinte e cinco anos e é enfermeira no Centro Médico da UCLA.

— E ela quer *tomar conta* dos meus filhos?

— Parece que ela está passando por um rompimento complicado e vai apreciar a distração.

— Quanto ela cobra por hora?

— Não se preocupe com isso. Eu vou pagar.

— Não me sinto bem com isso. São meus filhos.

— Por favor, me deixe cuidar disso. Eu te convidei para vir comigo. Não quero que lhe custe nada.

Quando penso no que ele disse, mordisco o lábio inferior. Não estou acostumada a confiar em mais ninguém quando se trata dos meus filhos, mas parece significar muito para ele que eu o deixe fazer os arranjos por mim.

— Quero que as crianças a conheçam antes de deixá-las com ela.

— Isso pode ser arranjado. — Depois de uma pausa, ele diz: — Ela concordou em passar a noite.

Ele diz as palavras de forma tão casual, como se não tivesse jogado uma bomba no meio da nossa conversa. Depois de outra longa pausa, ele me dá uma sacudida suave.

— Olá? Terra para Aileen. Volte, por favor.

— Eu, hum...

— Sem pressão, pequena. Se preferir voltar para casa, tudo bem. Só queria te dar a opção de uma noite de folga.

Quero tudo o que ele está oferecendo com um desejo ardente que não sinto desde... bem... nunca.

— Se quiser pensar a respeito, está tudo bem.

— Não.

Sua sobrancelha se arqueia mesmo quando seu rosto demonstra óbvia decepção.

— Não?

— Não quero pensar. Quero ir com você e estar... com você. — Me sinto superaquecida e sobrecarregada quando dou o maior salto da minha vida. O que quer que vá acontecer com ele, eu quero. Eu *o desejo*.

Seu gemido baixo, o aperto dos seus braços ao meu redor e a pressão forte da sua ereção contra o meu traseiro me deixam saber que ele está tão afetado pelo que está acontecendo entre nós quanto eu, e sinto conforto nisso.

— Como vou viver até sábado? — Ele levanta a mão para o meu rosto e me vira na sua direção em busca de um beijo profundo e sensual que faz minha cabeça girar.

Como *eu* vou viver até sábado?

Sua outra mão, que está apoiada na minha perna, desliza para cima enquanto ele me beija com carícias profundas da língua.

— Mamãe. — Maddie está na porta do quintal.

Eu me afasto do beijo e me levanto, grata pela escuridão que faz com que ela não possa ver que estou no seu colo e beijando-o. Kristian me libera e me levanto com as pernas bambas para ir até minha filha.

— O que há de errado, querida?

— O Logan está roncando.

Cada célula do meu corpo vibra com o desejo não satisfeito enquanto a conduzo de volta para o quarto.

— Achei que você estava ouvindo música.

— Eu estava, mas depois parei e o Logan está roncando, então não consigo dormir.

— Volte para a cama.

Ela faz o que mando enquanto viro Logan gentilmente, assim ele não fica de barriga para cima. É uma operação delicada, mas felizmente ele não acorda.

— Pronto — sussurro para Maddie. — Ele vai ficar quieto agora. Não se levante mais a menos que você se sinta mal. — Eu a beijo e a cubro. — Combinado?

— Sim, mamãe. — Ela leva o polegar à boca e seus olhos se fecham.

Acaricio seus cabelos e esfrego suas costas, na esperança de ajudá-la a relaxar.

Estou me recuperando do convite de Kristian, o conhecimento de que vamos ter uma noite inteira juntos em poucos dias e o desejo que me atinge com força. Quando estou confiante de que Maddie está pronta para dormir, me levanto para sair do quarto e volto para Kristian no quintal.

— Tudo certo? — ele pergunta, estendendo a mão para me trazer de volta ao seu colo.

— Acho que sim.

— Devo ir embora?

— Você quer ir?

— Nem pensar.

Rio da declaração direta.

— Então, não.

Seus braços me envolvem enquanto ele acaricia meu pescoço.

— Continuo dizendo a mim mesmo que não deveria estar aqui. Eu não deveria permitir que isso acontecesse, mas não posso ficar longe. Não consigo me impedir.

— Queria que você não se sentisse tão em conflito.

— Há coisas... sobre mim... coisas que você não sabe, e se você souber, pode não querer.

— Está falando do BDSM?

Ele fica rígido com o choque.

— Como é que você sabe disso?

— Ouvi coisas.

— Jesus — ele murmura.

— Está com raiva por eu saber sobre isso?

— Raiva? Não, estou mais surpreso do que qualquer coisa.

— Por eu saber?

— Não tanto quanto pelo fato de você ainda estar aqui.

— Você achou que isso me assustaria?

— Deveria.

— Por quê?

Ele solta um suspiro e balança a cabeça.

— Se me conhecesse, realmente me conhecesse, não iria me querer.

Ouço desespero em suas palavras e isso me toca profundamente.

— Se lembra de quando você me disse que não pode ficar longe, que não consegue evitar?

Ele concorda.

— Sinto o mesmo. — Afasto o cabelo da sua testa. — Não posso deixar de querer estar com você. Quero te conhecer e te entender, incluindo as coisas que você acha que vão me assustar.

— Não estou acostumado com o seu tipo de honestidade.

— Me permita dizer o que o câncer faz a uma pessoa. Faz você perceber que a vida é curta, preciosa e que cada minuto importa. Te deixa intolerante a besteiras.

Ele emoldura meu rosto e passa o polegar sobre meus lábios.

— Isso faz de você uma incrível mudança de ritmo.

— Vai me contar as razões pelas quais você se sente tão indigno de mim?

Ele balança a cabeça.

— Não falo sobre essas coisas com ninguém.

— Isso não vai funcionar comigo.

Ele me olha com surpresa.

— Posso te contar uma história?

— Sim.

— Quero te contar sobre o pai dos meus filhos.

10

Kristian

Ainda estou me recuperando do fato de que ela sabe sobre o BDSM. Ela também sabe que estou escondendo coisas dela e, ainda assim, está aqui, aconchegada em meus braços, prestes a compartilhar uma parte de si mesma comigo. E tudo que posso fazer é continuar respirando enquanto espero para ouvir o que ela vai dizer.

— Conheci o Rex no verão depois que me formei na faculdade. Eu estava na costa de Jersey com amigos por uma semana, e ele veio para uma festa que fizemos na casa que havíamos alugado. Nos demos bem imediatamente. Ele era encantador, doce e sincero. Eu estava acostumada com caras que faziam joguinho. Mas ele não era assim. Ele ligava quando prometia, aparecia quando combinava, vinha de uma boa família e tinha um bom emprego na área financeira. Ele tinha todas as características que eu esperava encontrar em alguém e me apaixonei profundamente por ele nos meses seguintes.

Seguro sua mão enquanto ela fala, precisando da conexão mesmo quando o pensamento de ela ter se apaixonado por outro homem me faz ferver. O que posso dizer? Não sou racional no que se refere a ela.

— Ficamos grávidos do Logan por acidente. Eu não estava pronta para ser mãe. Havia acabado de me formar e estava focada em tentar iniciar minha carreira em marketing. Chorei por dias, mas Rex... ele era uma rocha e estava muito animado para ser pai. Eventualmente, sua animação levou à minha e comecei a aceitar que meus planos haviam mudado.

Ela suspira.

— Olhando para trás agora, não posso acreditar que em algum momento não me senti animada por ser mãe, porque meus filhos são a melhor coisa que já aconteceu comigo. Conversamos sobre casamento, mas nunca concretizamos. Nosso foco estava no trabalho e em cuidar do Logan. Rex era um bom pai, mas durante o primeiro ano, ele começou a sumir por horas e quando eu perguntava onde ele estava, nunca tinha uma boa explicação. Senti medo de que ele estivesse me traindo. Não éramos casados. Tínhamos um bebê. Eu vivia cansada. Nossa vida sexual tornou-se quase inexistente nesse período. Para mim, foi assustador, porque ele ganhava a maior parte do dinheiro que nos sustentava, e eu não conseguia conceber como ficaríamos se ele nos deixasse.

Me mata ouvi-la falar sobre medo ou solidão. Eu a puxo para mais perto de mim.

— Envolva meu pescoço.

Ela coloca os braços ao meu redor, e eu a levo para dentro, puxando a porta de tela atrás de mim. Fico em dúvida entre o sofá e seu quarto, mas escolho o quarto, colocando-a na cama e me acomodando ao seu lado.

Ela se aconchega nos meus braços.

— Muito melhor.

Acariciando seu cabelo curto, peço:

— Me conte o resto.

— Finalmente o confrontei sobre suas ausências, e ele me assegurou que não havia mais ninguém, que amava a mim e ao Logan, e queria nossa vida juntos. Por alguns anos, as coisas ficaram bem e então, quando engravidei da Maddie, ele começou a desaparecer de novo, uma vez por dois dias. Ouvi da esposa de um dos seus colegas que ele havia perdido o emprego e entrei em pânico. Eu não tinha ideia do que fazer ou para quem ligar. Quando ele finalmente apareceu, havia sido espancado. Seu rosto estava tão inchado que mal o reconheci. Queria levá-lo para o hospital, mas ele recusou. Cuidei dele até que ele se recuperou e então exigi que me dissesse onde esteve. Ele desmoronou. Nunca o vi chorar antes. Ele me disse que era viciado em cocaína desde antes de me conhecer e que não podia mais levar uma vida dupla.

Suspiro. Não imaginei esse desfecho em momento algum. Não tenho certeza do que estava pensando, mas não era isso.

— Meu Deus, Aileen.

— Lá estava eu, com uma criança de quatro anos, um bebê que deveria chegar em dois meses, um emprego de meio período, um apartamento de três mil dólares por mês e um namorado viciado em drogas. E me perguntei como eu não sabia disso. Em retrospecto, pude ver que os sinais estavam todos lá. Eu não os juntei. Pedi que ele fosse para a reabilitação, mas ele se recusou. Falei que ele tinha que ir embora, mesmo que eu estivesse apavorada em ficar sozinha com dois filhos. Eu o ajudei a fazer as malas. Ele deu um beijo de boa noite em Logan, me abraçou, disse que sentia muito por não poder ser o que precisávamos e se foi. Nunca mais o vi.

— Jesus. Nem sei o que dizer.

— Tive a Maddie sozinha enquanto uma senhora do nosso prédio cuidava do Logan para mim. No dia seguinte, eu a trouxe para casa e nós três formamos uma família desde então.

Eu a abraço forte, meu coração batendo acelerado. Nunca quis tanto proteger alguém quanto quero proteger a ela e seus filhos.

— E a sua família? — pergunto.

— A minha mãe morreu de esclerose lateral amiotrófica quando eu tinha quinze anos.

— Isso é horrível. Sinto muito.

— Foi terrível. Não desejaria essa doença ao meu pior inimigo. Meu pai se casou novamente um tempo depois que ela morreu e formou uma segunda família com a nova esposa. Eles moram em Louisiana e meus três meio-irmãos estão no ensino médio agora. Não nos vemos muito.

— Nenhum outro irmão?

— Só eu.

— Temos isso em comum. Sempre quis irmãos. Flynn, Jasper e os outros da Quantum são a família que nunca tive.

— Você entende por que eu te falei sobre o Rex?

— Acho que sim.

— Não aceito segredos, Kristian. Esse é meu limite.

Tenho muitos segredos, coisas que nunca contei a ninguém, que levaria uma vida inteira para compartilhar com ela. Este seria um bom momento para dizer que não posso fazer isso. Não posso ser o que ela quer ou precisa, porque meus segredos a deixariam horrorizada. Eu deveria me levantar e ir embora. Deveria sair pela porta e nunca mais olhar para trás. Mas não consigo me mover e fazer o que eu sei que deveria. Não sei como compartilhar essa parte da minha vida, porque nunca dividi isso com ninguém.

Todos nós temos nossos segredos, como descobrimos recentemente quando soubemos que Henry Kingsley é o pai de Jasper e que ele é um marquês britânico na fila para herdar um ducado. Venho do extremo oposto do espectro social, o lado que as pessoas tendem a esquecer e ignorar.

— Kristian?

Quando ela diz meu nome, percebo que saí do foco e a deixei falando sozinha. Pego sua mão e entrelaço nossos dedos, incapaz de estar tão perto dela sem querer tocá-la.

— Não sei como fazer isso.

— Fazer o quê?

— Isso. Ter um relacionamento de verdade. Nunca tive um antes.

— *Nunca?*

Balanço a cabeça, sentindo a antiga vergonha por ter que admitir tal coisa. Como um homem chega a quase trinta e sete anos sem nunca ter tido uma namorada? Vou te contar como e isso vai te dar pesadelos.

— Continuo dizendo a mim mesmo que devo partir, que devo ir embora enquanto ainda posso, mas já é tarde demais para isso. Não posso me obrigar a ir quando sei que seria a melhor coisa para você e seus filhos.

— *Por que* você diz isso, Kristian? Quero entender o que você acha de tão errado em si mesmo.

— Tudo é errado em mim.

Ela suspira exasperada enquanto eu lhe digo nada e tudo ao mesmo tempo.

— Não sei o que você quer dizer.

Mantenho meu olhar fixo em nossas mãos unidas, precisando dessa conexão.

— Você e seus filhos... vocês são uma família. Até eu me tornar parte da Quantum, nunca fiz parte de uma família antes.

Seus olhos se enchem de uma simpatia que me deixa louco. Não quero que ela sinta pena de mim. Mas não a deixo ver a raiva. Como sempre, eu a enterro no fundo, junto com uma vida inteira de raiva.

— E seus pais?

— Nunca conheci o meu pai e a minha mãe foi assassinada quando eu tinha três anos.

Ela suspira.

— Ah, meu Deus, Kristian...

— Nunca contei isso a ninguém. Nem meus amigos mais próximos sabem.

Espero que ela me pergunte por que não contei a eles, mas ela não fala nada. Em vez disso, ela solta minha mão, se aproxima e coloca os braços ao meu redor, seus dedos deslizando em meu cabelo.

— Sinto muito que isso tenha acontecido com você.

Ela não sabe a metade do que aconteceu comigo.

— Você... se lembra dela?

— Vividamente. Também me lembro de ter me escondido no armário quando ela foi morta. O assassino nunca soube que eu estava lá.

Ela aperta o abraço e, em seus braços, sou o garotinho que viu a mãe perder a vida e que ficou sozinho com seu corpo por quatro dias intermináveis até que alguém me ouviu chorando e chamou a polícia. Cada minuto desses quatro dias está gravado na minha memória para nunca ser esquecido, não importa o quanto eu deseje que pudesse ser.

— O que aconteceu com você? Depois?

— Eu sobrevivi.

Aileen

Meu coração se parte pela criança de três anos que perdeu a mãe assassinada.

Ele levanta a cabeça, seu olhar feroz.

— Não quero que você sinta pena de mim. Não foi por isso que te contei.

— Ainda posso sentir muito que isso tenha acontecido com você, não posso?

— Me esforcei muito para que as coisas que aconteceram antes que eu tivesse o controle da minha vida não me definissem. Não conto o que aconteceu para as pessoas porque não quero que sintam pena.

Aquela palavra... controle... se destaca para mim depois do que Natalie me contou sobre suas preferências sexuais. Estou cheia de desejo e curiosidade. Quero saber tudo sobre ele.

— Eu entendo — digo a ele, mesmo que o nó na minha garganta faça de mim uma mentirosa.

— Ouvi você quando disse que não aceita segredos e respeito isso, mas há coisas que não falo, porque é uma merda que prefiro esquecer do que ressuscitar.

Tenho muitas perguntas, mas não posso fazê-las. Não agora.

— Você deveria me mandar embora.

— Por quê?

— Porque merece alguém que possa ser terno e doce com você e seus filhos. Eu não sou.

— Como pode dizer isso depois do jeito como cuidou de mim e da Maddie na noite passada? Ou como se certificou de que tivéssemos tudo de que precisávamos quando nos mudamos? Como pode dizer isso quando me beija com tanto carinho e me toca com tanta reverência?

Ele me olha, parecendo chocado com as revelações.

— Quero que você faça algo para mim — eu digo, invocando a coragem que vou precisar para dar o próximo passo com este homem complicado e sexy.

— Eu faria qualquer coisa por você.

Ele se ouve? Ele está dizendo tudo o que eu sempre quis ouvir de um homem — e fala de coração cada palavra. Só isso é um presente inestimável depois do que passei com Rex.

— Quero que pare de me advertir a seu respeito. Sou uma garota crescida e posso tomar minhas próprias decisões. Para mim e meus filhos. Eu te quero em nossas vidas ou você não estaria aqui.

— Você não sabe tudo o que deve para tomar essa decisão.

— Eu deveria estar te advertindo a meu respeito.

— O quê? Por quê?

— Caso você não saiba, fui diagnosticada com uma doença considerada fatal que, atualmente, está sob controle, mas deixa um enorme ponto de interrogação pairando sobre o resto da minha vida. Você seria louco em se envolver comigo. Sem mencionar que tenho duas crianças pequenas que sempre estarão no caminho do que acontece entre nós.

Pela primeira vez em um bom tempo, um sorriso surge em seus lábios.

— Você acha que é muito inteligente, não é?

— Não estou sendo inteligente. Estou simplesmente afirmando que também não sou a melhor aposta.

Sua mão grande segura meu rosto enquanto ele me olha.

— Por favor, não fale que você vai morrer. Isso não vai acontecer.

— Algum dia, vai.

— Mas não em breve.

— Você não pode saber disso.

— Eu sei — ele diz enquanto une seus lábios nos meus, me beijando com uma ferocidade que não me demonstrou antes.

Envolvo os braços no seu pescoço e mergulho no beijo que deixa meu corpo em chamas desejando-o ainda mais.

Aparentemente, provoca o mesmo nele, porque ele acaba em cima de mim com sua ereção pressionada contra minha vagina. Levanto os quadris precisando de mais, e ele geme em minha boca.

— Você me deixa louco, Aileen. Nunca quis ninguém do jeito que quero você.

Sua confissão me faz sentir tonta e fortalecida — uma combinação inebriante.

Coloco a mão em seu peito e começo a desabotoar a camisa, querendo sentir sua pele contra a minha. Sou imediatamente atingida pelo medo de que ele não ache meu corpo atraente. Tenho cicatrizes e estrias e os ossos dos meus quadris estão proeminentes. Esse pensamento me faz parar o que estou fazendo.

— O que há de errado?

— Não recuperei a forma de antes de ficar doente. Você pode pensar...

— Eu te acho linda, sexy e desejável. — Seus lábios roçam sobre a pele sensível do meu pescoço. — Se soubesse quanto tempo eu passo pensando em você, teria outro motivo para fugir de mim.

Meus dedos apertam seu bíceps musculoso. Não me lembro de me sentir assim ou, talvez, eu nunca tenha sentido nada dessa forma. Estou à beira de esquecer que meus filhos estão dormindo do outro lado do corredor.

— Penso em você tanto quanto.

Sua mão está na minha perna, deslizando sob a minha saia.

— Precisamos conversar sobre algumas coisas antes que isso continue.

— Que coisas? — pergunto, mal conseguindo juntar duas palavras enquanto espero para ver o que ele vai fazer.

— Coisas como limites, palavras seguras e o que realmente significa se submeter.

Engulo em seco e percebo que estou tremendo.

— Isso te assusta?

Balanço a cabeça.

— Isso me excita.

Expirando, ele deixa a cabeça cair no meu peito.

— Aileen...

Passo os dedos pelo seu cabelo, porque desejei poder fazer por tanto tempo e agora posso.

— O que há de errado?

Ele levanta a cabeça para encontrar o meu olhar.

— Estou tentando descobrir como vou sobreviver até que eu possa ter você só para mim no sábado.

Termino de desabotoar a camisa e a abro enquanto levanto meus quadris, esperando que ele aceite a dica para continuar.

— As crianças...

— Estão dormindo. Nada os acorda depois que dormem. Está tudo bem.

Gemendo, ele cobre minha boceta sobre a calcinha.

— Tão quente e molhada.

— Isso é tudo para você.

Ele retira a mão e se deita na cama com o braço sobre o rosto, me deixando imaginar o que há de errado.

— Me desculpe — ele fala depois de um longo silêncio. — Eu... se eu te tocar do jeito que quero, não vou conseguir parar e não podemos fazer o que eu quero com seus filhos do outro lado do corredor.

Meu coração — e o resto do meu corpo — fica louco imaginando as coisas que ele quer fazer. Tenho a sensação de que minha imaginação não é páreo para a realidade. Deixo meu olhar viajar pelo seu peito até a enorme protuberância em sua calça que me faz estender a mão antes mesmo que eu decida, conscientemente, e a coloco sobre seu pênis rígido.

Seu gemido está rapidamente se tornando um dos meus sons favoritos.

— Aileen...

— Me deixe fazer isso.

Quando suas mãos caem para os lados, reconheço sua rendição e me levanto com as pernas bambas para fechar e trancar a porta do quarto. Volto para a cama, solto o cinto e o liberto da calça. Ofego com seu tamanho. *Caramba*. Por muito tempo, tudo o que posso fazer é olhar.

— Pequena, você está me matando aqui.

— Não faço nada... há muito tempo. Ele não vai encaixar.

Ele dá uma gargalhada.

— Espere até ver todos os lugares em que vai encaixar.

Meu rosto está em chamas de desejo enquanto uma série de imagens lascivas passa pela minha cabeça como um filme atrevido estrelado pelo homem mais sexy que já conheci.

— Vou fingir que você não disse isso.

Sorrindo, ele cobre minha mão com a sua e me mostra como gosta de ser tocado.

— Sim — ele fala. — Bem assim. — Ele fecha os olhos e afunda em um travesseiro.

Me inclinando sobre ele, levo a cabeça grande à minha boca e sugo de leve.

— Ah, porra... Aileen... caramba. Não pare, baby. *Por favor, não pare.* — As palavras são como um canto. Ele me guia com uma mão na parte de trás da minha cabeça enquanto tomo o máximo que posso de seu pênis, o que não é muito, mas isso não parece importar para ele. — Aileen, pequena... — Ele dá um puxão suave no meu cabelo para me afastar. Segurando seu pau, ele o afasta do meu rosto e goza sobre seu peito.

Vê-lo perder o controle é a coisa mais sexy que já vi. Me levanto para pegar uma toalha no banheiro e a uso para limpá-lo. Ele me observa atentamente e quando eu termino, ele segura a minha mão e dá um puxão suave para que eu caia sobre ele.

Me abraçando, ele fala:

— Me mande ir embora.

Balanço a cabeça.

— Não quero que você vá. — Desvio o olhar para os seus lábios e antes que eu note, ele nos vira, me colocando debaixo do seu corpo e me beija de novo como se a sua vida dependesse disso. Meu vestido é erguido e retirado, me deixando de calcinha e sutiã. Felizmente, as peças combinam. Ele solta o fecho frontal do sutiã e empurra as taças de lado, colocando meu peito em contato com o seu.

Naquele momento, não posso me preocupar com cicatrizes, ossos aparentes ou estrias, não quando o seu calor está me envolvendo e seu corpo grande está me prendendo na cama.

— Espere — ele fala quando começo a me contorcer, procurando por mais. — Quero gravar esse sentimento.

Eu o abraço e ficamos assim por bastante tempo.

— Acho que esse pode ser o momento mais perfeito de toda a minha vida — ele diz após um longo silêncio.

A emoção que ouço em sua voz faz meu coração acelerar em resposta.

— O primeiro de muitos.

11

Aileen

Ele me beija de novo com tanta força que meus lábios ficarão machucados amanhã, mas não posso me preocupar com o futuro quando o presente requer toda a minha atenção. Em seguida, ele começa a beijar a frente do meu corpo e eu congelo, preocupada com as cicatrizes da cirurgia e como ele pode reagir a elas.

— Kristian, espere... — Tento cobrir o seio esquerdo, o local da lumpectomia.

Ele afasta minha mão do caminho.

— Também tenho cicatrizes. Só porque você não pode vê-las não significa que não estejam aqui. Tudo em você é lindo, especialmente a parte em que você estar viva e aqui comigo.

Suas palavras são perfeitas e não resisto quando ele move minhas mãos para o lado. Eu o deixo dar uma boa olhada no meu corpo, coisa que jamais faria com outra pessoa, se dependesse de mim. Ele beija minha cicatriz do fim até o começo, logo abaixo do mamilo. Tenho outra cicatriz na axila, onde o nódulo foi removido.

— Você disse que faz muito tempo para você. De quanto tempo estamos falando?

— Desde o Rex.

Ele respira fundo, prende a respiração e a libera.

— Precisamos de uma palavra segura, algo que pare tudo se você não estiver confortável com os acontecimentos.

— Estarei insegura com você?

— Nunca — ele fala com ferocidade. — Você nunca esteve mais segura do que comigo.

Eu o vi oito vezes e já sei que é verdade.

— Então, por que preciso de uma palavra segura?

— Porque é assim que isso funciona. Você tem um jeito de parar tudo a qualquer momento. Essa é a única maneira de dar certo.

— O que faremos que eu posso querer parar?

— Faremos de tudo.

— Isso é muito vago. — Passo o dedo pelo seu peito até o abdômen, delineando cada músculo e amando o jeito que eles estremecem sob o meu toque. — Me diga o que você gosta.

Ele captura minha mão e a ergue sobre a minha cabeça.

— Quero te amarrar à cama para que você não possa se mover e te vendar para que você não possa ver. Quero você totalmente indefesa contra algo que eu poderia fazer. Quero que você se pergunte o que vem a seguir. Quero você tão à beira do desejo que irá doer.

Puta merda. Já estou à beira do clímax apenas com suas palavras. Mas é mais que as palavras. É o calor em seus olhos e o tom áspero da sua voz que fazem com que eu me sinta assim.

— Alguma coisa disso te assusta?

— Não — respondo, mas o tremor na minha voz me entrega. — Há mais?

— Muito mais. — Ele cobre meu seio e aperta o mamilo, devagar a princípio, mas depois cada vez com mais pressão. — Como você se sente com relação a grampos? — Sua expressão muda. — Ah, merda. Esqueça. Eu nunca deveria ter te perguntado isso.

Estou com dificuldade em acompanhar.

— Por quê?

— Você teve câncer de mama. Claro que você não quer grampos de mamilo. Fui insensível em te perguntar isso.

Cubro sua mão, que agora está na minha barriga.

— Fico feliz que você tenha se esquecido, mesmo por um momento, que tive câncer e me tratou como qualquer outra mulher.

— Você não é como qualquer outra mulher.

Suas palavras doces vão direto ao meu coração.

— Quero ser normal novamente, Kristian. Se você me tratar como se eu ainda estivesse doente, me deixaria magoada.

— Então isso é um sim para grampos de mamilo? — ele pergunta com um sorriso provocante.

— Isso é um sim para tudo.

— Você não tem ideia do que *tudo* implica.

— Quero saber e quero que você me ensine.

Gemendo, ele apoia a cabeça no meu peito.

— Não posso falar mais sobre isso esta noite ou não serei responsável pelo que acontecerá, mesmo que seus filhos estejam do outro lado do corredor.

Saber que ele me quer tanto é muito excitante. Na verdade, acho que nunca estive mais excitada do que estou agora. Remexo as pernas, buscando alívio da dor implacável.

— Alguém está se sentindo necessitada? — ele pergunta.

— Aham. — Acaricio seus cabelos e costas, querendo tocá-lo no corpo inteiro agora que tenho permissão para satisfazer as fantasias que tenho com ele desde que nos conhecemos.

— Não podemos fazer isso. — Ele faz uma trilha de beijos na frente do meu corpo, usando os lábios e a língua para me incendiar enquanto segura meus seios e gentilmente passa os polegares sobre os mamilos intumescidos.

Sinto seus dentes contra o osso do meu quadril e quase levito da cama.

— Calma, baby. Vou cuidar de você.

Estou tremendo com o formigamento nas terminações nervosas quando ele tira minha calcinha, jogando-a para o lado enquanto se ajoelha na cama entre as minhas pernas, suas mãos nas minhas coxas enquanto olha para o que descobriu . Eu me pergunto se ele pode ver o quanto estou molhada e começo a me sentir envergonhada.

— Pare de pensar que não gosto do que vejo. Olhe para mim.

Forço meus olhos a se abrirem e encontrarem aquele olhar intenso que está se tornando tão familiar.

— Pode ver o quanto estou duro por você?

Deixo meus olhos pousarem em sua virilha, onde seu pau enorme e duro indica que ele gosta do que vê. Gosta muito.

— Alguma pergunta?

— Não — respondo com uma risada nervosa.

— Nunca mais quero que você pense que é qualquer coisa além de perfeita para mim. Entendeu?

Concordo.

— A resposta apropriada seria *sim, senhor*.

Encaro seu olhar, percebendo a importância deste momento. Se eu disser as palavras estarei cruzando uma linha que não pode ser descruzada.

— A escolha é sempre sua, pequena — ele diz baixinho. — Você tem todo o poder aqui. Entendeu?

Engulo em seco e umedeço os lábios, atraindo seu olhar feroz para a minha boca.

— Sim, senhor. Eu entendo.

— Bom. — Ele se inclina sobre mim. Seus lábios deslizando contra a parte interna da minha coxa me fazem querer implorar por mais, mas sinto que implorar só prolongaria a agonia.

Seus ombros largos forçam minhas pernas a se afastarem até que eu esteja diante dele exposta ao máximo.

Minha boceta ainda está sem pelos por causa da quimioterapia. Eles não cresceram de novo, não que eu esteja reclamando. E a julgar pela maneira como Kristian me encara, ele também não tem reclamações.

— Me fale que essa boceta pertence a mim e só a mim.

— É sua — falo, sem fôlego. — É toda sua.

Um grunhido baixo ressoa através dele e meus quadris se movem, querendo que ele se aproxime. Se ele não fizer algo — *qualquer coisa* —, vou perder a cabeça.

— Minha pequena está se sentindo carente?

— Caramba, sim — respondo em um tom de voz que nem parece o meu. —Por favor, Kristian...

— Qual é o meu nome aqui?

— Senhor. Por favor, senhor.

— Me diga o que você quer.

Quero chorar de frustração, necessidade e desejo, o que é muito novo para mim. Estou muito molhada, quente e dolorida.

— Quero a sua língua. E seus dedos.

— Onde?

Perceber que ele vai me fazer falar é como jogar gás na chama já fora de controle que está queimando dentro de mim.

— Na minha boceta. Quero sua língua e seus dedos na minha boceta. Em mim...

— Quero que você sempre me diga o que precisa. Vai fazer isso?

Embora não seja natural para mim dizer essas coisas em voz alta, mordo o lábio e concordo. A cada minuto, começo a ter uma ideia melhor do que é ser íntima e dominada por ele. E embora eu esteja desconfortável e um pouco envergonhada com as coisas que ele me faz dizer e fazer, quero mais.

Ele me acaricia primeiro com os dedos, deslizando-os através da umidade entre as minhas pernas e, em seguida, empurra-os para dentro de mim, inclinando-os para alcançar o ponto profundo que me faz gemer pela sobrecarga de sensação que me atinge de uma vez.

— Shhhh — ele fala. — Não acorde as crianças antes que eu faça você gozar pelo menos duas vezes.

O som que sai de mim quase não soa humano. Ele acrescenta a língua e estou completamente perdida, arruinada para qualquer homem que não seja ele. Sua língua está em toda parte, lambendo em longas caricias que me deixam louca. Em seguida, ele suga meu clitóris e passa a língua de um lado para o outro, me levando à beira do orgasmo antes de recuar, me deixando ofegante e suada.

— Tão quente, doce e apertada — ele sussurra, me comendo com os dedos enquanto me acaricia com a língua.

— *Por favor...* — Seu braço em meus quadris faz aumentar o desespero, porque não posso fazer nada para aliviar a dor.

— É isso que você quer? — ele pergunta, chupando o clitóris enquanto coloca os dedos em mim novamente.

Eu explodo. Essa é a única palavra em que posso pensar para descrever a sensação que me abala, me tirando de mim mesma e me levando para um lugar que nunca soube que existia. Me recupero lentamente e a primeira coisa que noto é Kristian beijando minhas lágrimas enquanto seus dedos continuam se movendo em mim, me acariciando conforme os últimos tremores do orgasmo épico me atingem.

Estou cega pelas lágrimas que não param de cair.

— Fale comigo, baby. Me diga se você está bem.

Meus lábios estão secos, então eu os umedeço e olho para cima para encontrá-lo me observando, agora com preocupação ao invés de desejo.

— Estou bem.

— Tem certeza?

Assentindo, eu o alcanço e o puxo para cima de mim, mesmo quando seus dedos ainda estão encaixados no meu corpo.

— Foi bom?

Eu rio. Como ele pode me perguntar isso?

— Se fosse melhor, poderia não ter sobrevivido.

— Isso é só o começo — ele promete, acariciando meu pescoço e orelha, que começam a queimar lentamente de novo, como se meu corpo não tivesse alcançado algo que eu imaginava ser impossível há uma hora.

— Nunca senti nada assim. Nunca.

— Quero tanto transar com você. Nunca quis ninguém assim.

— Transe comigo. Agora mesmo. — Está claro que perdi a cabeça, mas não posso me incomodar em pensar em nenhuma das muitas razões pelas quais não devemos. Não quando ele está grande, forte e duro em meus braços, sua ereção pulsando contra a minha barriga.

— Aqui, não. Quando eu te comer pela primeira vez, quero estar completamente sozinho com você.

Solto um gemido com o pensamento de ter que esperar dias para senti-lo dentro de mim, me esticando.

— Precisamos conversar sobre método anticoncepcional. Você está usando algum?

— Eu uso DIU devido aos ciclos irregulares. — Não menciono que o DIU não-hormonal também reduz o risco de câncer cervical e endometrial. Nada mata um clima mais rápido que a palavra com *C* e já tive o suficiente dessa palavra para durar a vida toda.

— Que bom, porque não quero ter que usar camisinha. Não com você. Nunca transei sem camisinha. Nunca. Vou te provar que não tenho qualquer doença amanhã.

Saber que ele quer que eu seja a primeira mulher com quem transa sem camisinha me enche de alegria, especialmente conhecendo suas inclinações sexuais.

Ele curva os dedos dentro de mim, me lembrando que ainda não terminou comigo. Basta isso e volto ao limite do êxtase.

— Quero outro.

— Não tenho certeza se posso.

O estrondo baixo da sua risada faz seu belo rosto parecer ainda mais maravilhoso e ilumina seus olhos. Gosto desse olhar feliz e alegre nele e quero vê-lo com mais frequência. Ele é muito sério e intenso na maior parte do tempo.

— Isso é um desafio?

— Sei muito bem que não devo te desafiar.

— Ah, mas eu adoro um desafio. Você não gostaria de me negar, não é?

Eu não negaria nada a esse homem, mas provavelmente é cedo demais para dizer isso. Apenas balanço a cabeça e abro as pernas, convidando-o a fazer o que quiser comigo. Se a primeira vez foi com uma fome voraz, esta é uma lenta sedução. Seus dedos e língua trabalham em conjunto para me fazer atingir o ápice, o orgasmo aumentando e se multiplicando a cada carícia. Ele mantém o ritmo até que estou prestes a explodir, e então, muito sutilmente, ele remove um dedo da minha boceta e pressiona contra a minha bunda, exigindo a entrada.

Eu explodo. A segunda vez é, de alguma forma, maior que a primeira, se é que isso é possível. Todos os músculos do meu corpo —

ah, droga, todas as células do meu corpo — estão completamente ocupadas e quando começo a recuperar meus sentidos, descubro que seu dedo está firmemente encaixado em meu traseiro. A descoberta desencadeia uma segunda onda que ele explora por completo, me deixando trêmula no rescaldo.

— Tão gostosa — ele sussurra enquanto usa a mão livre para acariciar seu pênis até gozar na minha barriga. — Mal posso esperar para estar dentro de você quando isso acontecer.

Só posso choramingar em resposta. Ele me derrubou e não fizemos sexo ainda.

Kristian se retira de mim lentamente, me fazendo gemer de novo pelas sensações avassaladoras que me atingem. Ele se levanta e vai ao banheiro. Ouço a água correndo antes que ele volte com uma toalha quente que usa para me limpar. Quando termina, ele coloca uma mão nas laterais do meu quadril e me olha como se estivesse tentando me memorizar.

— Já transei de todas as formas que alguém pode fazer — ele fala sem rodeios — e com você foi a transa mais incrível que já tive.

Sua confissão primitiva faz meu coração doer com algo que se parece muito com amor.

— E nem transamos ainda. — Brinco em um esforço desesperado para recuperar o meu equilíbrio.

Um pulso de tensão em sua bochecha me faz passar o dedo sobre ela, querendo acalmá-lo.

— Sábado à noite... sim?

— Quero conhecer a babá antes.

— Vou pedir a Lori para organizar isso.

— E quero pagar pelos serviços dela.

— Você não vai pagar. Eu te convidei. Sou eu quem vai arcar com a despesa.

— Eles são meus filhos!

— Eu vou pagar.

— Você vai tentar me dominar fora do quarto também?

— Não, mas algumas coisas são inegociáveis. Esta é uma delas.

Quando começo a protestar, ele coloca um dedo sobre meus lábios.

— Me deixe fazer isso. Preciso ser capaz de fazer coisas para você e as crianças. Fico feliz em proporcionar coisas boas para vocês.

Sinto que poucas coisas o fizeram verdadeiramente feliz na vida, então estou relutante em discutir o assunto.

— Dentro dos limites da razão.

Ele mostra um sorriso vitorioso que me faz pensar se cometi um grande erro.

1 2

Kristian

Carrego comigo o tempo que passei na cama de Aileen durante o dia insanamente ocupado que segue essas horas felizes. Ela é tudo em que consigo pensar. Revivo cada minuto mil vezes e tenho uma ereção para provar isso. Passei a maior parte do dia sentado atrás da minha mesa ou em uma mesa de reunião, esperando que ninguém reparasse no meu estado agitado.

Ao meio-dia, envio uma mensagem, porque não posso esperar mais um minuto.

Pizza e jogos na minha casa hoje à noite?
Adoraríamos. A que horas e o que posso levar?
Seis e meia e só você e as crianças.
Me mande o endereço novamente.

Digito o endereço e as instruções para acessar a garagem, dando-lhe o código que permitirá que ela entre no prédio. Apenas Jasper, Hayden, Flynn e Marlowe têm essa senha. E agora Aileen também.

Em uma tarde sem fim de reuniões, telefonemas e detalhes, conto as horas até que eu possa dar o fora daqui e estar com ela novamente.

Flynn bate na minha porta pouco depois das cinco.

— Tem um minuto?

— Sim.

Passamos uma grande parte do dia falando sobre logística para o filme que estamos fazendo sobre a história de Natalie.

Flynn fecha a porta.

— Tudo certo?

— Eu te devo desculpas.

— Pelo quê?

— A Nat me disse que contou a Aileen sobre você e sua relação com o BDSM. Ela não deveria ter feito isso, e eu disse a ela.

— Tudo bem — digo, descartando seu pedido de desculpas. — Ela nos poupou muito tempo e angústia contando para Aileen.

— Ainda assim, a história não era dela para ser contada.

— A Aileen me disse que Natalie não queria que nós passássemos pelo que Hayden e Addie passaram quando ele se recusou a deixá-la entrar nessa parte da vida dele. Ela tem razão. Prezamos pela boa comunicação em nosso estilo de vida e, no entanto, temos a maior dificuldade em contar para novas pessoas.

— Você está lidando com isso melhor do que pensei que faria. Todos nós sabemos o quanto você é discreto.

— Todos nós somos, não é?

— Você leva a discrição a outro nível. Depois de quinze anos, às vezes sinto que não te conheço melhor do que no primeiro dia em que te encontrei.

— Você sabe as coisas que importam.

— Sei?

— O que é isso, Flynn? — Me sinto encurralado e não gosto desse sentimento. Traz de volta muitas lembranças que deixei para trás.

— Nada. Só queria me desculpar.

— Não há necessidade. Está tudo bem.

— Então você e a Aileen...

— Boa noite, Flynn — eu digo, forçando um sorriso.

— Só me diga uma coisa...

Levanto uma sobrancelha em questionamento.

— Você está sendo cuidadoso com ela, certo?

A implicação de que eu não estaria me enfurece.

— Boa noite, Flynn. — Desta vez, eu digo sem o sorriso.

Felizmente, ele desiste da resposta e sai com um aceno.

Por que estou tão irritado por ele ter sentido necessidade de me perguntar isso? Sei que ele só está cuidando da amiga, mas ainda assim... é ofensivo que ele tenha sentido necessidade de perguntar. Mas quando penso em todas as coisas que ele me vê fazendo com outras mulheres, a fúria se dissipa tão rapidamente quanto se forma. Ele tem todas as boas razões para se preocupar com ela, e não posso culpá-lo por me avisar que responderei a ele se fizer algo de errado com ela.

Isso não vai acontecer. Prefiro morrer a causar qualquer problema a ela.

Envio uma mensagem de texto para ele.

Me desculpe por ter agido como um idiota. Ela está segura comigo. Eu prometo.

Tudo bem, ele responde.

Minha concentração está totalmente perdida e não posso esperar mais uma hora e meia para vê-la. Envio uma mensagem de texto a ela.

Vou sair mais cedo do trabalho, se vocês quiserem vir antes.

Saímos em dez minutos.

Pego as chaves e o telefone, deixando pilhas de trabalho que normalmente levo para casa comigo. Dane-se o trabalho. Tenho coisas muito melhores para fazer do que trabalhar hoje à noite.

Lori olha para cima surpresa quando saio do escritório cerca de duas horas mais cedo do que o habitual.

— Pode ligar e pedir isso para mim? — Entrego a ela um pedaço de papel onde anotei o número da pizzaria e o pedido para uma grande de queijo, uma grande vegetariana e uma salada da casa.

— Isso é muito para uma pessoa — ela comenta, me lançando um olhar curioso que eu ignoro.

— Pediu a Cecelia para ligar para minha amiga?

— Está tudo certo. Ela vai lá amanhã para conhecer a ela e as crianças. Ela está feliz por ter a chance de ganhar um dinheiro extra.

— Diga que pode ser uma coisa regular, se ela quiser.

— Tenho certeza de que vai querer. Ela tem empréstimos estudantis medonhos. — Lori apoia o queixo na mão, se preparando para uma boa sessão de fofocas que tenho toda a intenção de evitar. — Alguém está *namorando*?

— Ah, droga. — Verifico o relógio. — Olha a hora. Tenho que correr. Não esqueça do pedido.

— Sim, senhor, chefe.

Quando ela me chama de senhor, não provoca nada em mim. Mas quando Aileen fez isso na noite passada... *pare ou você vai ficar excitado antes de entrar no elevador.*

Parece que todo funcionário da Quantum tem uma pergunta para mim que precisa ser respondida antes que eu chegue ao elevador e aperte o botão para descer, determinado a fazer minha fuga sem mais demora.

As portas se abrem e Addie sai, corada. Seus lábios estão inchados e há uma marca de mordida no seu pescoço.

— Ah, oi, Kris.

— Addison. Está vindo da diretoria, por acaso?

— Como sabe? — ela pergunta, tendo o bom senso de parecer um pouco culpada.

Rindo, balanço a cabeça. Ela faz Hayden tão feliz que o que me importa se eles estão tirando uma "folga" no final do expediente? Addie mantém Flynn impiedosamente organizado e faz maravilhas para a disposição ranzinza de Hayden. Isso faz dela uma das nossas funcionárias VIPs.

— Está escrito no seu rosto e pescoço. — Beijo a sua testa e entro no elevador. — Tenha uma boa noite.

Ela coloca a mão entre as portas para impedi-las de se fecharem.

— A Tenley tem um encontro com a Aileen amanhã. Eu disse a ela para dar a Aileen o tratamento completo, incluindo cabelo, unhas e maquiagem. Espero que esteja tudo bem.

— É isso que eu queria. Obrigado.

— Disponha. O Flynn me diz que sou excelente em gastar o dinheiro de outras pessoas.

— Você tem que desempenhar o papel no qual você é boa.

— Exatamente! Pode dizer isso a ele?

— Pode deixar.

— Sei que não estamos falando a esse respeito, mas estou muito feliz por você e a Aileen.

— Não nos agoure.

— Não sonharia com isso. — Ela tira a mão e as portas se fecham.

No caminho para o andar térreo, percebo que estou sorrindo como um bobo quando uma sensação desconhecida borbulha dentro de mim. O que é isso? Seja o que for, nunca senti antes, mas com certeza é muito bom.

Aileen

As crianças estão quase tão animadas quanto eu para irem à casa de Kristian comer pizza e brincar na sala de jogos que Logan me diz que é "incrível". Não a vi na última vez que estivemos lá. Flynn levou as crianças para o andar de cima enquanto eu fiquei com Natalie, Addie, Ellie e Marlowe no andar de baixo. É claro que Kristian também estava lá, foi a principal razão pela qual não subi as escadas.

O trânsito está terrível e a lenta ida até a cidade me dá muito tempo para reviver a noite passada pela milésima vez. Estive distraída e diferente do normal com as crianças hoje, o que, é claro, elas notaram.

Logan continua me olhando, mesmo agora que estamos no carro.

Em um semáforo, olho para ele.

— O que foi?

— Nada.

— Está mentindo?

— Não.

— Logan...

— Você está doente de novo?

— O quê? Não! Eu me sinto ótima.

— Ah. — Ele se esvazia diante dos meus olhos, como se estivesse soltando o ar que estava prendendo o dia todo. — Que bom.

Olho no espelho retrovisor para ter certeza de que Maddie ainda está com o fone de ouvido enquanto assiste *Frozen* pela milionésima vez no iPad.

— Posso te contar um segredo?

— Aham.

— Não pode contar a ninguém.

— Dã, mãe. Eu sei o que é segredo. — As palavras transbordam com desdém que me fazem imaginar como será sua adolescência.

— O que você acharia se eu te dissesse que o sr. Kristian poderia ser meu namorado agora?

— Isso é legal. Já te disse que gosto dele.

Olho para ele, notando a melancolia em sua expressão.

— No que você está pensando?

— Que poderia ser bom ter um pai. Algum dia.

Ah, Deus. Ele parte meu coração.

— Ainda é muito recente. Mas hoje, quando eu estava meio distraída...

— Meio? — ele pergunta com um sorriso bobo.

— Tudo bem, totalmente distraída... estava pensando nele.

— Isso é muito melhor do que estar doente de novo e não querer nos dizer.

— Sim, com certeza é. — Seguro sua mão e envolvo meus dedos ao redor dos dele. — Não se preocupe que eu vá ficar doente de novo, tá? Está tudo bem. E eu te diria se não estivesse. — Contar a eles sobre minha doença foi uma das coisas mais difíceis que já tive que fazer.

— Tudo bem.

— Então você não se importa se eu tiver um namorado?

— Não. Quero que você seja feliz.

— Estou feliz com você e a Maddie.

— É diferente.

— Sim, é. — Estou chocada que meu filho de nove anos já saiba que há diferentes tipos de felicidade.

Chegamos ao prédio de Kristian pouco tempo depois e levo um minuto para encontrar a entrada da garagem. Eu me inclino na janela para digitar o código que ele me deu e a porta se abre para nos receber. Estaciono em uma vaga vazia.

— *Uau* — Logan fala, observando os carros esportivos e elegantes que se alinham na parede oposta.

Todos pertencem a Kristian? *Puta merda*. Claro, sei que ele tem dinheiro, mas ver a prova de sua riqueza impressionante é um pouco esmagador.

— Acha que ele vai me deixar vê-los de perto? — Logan pergunta.

— Tenho certeza que sim.

— Isso seria tão legal.

Adoro vê-lo tão feliz e animado. Durante os meses sombrios da minha doença, tive motivos para me perguntar se algum de nós estaria feliz ou animado com qualquer coisa novamente. Mas esses dias estão muito para trás agora, mesmo que o trauma residual persista em nós.

Maddie dormiu durante a viagem, então eu a solto da cadeirinha e a pego no colo. Ela ficou tão grande de repente. Não vou mais poder carregá-la por muito mais tempo. Mal penso nisso quando o elevador faz um som e Kristian aparece para nos cumprimentar.

Meu coração dispara e minha boca fica seca ao vê-lo e ao notar jeito que ele me olha... ninguém nunca me olhou assim e me sinto tonta até perceber que estou prendendo a respiração.

— Me deixe levá-la — ele diz, pegando Maddie.

Ele a ergue no colo sem esforço, envolvendo um braço protetor em seu corpo enquanto usa a mão livre para bagunçar o cabelo de Logan.

— E aí, carinha?

— Todos esses carros são seus?

— São.

— Minha nossa. Quais são?

Apontando para cada um deles, Kristian diz:

— McLaren MP4, Rolls-Royce Phantom, Audi R8, Tesla, BMW M6 e Mercedes G-Wagon. Mantenho um Lamborghini vermelho em Nova York.

— Uau. Posso me sentar neles?

— Claro. Por que não fazemos isso depois do jantar?

Logan sorri para ele.

— Tudo bem.

— Quer apertar o botão do elevador? — Kristian pergunta a ele.

— Sim. — Logan corre na nossa frente para chamar o elevador.

Kristian envolve a mão livre em meu pescoço, me puxando para um beijo rápido.

— O dia mais longo de todos os tempos — ele fala com a voz rouca.

Suas palavras são as únicas coisas necessárias para deixar meu corpo em alerta total.

— Para mim também.

Ele me dá um sorrisinho antes de me liberar para dar a Logan toda a sua atenção, encorajando-o a apertar o botão da cobertura e mostrando-lhe como usar o cartão que nos dá acesso à sua casa — tudo isso enquanto continua a segurar minha filha adormecida.

Então ele me entrega o cartão-chave e o olhar significativo que trocamos está cheio de tantas coisas que não posso processá-las.

— Guarde isso para que você possa vir quando quiser.

Estamos aqui há cinco minutos e já estou louca para ficar sozinha com ele. Mas isso não vai acontecer hoje. Chegamos no espaçoso apartamento contemporâneo de Kristian com as janelas com vista para as colinas de Hollywood. Ele gentilmente coloca Maddie no sofá e puxa um cobertor leve sobre ela.

— É normal ela estar tão cansada? — ele pergunta.

— Normalmente não, mas com a noite no pronto-socorro e a mudança do fuso horário, ela ainda está se adaptando.

— Podemos ir brincar agora? — Logan pergunta.

Kristian olha para mim.

— Quer ficar aqui com ela enquanto eu o levo?

— Sim. Vou acordá-la para que não fique sem dormir à noite.

Ele liga a TV e me entrega o controle remoto.

— A pizza deve chegar em breve. Pode atender o interfone ao lado do elevador.

— Certo.

Ele coloca as mãos nos ombros do meu filho.

— Vamos, Logan. Vamos atirar em algumas coisas.

— Legal! — Logan sobe as escadas até o segundo andar, onde imagino que o quarto de Kristian também esteja localizado.

Me sento no sofá, acomodando as pernas debaixo de mim e abraçando uma almofada. Estou dividida entre querer estar lá em cima com eles e aqui com Maddie. Decido deixá-la dormir por mais meia hora e me entretenho assistindo as notícias. Sou interrompida quando o zumbido do interfone me assusta, mesmo que Kristian tenha me dito para atendê-lo. Me atrapalho com o aparelho, apertando o botão errado antes de encontrar o correto.

O elevador se abre e o jovem entregador me cumprimenta com um sorriso enquanto entrega duas pizzas grandes e algo em uma sacola marrom.

— Muito obrigada.

— Disponha. Diga ao sr. Bowen que Mitch disse oi.

— Pode deixar. — Ele vai embora antes que eu possa perguntar se o sr. Bowen deu gorjeta.

Kristian e Logan descem as escadas, aparentemente correndo para ver quem consegue chegar primeiro.

Logan está rindo enquanto salta do terceiro degrau para pousar um segundo antes de Kristian.

— Boa jogada — Kristian diz, sorrindo para o meu filho. — Já considerou uma carreira como dublê?

— Você acha que eu poderia fazer isso? — Logan olha para ele com uma expressão melancólica que aperta meu coração e me faz perceber que não sou a única envolvida nesse relacionamento.

— Você pode fazer tudo que quiser — Kristian diz enquanto pega pratos e talheres, se movendo pela cozinha com uma familiaridade que me faz pensar se ele a usa com frequência.

Há tantas coisas que ainda não sei sobre ele, mas quero saber tudo. Beijo Maddie para acordá-la.

Seus olhos se abrem, e ela sorri para mim.

— Quer pizza?

Assentindo, ela se senta e olha em volta para onde estamos. A casa de Kristian é um apartamento sofisticado de solteiro, com móveis de couro confortáveis, mesas de vidro e obras de arte antigas de Hollywood.

Ajudo Maddie a se levantar e a conduzo em direção ao balcão, onde Kristian preparou a mesa.

Enquanto ele coloca Maddie em uma banqueta e oferece limonada, eu me pergunto se ele tem alguma ideia de como é bom com as crianças. Algumas pessoas são desajeitadas com elas. Ele, não.

— Estou surpresa que você vá comer pizza — digo para Kristian.

Ele pisca para mim.

— É sem glúten.

— Claro que é.

— Aquela sala de jogos é *incrível* — Logan fala com a boca cheia de pizza de queijo.

— Também quero brincar — Maddie fala.

— Assim que você terminar de comer — Kristian diz a ela. — Vou te ensinar a jogar Frogger. É o meu favorito.

— Eu me lembro desse jogo — digo, compartilhando um sorriso com ele. — Eu o adorava quando era criança. Achei que não existisse mais.

— Passei um bom tempo buscando uma máquina que ainda funcionasse, mas encontrei uma em San Pedro há alguns anos e a consertei.

— Você fez isso sozinho?

— Aham. Gosto de mexer com essas coisas.

— Você também cozinha?

— Como sabe?

— O jeito como você se move pela cozinha foi uma boa dica.

Como estamos de um lado do balcão e as crianças do outro, elas não podem ver quando ele coloca a mão na minha perna, me fazendo esquecer de onde estamos e quem está nos olhando. Me sinto uma idiota completa, até que seu polegar se move um pouco, me tirando do estupor para me lembrar que não posso deixar isso acontecer. Não aqui ou agora, de qualquer maneira.

Tento empurrar sua mão, mas ele não se afasta.

Sem perder o ritmo da conversa que está tendo com as crianças sobre o parque de diversões no píer de Santa Mônica, ele continua a acariciar a parte interna da minha coxa com o polegar enquanto come pizza e salada. Adiciono "mestre multitarefas" à lista de coisas que descobri a seu respeito.

Graças a Kristian perturbando as células do meu cérebro, ainda estou comendo meu primeiro pedaço de pizza quando eles terminam.

Ele finalmente tira a mão da minha perna e se inclina para beijar minha testa.

— Fique à vontade, pequena. Vou entreter as tropas. Venha quando terminar. Terceira porta à direita.

Eles saem, me deixando com um raro momento de total paz e tranquilidade. Exceto quando eles estão na escola e eu no trabalho, estamos sempre juntos. O dinheiro sempre foi apertado e quase nunca os deixo com babás, além da adorável mulher no prédio em que morávamos que cuidava deles de graça sempre que eu precisava, por isso, é realmente incomum que eu tenha outra pessoa para entretê-los. Eu deveria me enroscar no sofá com o aplicativo Kindle no celular, mas quero estar onde eles estão, então guardo a sobra da pizza, limpo a cozinha e subo as escadas para encontrá-los.

Terceira porta à direita, ele disse... olho para os outros cômodos, um dos quais deve ser um quarto de hóspedes. O outro é uma academia. No outro extremo do corredor, depois da terceira porta à direita, há portas duplas abertas que resolvo investigar. Enfio a cabeça no quarto e vejo uma cama king-size que foi arrumada às pressas. Está coberta por um edredom azul-marinho e tem travesseiros em tom cinza. O mobiliário é de cerejeira talvez, bonito, mas não muito espalhafatoso.

Posso ouvir as crianças na sala de jogos, então resisto à vontade de explorar ainda mais e vou ver o que elas estão fazendo. Entro em um lugar que parece um fliperama e que tem todos os jogos imagináveis: pinball, sinuca, hóquei de mesa, jogos de direção e outros que não consigo identificar facilmente. Mas o que vejo diante de mim realmente para meu coração: Maddie está de pé sobre os pés de Kristian, os braços dele ao redor dela enquanto a ensina como jogar Frogger.

Não posso nem...

Ele olha por cima do ombro, me vê e o olhar que passa entre nós é tão cheio de emoção que meu coração se contrai quase dolorosamente. Então Maddie precisa dele, que volta sua atenção para ela, mas estou me recuperando do entendimento de que estou me apaixonando por ele — rápida e profundamente.

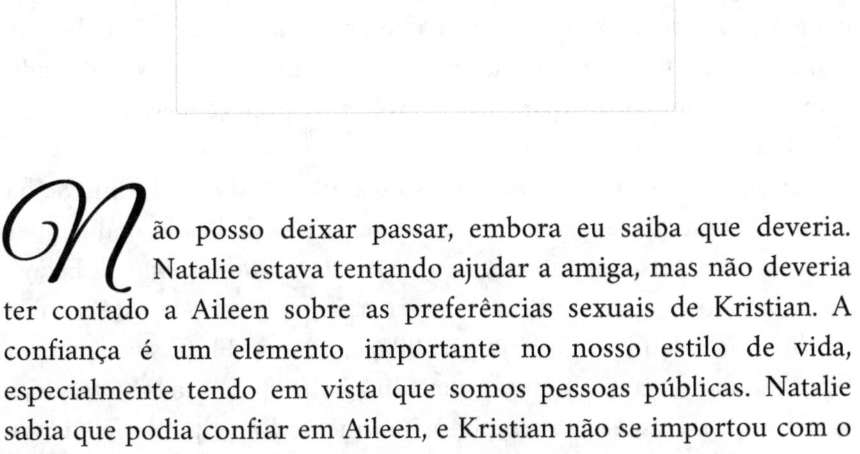

Não posso deixar passar, embora eu saiba que deveria. Natalie estava tentando ajudar a amiga, mas não deveria ter contado a Aileen sobre as preferências sexuais de Kristian. A confiança é um elemento importante no nosso estilo de vida, especialmente tendo em vista que somos pessoas públicas. Natalie sabia que podia confiar em Aileen, e Kristian não se importou com o que ela disse para a amiga. Mas não é sempre que isso pode dar certo e tenho que me certificar que ela entenda a necessidade de discrição.

Eu a encontro usando o computador no nosso escritório em casa, , provavelmente cuidando dos negócios da fundação. Ela tem sido uma dádiva absoluta como diretora da fundação que criei para ajudar na causa da fome infantil. O evento de arrecadação que vamos realizar em uma propriedade particular será em poucas semanas, e ela anda muito ocupada cuidando dos detalhes.

— Oi — ela fala, sorrindo para mim. — Não ouvi você entrar.

Isso é porque eu não queria que ela me ouvisse. Ela espera que eu dê a volta na mesa para beijá-la do jeito que eu normalmente faria, mas isso não vai acontecer.

— Quero você no quarto, preparada para servir seu mestre em cinco minutos. — Depois de fazer meu pedido, eu me viro e saio da sala, mas não antes de ver a expressão atordoada em seu rosto. Não, ela não esperava. Excelente.

Durante os quase seis meses em que estamos casados, ela não me deu motivos para discipliná-la, então fico tonto de entusiasmo com meus planos para a noite. Os momentos que passo com ela, são os melhores, não importa o que façamos. Mas saber que ela me entende, que entende minhas necessidades e não hesita em cuidar delas, me faz amá-la com muito mais ferocidade.

Entro na sala de estar e preparo uma bebida para mim. Meu uísque favorito queima ao descer pela garganta, me aquecendo por dentro e matando a última onda de fúria que senti depois que Natalie me contou o que fez. No café da manhã, ela admitiu estar se sentindo culpada por ter falado para Aileen sobre as preferências sexuais de Kristian.

Eu nunca a tocaria com raiva. Nunca. Ela é tudo para mim. Se há um ano alguém me dissesse que eu seria tão dedicado a qualquer mulher, eu teria zombado. *Eu não. De jeito nenhum.* Estava determinado a preservar e proteger minha liberdade, até aquele fatídico dia gelado no Greenwich Village, quando Fluff, sua cachorra terrível, "me atacou" durante uma filmagem, mudando nossas vidas para sempre. Desde então, tenho experimentado o tipo de felicidade que achei que só existia nos filmes românticos que produzimos em Hollywood.

Me dói esperar quinze minutos, mas quero que ela se pergunte o que está acontecendo. Não que seja incomum que eu a mande ficar em posição. Temos relações, muitas vezes excêntrica, todos os dias. Mas é incomum que eu volte para casa do trabalho e a mande para o quarto sem nenhuma preliminar. Agora, ela está no limite, tentando descobrir o que está acontecendo. É exatamente o que eu quero.

Estou eufórico em antecipação enquanto prendo Fluff — aprendi da maneira mais difícil, depois de uma mordida no traseiro, a não permitir sua presença quando estamos transando — e vou para o quarto principal.

Natalie está exatamente onde deveria, linda, nua e ajoelhada ao pé da cama, a cabeça inclinada em súplica que me deixa imediatamente excitado. Ela é tão linda e toda minha para o resto das nossas vidas. Como eu tive essa sorte? Eu me faço essa pergunta todos os dias.

— Você precisa ser punida, meu amor. Sabe por quê?

— N-não. Senhor. — Ela acrescenta rapidamente a segunda palavra.

A leve gagueira me deixa ainda mais duro, assim como a visão dos mamilos intumescidos. Ela pode estar nervosa, mas também está excitada.

— Olhe para mim.

Ela levanta a cabeça e me mostra os lindos olhos verdes que costumava esconder atrás de lentes de contato castanhas. Isso foi antes do mundo inteiro conhecer sua história. Agora ela não precisa se esconder de ninguém, muito menos de mim.

— Você falou com Aileen sobre algo que não é da sua conta?

Seus lábios soltam um suspiro e seus grandes olhos ficam ainda maiores. Ela é tão fofa que quero mandar a punição para o inferno. Mas não posso fazer isso. É meu papel, como marido e seu dominador, ensinar a ela o nosso estilo de vida e corrigi-la quando ela cometer erros. Até agora ela foi perfeita. Esta é a primeira vez que ela age errado e, mesmo que seja por uma boa causa, não posso deixar passar.

— Me responda, Natalie. Você contou a Aileen algo que não é da sua conta?

— Sim... mas...

Levanto a mão para impedi-la de continuar.

— Por favor, fique de pé e se curve, apoiando os cotovelos na cama.

— Flynn...

— Esse é o meu nome aqui?

— Senhor, por favor... me deixe explicar.

— Você já se explicou. Agora tem que receber sua punição.

— Q-qual é o meu castigo?

— Uma surra. Acho que vinte é um bom número, não é?

— N-não, senhor. Não é.

— Trinta?

— Não!

— Então serão vinte. Se apresse. Eu odiaria ter que adicionar mais, porque você não está se movendo rápido o suficiente.

Ela se posiciona rapidamente sobre a cama, lançando um olhar nervoso para mim por cima do ombro.

— Qual é a sua palavra segura?

— Fluff.

— E quando você deve usá-la?

— Sempre que algo for demais.

— O que acontece se você a usar?

— Tudo para.

— Isso mesmo. — Acaricio seu traseiro suave e macio, amando o tremor que balança seu corpo. Sua capacidade de resposta ao meu toque é enorme. — Me diga o motivo de sua punição.

— P-porque eu contei a Aileen sobre as preferências sexuais do Kristian.

— E por que você não deveria ter feito isso?

— Não é da minha conta.

— Exatamente. — Dou a primeira das vinte palmadas na parte inferior da nádega direita.

Ela grita com a surpresa e depois geme quando eu esfrego o local, transformando dor em desejo.

— Conte para mim.

— Um — ela fala com os dentes cerrados.

A segunda pousa exatamente no mesmo ponto, o que vai doer, mas afinal, isso é uma punição.

— Dois.

— Me diga que você entende por que esperamos que você mantenha nossos segredos.

— Eu entendo — ela fala, fungando. — Sinto muito. Não deveria ter...

A terceira palmada atinge a parte inferior da nádega esquerda.

— T-três.

— Não, você realmente não deveria, linda. — Esfrego o local e vejo de perto ela se contorcer, tentando encontrar alívio da dor entre as pernas. — Precisa da sua palavra segura?

— Não.

Dou mais dez em rápida sucessão, sem dar a ela tempo para reagir antes da próxima.

— Perdeu a conta, linda? Precisamos começar de novo?

— Não! São treze.

— Mais da metade.

Um soluço irrompe dela e estou tentado a parar.

— Precisa da sua palavra segura?

Ela balança a cabeça.

— Palavras, linda. Me dê palavras.

— Não, senhor.

Estou tão orgulhoso dela. Ela é forte, determinada e toda minha. Dou mais cinco palmadas. Seu traseiro agora está em um tom de rosa ardente e o cheiro do seu desejo me deixa louco, especialmente quando noto que está molhada.

— Mais duas e depois terminamos.

Ela agarra a colcha e abaixa a cabeça. Afasto o cabelo e acaricio seu pescoço e costas, prolongando o suspense por muito mais tempo. Ela está tremendo loucamente quando dou a palmada número dezenove, esfregando o lugar até ouvi-la gemer.

— Acho que meu amor pode estar gostando muito de seu castigo. — Para comprovar o que estou falando, deslizo meus dedos através do fluxo de umidade entre suas pernas. — Ah-*ha*! Foi o que pensei.

Ela faz um som que não pode ser chamado de gemido ou grunhido. Está em algum lugar no meio. Eu a amo assim, submissa a mim, me permitindo controlar seu prazer e sua dor. Saber que ela confia em mim de forma tão implícita é o maior de todos os sentimentos.

Seguro meu pau e o encaixo dentro dela.

— Não goze. Ainda não.

Apesar do fluxo de umidade, nosso encaixe é sempre apertado e tenho o cuidado de não a machucar. Demora uns dez minutos até que eu esteja completamente dentro dela — meu lugar favorito para estar. Alcançando a parte da frente de seu corpo, seguro seus lindos seios e brinco com os mamilos. Seus músculos internos me apertam, e eu conto até cem de trás para frente para segurar o orgasmo que quer sair — agora mesmo. Mas não terminei com ela. Ainda não.

Diminuo o ritmo, sabendo que isso a deixará louca e não me desaponto.

Ela levanta os quadris, procurando por mais, mas não dou.

— Flynn!

— Esse é o meu nome aqui? — Dou a vigésima e última palmada, e ela explode, gozando tão forte que me leva junto, mesmo que eu não esteja nem perto de estar pronto. — Eu te disse para gozar? — pergunto a ela quando recupero o fôlego e minha cabeça para de girar.

— Não é culpa minha. — Debaixo de mim, seu corpo está macio e relaxado, mesmo quando sua boceta se contorce com fortes contrações que me deixam duro de novo.

— De quem é a culpa?

— Sua.

Dou uma leve mordida na parte de trás do seu ombro, fazendo-a se sobressaltar e depois rir. Quero ver seu lindo rosto, então me retiro dela e me estendo ao seu lado na cama, passando os dedos pelo seu cabelo escuro longo e sedoso. Seus lábios estão curvados em um pequeno sorriso satisfeito que me agrada.

Descansando a mão na sua bunda rosa, a acaricio com gentileza.

— Você entende por que eu tive que te punir?

Ela abre os olhos, encontra o meu olhar, e um soco de emoção me atinge, como se fosse a primeira vez de novo.

— Me desculpe por ter contado a Aileen sobre o Kristian. Eu só estava tentando ajudá-los. Ele está muito bravo?

— De modo algum. Ele disse que você fez um favor a ele.

— Então por que...

— Por que eu te castiguei?

Ela acena e mordisca o lábio inferior. Ela é tão adorável que quase me esqueço o que ia dizer.

— Você não pode dizer às pessoas sobre nós. Até pessoas que você conhece bem e confia. Preciso saber que isso não vai acontecer novamente, Nat. É muito importante para mim.

— Não vai acontecer novamente. Me desculpe, eu saí da linha. Só quero que eles sejam tão felizes quanto nós.

— Eu sei, linda, e entendo por que você fez isso. Suas intenções foram boas. Mas...

Ela coloca um dedo sobre meus lábios.

— Tudo bem. Você não precisa dizer. Sei por que não posso contar a ninguém, e espero que você saiba que eu nunca contaria a alguém que pudesse magoar você ou aos outros. A Aileen nos ama. A informação está segura com ela. Mas não vou fazer isso de novo. Prometo.

— Obrigado. — Eu a beijo suavemente, querendo dar-lhe doçura depois de sua punição. Enrolo uma mecha do seu cabelo em meu dedo. — Como foi o seu dia?

— Agora você pergunta — ela diz com um sorriso provocante. — Foi cheio. As coisas estão corridas para o festival. Também tive uma consulta com a dra. Breslow.

Congelo com o choque. Ela odeia médicos, especialmente ginecologistas, depois do trauma do exame de estupro há anos.

— Por que você foi lá sem mim?

— Teria que ir sozinha em algum momento. Por que não agora?

— Você não tem que ir sozinha nunca, Nat. Algo está errado? — O pensamento de que algo esteja errado com ela me aterroriza.

— Não. — Ela abre um sorriso misterioso. — Na verdade, em cerca de oito meses, nossa dupla vai se tornar um trio.

Estou atordoado e sem palavras. Nada na minha vida poderia ter me preparado para este momento. Meu cérebro fica completamente em branco, e meu coração... meu coração parece que vai explodir com alegria que me atinge. E então me lembro da punição, do sexo violento e me sinto chocado e aterrorizado.

— Eu... eu não... você está machucada? O que fizemos...

Ainda sorrindo, ela coloca a mão no meu peito, em cima do meu coração que está batendo descontrolado.

— Estou muito bem, Flynn. Se alguma coisa tivesse me machucado, eu teria parado.

— Eu não posso... não podemos... você...

Rindo, ela me abraça e puxa minha cabeça para descansar em seu ombro.

— É um bebê, não uma bomba e juro que estou muito bem. Nada precisa mudar entre nós.

— Isso muda *tudo*. Nada de coisas pesadas.

— Eu adoro as coisas pesadas que você faz. Você não me negaria, não é?

— Não faça isso.

— O que estou fazendo?

— Está tentando me manipular. Enquanto você estiver grávida, o máximo que terá de mim é o bom e velho papai e mamãe.

— Então terei que ir ao clube para encontrar alguém que possa cuidar das *minhas* necessidades.

Minha mão desce em sua bunda antes que eu me lembre que parei com essas coisas pelos próximos meses.

Natalie ri na minha cara.

— Por favor, me diga que você não vai se transformar em um lunático enquanto sua esposa estiver grávida.

— Defina lunático.

— Negar sexo e me tratar como se eu fosse frágil ou pudesse quebrar. Se você fizer isso, nosso bebê será filho único.

— Nosso bebê — eu sussurro. Meus olhos se enchem de lágrimas. Eu vou ser pai. Natalie e eu vamos ser pais. Nunca pensei que me casaria novamente, muito menos que me apaixonaria loucamente pela mulher perfeita para mim. E agora, um bebê também...

Ela afasta minhas lágrimas com as pontas dos dedos.

— Está feliz?

— Você tem que perguntar?

— Só quero ter certeza.

— Eu não tinha ideia de que esse tipo de felicidade era possível até que encontrei você.

— Até que Fluff encontrou *você*.

— Graças a Deus por ela. — Beijo minha esposa, a mãe do meu filho, meu único e verdadeiro amor.

1 4

Kristian

e diverti muito com os filhos de Aileen. Eles são divertidos, engraçados e educados. Gritam quando estão ganhando e riem quando isso não acontece. Eles fazem as melhores perguntas e falam o tempo todo que estamos jogando. Fazemos uma pequena pausa para ir até a garagem para que eles possam se sentar em cada um dos carros. Paramos na cozinha para tomar sorvete antes de voltarmos para a sala de jogos. Eles experimentam todos os jogos pelo menos uma vez, e eu gosto de ensinar-lhes as nuances mais sutis de cada um.

Aileen solta um grito que chama minha atenção.

— Ah, meu Deus! São quase dez! Temos que ir.

— Ainda não, mãe — Logan diz sem tirar os olhos da tela. Ele está em um jogo de direção e está acumulando uma pontuação impressionante.

— Terminem as partidas que estão jogando — digo a eles. — Vocês podem voltar quando quiserem. — Com eles alegremente ocupados, eu pego sua mãe pela mão e a levo para fora do quarto.

— Você é maravilhoso com eles — ela diz.

— Sou? Mesmo?

— Sim.

— Eles são ótimos. Me diverti muito com os dois.

— Obrigada.

— Não precisa me agradecer por me divertir com seus filhos. Eu adoro estar com eles, quase tanto quanto adoro estar com a mãe. — Apoio um braço sobre sua cabeça e prendo-a na parede com meu corpo. — Pensei na noite passada durante o dia todo. Só conseguia pensar nisso.

Seu olhar cai para a minha boca.

— Eu também.

Como não posso esperar mais um segundo para beijá-la, levo meus lábios aos dela.

Suas mãos deslizam sobre o meu peito para atrás do meu pescoço, os dedos se entrelaçam ao meu cabelo em uma carícia suave que me deixa louco por mais.

— Fique aqui esta noite. Tenho muito espaço para vocês. Vamos colocar as crianças para dormir e ter algum tempo para nós.

— Não podemos fazer isso.

— Por que não? — Emolduro seu rosto doce com minhas mãos, obrigando-a a olhar para mim. — As crianças adorariam minha casa. Tenho até escovas de dente extras e camisetas que eles podem usar para dormir. — Inclino a cabeça para acariciar seu pescoço. — Estou morrendo de vontade de te abraçar, beijar e te tocar, e não quero que você dirija para casa a esta hora. — Sinto sua rendição no jeito que ela me puxa para mais perto.

— Não posso dormir com você.

— Eu sei. — Beijo da sua clavícula até a orelha e, em seguida, mordisco o lóbulo. — Fique.

— Se você tem certeza de que não há problema...

Exultante em saber que teremos mais tempo juntos, beijo seus lábios.

— Não há problema. — Eu a libero e acalmo minha ereção furiosa para que eu possa encarar as crianças sem me envergonhar. — Ei, pessoal — eu chamo na sala de jogos. — A mãe de vocês disse que podem ficar mais esta noite.

— Oba! — Logan soca o ar acima da cabeça.

— Mas vocês têm que ir para a cama assim que essa partida terminar.

Ele abaixa o braço, mas não protesta mais.

Para Aileen, eu digo:

— Viu? Foi fácil.

— Eles gostam de você.

— Eu gosto deles. E gosto muito da mãe deles. — Eu a beijo de novo. — Vamos acomodá-los.

Leva meia hora para arrancar as crianças dos jogos, fazê-los se trocarem, escovar os dentes e colocá-los na cama em um dos meus quatro quartos extras.

— A mãe de vocês estará aqui ao lado se precisarem dela. E se dormirem logo, vou encomendar mais daqueles donuts que a Maddie gostou para o café da manhã.

— O sr. Kristian está mimando vocês com pizza, jogos e donuts.

— Tudo bem, mamãe — Maddie fala. — Enquanto não exagerarmos.

Escondo minha risada com a mão.

— Isso mesmo, querida — Aileen fala quando beija sua filha e deseja boa noite.

Como deve ser ter uma mãe que te aconchegue e dê beijos de boa noite todas as noites, sem falhar? Essas crianças não têm ideia de como são felizes por tê-la.

— Quero uma história — Maddie reclama, soando chorosa.

— Você está acordada *duas horas* depois da sua hora de dormir. Nada de histórias. — Aileen é firme, mas amorosa com a filha que, aparentemente, sabe quando parar. — Durmam bem. Amor vocês, pessoal.

— Também te amo — Logan diz ao se virar para a parede.

— Amo você, mamãe — Maddie fala.

A doçura deles deixa todas as minhas emoções fora de sintonia. Nunca tive uma visão tão próxima de uma mãe que ame seus filhos como devem ser amados. No meu mundo, não funcionou assim. As mães negligenciavam seus filhos. Esqueciam de alimentá-los, de comprar roupas novas quando elas não cabiam mais. Não se lembravam dos aniversários e não davam presente de Natal.

As crianças do meu mundo nunca se sentiam seguras, amadas, mimadas ou qualquer uma das coisas que Logan e Maddie vão tomar como garantidas, porque não saberão como é não ter. E por isso, sou grato. Não quero que eles saibam como poderia ter sido se não tivessem a incrível sorte de ter nascido com uma mãe maravilhosa.

Os pensamentos ressuscitam lembranças dolorosas que desde cedo sei que é melhor esquecer do que reviver, especialmente quando tenho tantas coisas boas em que focar, como a mãe sexy e adorável que virou minha vida de cabeça para baixo. Minha viagem pela horrível lembrança me deixa inquieto – e me sentindo indigno. Como posso esperar ser algum tipo de influência positiva nas vidas de Logan e Maddie quando não tenho ideia de como isso deve ser feito? Ninguém nunca me ensinou como fazer parte de uma família.

Enjoado e me sentindo mal, com medo de estragar a coisa mais doce que já me aconteceu, desço as escadas. Enquanto espero que Aileen se junte a mim, tomo uma dose de Grey Goose seguida de outra. Quando ela aparece na cozinha, olhando para a garrafa e para o copo, eu me pergunto se é assim que é ser pego bebendo por sua mãe. Eu não saberia.

— Bebida?

— Hum, claro.

Preparo para ela uma taça do chardonnay gelado que ela gosta e a entrego. Ela toma um gole hesitante, me olhando por cima da taça.

— Está tudo bem?

— Aham.

Ela abaixa a taça.

— O que aconteceu entre a sala de jogos e a cozinha?

Jesus. A mulher me conhece demais. É como se ela pudesse olhar para dentro de mim, onde todos os meus segredos estão escondidos de todos, menos dela. Considero negar que algo aconteceu, mas já sei que não vai dar certo.

— Estava te observando com seus filhos e pensando em como eles têm sorte de ter você.

— Eu tenho sorte de tê-los.

— Eles nunca saberão o quanto são sortudos.

Ela dá a volta no balcão para ficar na minha frente, olhando para mim com aqueles grandes olhos expressivos. É a coisa mais estranha, mas seus olhos me lembram de uma caixa de lápis de cor que me deram um ano na escola quando apareci sem nenhum material. Tinha a foto de um gato com olhos grandes e gentis que me faziam desejar um animal de estimação ou alguém de verdade que me olhasse do jeito que o gato olhava. Não posso dizer a ela que seus olhos me lembram de um gato de papel em uma velha caixa de lápis, mas por bastante tempo, aquele bicho me trouxe conforto quando nada mais me proporcionava. Agora, tenho a ela e aqueles olhos incríveis que me olham e me fazem sentir coisas que nunca senti antes. Coisas que me assustam.

— Me diga o que você estava realmente pensando.

Atordoado, meu primeiro impulso é dar um passo para trás, recuar, correr para o armário. Mas tenho a sensação de que ela me seguiria e me forçaria a sair do esconderijo.

— Não sei como fazer isso. — Parte de mim está com raiva por ela estar me forçando a dizer coisas que prefiro não compartilhar com ninguém, nem com ela.

— Fazer o quê? — ela pergunta, a imagem de paciência e calma.

— Ser parte do que você tem com as crianças. Tenho medo de fazer uma grande confusão.

Ela coloca a mão no meu peito e dá outro passo para diminuir a distância entre nós.

— Quando entrei na sala de jogos mais cedo, sabe o que vi?

Balanço a cabeça. Estou tão inseguro que não consigo respirar ou piscar, com medo de que ela me veja pela fraude que sou.

— Vi a minha filha amparada por um homem pela primeira vez em sua vida. Ela nunca teve ninguém que permitisse que ela ficasse de pé sobre seus pés para que pudesse ter uma visão melhor. Ela nunca teve ninguém para ensiná-la a jogar Frogger. Estas podem parecer pequenas coisas para você, mas são enormes para mim e para ela.

As palavras e os sentimentos que elas evocam me fazem sentir primitivo e desprotegido da enxurrada de emoções.

— Tudo isto é novo para mim. Não sei o que estou fazendo.

— Você está indo *muito bem*. Você vê a maneira como o Logan te olha? Como se você fosse um super-herói.

Balanço a cabeça.

— Ele não deveria pensar em mim desse jeito. — Pela primeira vez na vida, tenho vergonha das coisas que fiz para permanecer vivo, coisas que me fazem muito menos do que quero ser para Aileen e as lindas crianças.

— Por que não?

— Por quê? Ele nem me conhece. Nenhum de vocês me conhece. Se me conhecessem... — Balanço a cabeça, cheio de angústia.

— Meus filhos e eu corremos algum risco ao passar algum tempo com você?

— Não. — Estou quase ofendido por ela me perguntar isso. — Claro que não.

— Se estivéssemos em perigo, você tentaria nos manter seguros?

— Eu faria qualquer coisa para manter você e seus filhos em segurança. — Estou impressionado ao perceber que falo a verdade. Eu literalmente levaria um tiro por qualquer um deles e quando, exatamente, comecei a me sentir assim sobre eles? Acho que desde o início, se for honesto.

— Então, o que mais precisamos saber?

— Muitas coisas.

— Essas coisas fizeram de você o homem que você é hoje? O mesmo homem que correu para socorrer minha filha quando ela se machucou e permitiu que ela ficasse sobre os seus pés enquanto lhe ensinava algo novo? O mesmo pelo qual meu filho espera por cada palavra que diz? Ou o homem que me faz querer coisas que pensei que nunca teria? Essas coisas fizeram de você esse homem? Porque eu gosto muito desse cara. Muito mesmo.

— Aileen. — Apoio a testa na dela. Estou sobrecarregado e tocado por ela e me apaixonando tão rápido e tão intensamente que não sei mais onde termina. Meus braços deslizam ao seu redor, trazendo-a tão perto de mim quanto posso. Ela me faz sentir como se eu tivesse três metros de altura e pudesse conquistar o mundo, contanto que eu a tenha ao meu lado.

— Todo mundo tem um passado, Kristian. Todos fizeram coisas das quais não se orgulham. Ninguém é perfeito, muito menos eu.

— Você está muito mais perto da perfeição que qualquer um.

Ela ri.

— Se você diz.

— Digo e não quero ouvir você dizer o contrário.

Ela envolve as mãos no meu pescoço e olha para mim.

— Sei que tudo isso é novo para você, mas está indo muito bem até agora.

— Você me diria se eu não estivesse?

Assentindo, ela diz:

— Se você quiser.

— Quero. Preciso que você me diga se eu estragar tudo.

— Posso te dizer quando você for muito bem também?

— Acho que sim.

— Por que é tão difícil ouvir que você é um bom homem, Kristian?

— Não sei. Acho que talvez porque ninguém nunca tenha pensado assim antes.

— Isso não pode ser verdade. Seus amigos te adoram. Vejo isso toda vez que estou perto de vocês.

— É diferente com você e as crianças. Vocês me fazem querer ser mais. Melhor.

— Você não precisa ser outra coisa além de quem você é. Isso é o suficiente para nós.

Meu coração está tão cheio que parece que vai explodir. E então ela fica na ponta dos pés para me beijar, tão suavemente e com tanta doçura que quase desmorono. Eu não a mereço. Não mereço seus filhos. Mas não sei como resistir a ela — ou às crianças. Me perco no beijo, cabeça e coração. Não consigo parar, não importa o quanto eu saiba que deveria. Estou completamente perdido por ela.

Envolvo meus ao redor de seu corpo e a levanto.

Ela suspira pela surpresa, interrompendo o beijo.

— Para onde você está me levando?

— Para o meu quarto, assim poderemos passar algum tempo sozinhos. Se estiver tudo bem.

— Está tudo bem.

— Se segure em mim.

— Amo quando você diz isso. — Ela apoia a cabeça no meu ombro e aperta os braços em volta do meu pescoço.

Aqui, nos meus braços, está tudo o que nunca me atrevi a sonhar até que ela entrou no casamento do meu amigo e mudou a minha vida para sempre. Demorei um pouco para perceber o que ela fez, mas não posso mais negar, nem quero. Eu a levo para o andar de cima, parando do lado de fora do quarto das crianças para dar uma olhada.

— Eles estão dormindo? — eu sussurro.

— Apagados.

É o que quero ouvir enquanto sigo para o meu quarto no final do corredor, deixando a porta aberta para que ela possa ouvir se as crianças precisarem dela. Não podemos fazer o que fizemos ontem à noite, mas vou pegar o que puder.

Seus lábios roçam no meu pescoço e me sinto como se tivesse sido eletrocutado. Então ela repete o gesto.

— Você está se divertindo? — pergunto a ela.

— Humm-humm. Muito mesmo.

Não vou sobreviver se ela conseguir me deixar duro como uma rocha simplesmente beijando meu pescoço. Geralmente leva muito mais do que isso para me excitar.

Nos deitamos na minha cama, e ela se curva contra mim, seu corpo alinhado com o meu.

— Podemos falar sobre outra coisa?

— Qualquer coisa que você quiser. — Enquanto esfrego círculos em suas costas, eu me lembro de que não posso deixar o desejo me dominar essa noite. Não com seus filhos dormindo no final do corredor.

— Quero falar sobre BDSM e como funciona. Quero entender.

Todo o ar deixa meu corpo em uma longa e torturada expiração.

— Fiz algumas pesquisas hoje e tenho muitas perguntas.

— Como o quê? — pergunto, minha voz rouca de desejo.

— Há muitos aspectos diferentes para isso, então acho que estou me perguntando do que você gosta.

O que eu gosto? O que *não* gosto? Como posso explicar isso de uma forma que não vá aterrorizá-la?

— Gosto de controlar o prazer da minha parceira.

— Como?

Esfrego a mão no rosto. Em todos os meses desde que a conheci, não consegui imaginá-la no contexto da minha preferência sexual, que é outra novidade. Normalmente, esse é o primeiro lugar que minha mente leva quando encontro alguém que me interessa sexualmente. Mas isso não aconteceu com ela.

Ela puxa a mão que está cobrindo meu rosto.

— Não quer falar sobre isso?

— E se não formos por esse caminho?

— O que você quer dizer?

— Quero dizer que quando estou com você posso não precisar que seja mais do que já é.

Ela pondera minhas palavras, mordiscando o lábio.

— Pelo que eu li, a maioria das pessoas que estão no estilo de vida não consegue ligá-lo e desligá-lo desse jeito.

— Isso é verdade, mas não significa que *não* possa ser desativado em determinadas circunstâncias.

— Então, você está dizendo que quer isso com outras mulheres, mas não comigo?

Porra. Estou estragando tudo.

— Não, não é isso. Estou dizendo que talvez não precise disso, porque já é muito mais com você. Faz sentido?

— É porque você acha que sou frágil? Por que estive doente?

Sim, em parte.

— Não.

— Não sou frágil. Estive doente. Não estou mais.

— Eu sei disso, pequena.

— Não quero ser tratada de forma diferente porque estive doente.

— Eu entendo.

— Então você vai me ensinar sobre o que você gosta?

Solto uma respiração profunda e percebo que ela me encurralou. Se eu me recusar a ensiná-la, ela vai achar que é porque acho que ela é frágil.

— Aqui está a questão... sinto coisas por você, coisas que nunca senti por ninguém, e o pensamento de tocar em você de outra forma que não seja com reverência me deixa um pouco mal. Não me excita pensar em te amarrar, negar orgasmos, fazer sexo anal, apertar seus mamilos ou fazer qualquer coisa que eu normalmente faria com mulheres que não significam nada para mim.

Olho para baixo para encontrar seu rosto corado e seus lábios entreabertos. Puta merda, ouvir isso a excitou? Parece que sim. Tenho que saber. Enfio a mão sob seu vestido e seguro sua boceta. Calor irradia entre suas pernas, confirmando que minhas palavras a despertaram.

— E se eu quiser essas coisas? Você as faria se eu pedisse?

Meu pau está muito duro.

— Você quer?

— Quero tudo com você, Kristian.

15

Aileen

Não posso acreditar que deixei isso escapar. É algo que pode assustá-lo. Mas ele não parece se sentir assim. Não, de repente, ele parece excitado.

— Você entende o que significa ser sexualmente dominada?

— Acho que sim, mas por que você não me explica para eu ter certeza?

— Significa que eu controlo todos os aspectos do seu prazer. Eu digo o que, quando e quantas vezes. E você — ele fala, levantando meu queixo para me forçar a encontrar seu olhar intenso — pode parar tudo com uma palavra que é acordada com antecedência, o que significa que, no final das contas, você é quem tem todo o poder.

— Está tudo bem dizer que me excita pensar em fazer essas coisas com você?

— Ah, sim — ele diz com a voz rouca — tudo bem.

— Então você vai fazê-las comigo?

— Não até que você tenha a chance de ver no que está se envolvendo. De perto e pessoalmente.

— Onde?

— No nosso clube.

— Você vai me levar lá?

— Se você tem certeza de que é o que quer.

— Quero você e isso faz parte da sua vida, então tenho certeza de que é o que eu quero.

— Vou te levar ao clube. Em algum momento.

— Em breve. Você vai me levar *em breve*.

— Quem é o dominador neste relacionamento? — ele pergunta, um sorriso provocante curvando seus lábios.

Eu olho para ele.

— Você. Senhor.

— Caramba, Aileen. Você está brincando com fogo e nem percebe.

Seguro sua ereção e arrasto a unha ao longo do seu comprimento.

— Sim, eu percebo.

Ele estremece e, em seguida, se vira, rolando em cima de mim e devorando minha boca em um beijo que é puro sexo.

Envolvo os braços em seu pescoço e as pernas em torno de seus quadris.

— Já é sábado? — sussurro contra seus lábios.

Seu grunhido baixo me deixa louca de desejo. Mesmo no começo do meu relacionamento com Rex, antes que tudo desse errado, nunca o quis da maneira que quero Kristian — como se minha vida dependesse de tê-lo. Eu deveria estar me protegendo — e aos meus filhos — do jeito que ele me faz sentir. Já segui por esse caminho antes e foi bem complicado. E, pela quantidade de vezes que Kristian me alertou, eu deveria estar aterrorizada e fugindo.

Mas não é o que estou fazendo. Não, eu o estou beijando, pressionando minha vagina contra o comprimento rígido da sua ereção, pensando sobre as coisas que ele disse que queria fazer comigo e me perguntando por quanto tempo vou ter que esperar para ser dominada por ele.

APESAR DAS MINHAS BOAS INTENÇÕES, ADORMEÇO NA CAMA DE KRISTIAN e passo a noite inteira com os braços dele ao meu redor. É o melhor sono que tive desde que fui diagnosticada e, pela primeira vez em anos, acordo antes das crianças. Graças a Deus por isso, porque não tenho certeza se eles estão prontos para me ver dormindo em sua cama — ou em seus braços.

Me movo com cuidado, esperando não acordá-lo enquanto fujo.

Seus braços se apertam ao meu redor.

— Não vá — ele fala com a voz rouca de sono.

Amo saber como a sua voz soa logo pela manhã.

— Tenho que ir ou vamos ser pegos.

— Mais cinco minutos. — Ele pressiona a ereção contra o meu traseiro, e eu derreto de tanto desejo.

Isso é tudo.

Então ele cobre meu seio e segura o mamilo entre os dedos.

— Kristian... não faça isso. Não podemos fazer agora e vou ficar abalada o dia todo se começarmos algo que não podemos terminar de novo.

Sua risada baixa me faz sorrir.

— Ainda bem que não sou o único a andar em estado de agonia.

— Isso é agonia?

— Te querer mais do que jamais quis alguém e não poder ter? Não consigo pensar em uma palavra melhor para descrever isso.

— Nem eu.

— Logo, pequena. Teremos uma noite inteira juntos e faremos valer a pena.

— Mal posso esperar.

Sua mão está na minha perna, se movendo para cima por baixo da barra do vestido que não tirei na noite passada. Nós dois dormimos vestidos, o que é bom, já que não consegui sair da cama.

Não deixo sua mão chegar ao destino pretendido entre as minhas pernas. Se ele me tocar, vou esquecer que meus filhos estão dormindo no final do corredor e vão acordar a qualquer minuto.

Kristian geme enquanto seus dedos se contorcem ao redor dos meus.

— Eu realmente espero que vocês gostem da Cecelia.

— Tenho certeza de que vamos.

— Não se esqueça de que a Tenley vai te encontrar hoje também. Ela falou com você, certo?

— Marcou às duas.

— Eu disse a ela que quero que você tenha tudo o que quiser. Quero que você seja completamente mimada.

— Não preciso de tudo isso.

— Mas eu quero. Me deixe te agradar. Quero que nosso primeiro encontro oficial seja especial.

— Já será, porque estarei com você.

— Você tem alguma ideia do que está fazendo comigo?

Não tenho certeza do que ele quer dizer.

— O que eu estou fazendo?

— Está fazendo com que eu me apaixone tão rápido que a minha cabeça está girando. Quanto mais tempo passo com você, mais te quero. Quanto mais eu te toco, mais anseio por você. Não consigo me concentrar no trabalho, dormir ou fazer qualquer coisa além de pensar em você. Você está fazendo uma bagunça na minha vida.

Sorrindo e preenchida com a alegria vertiginosa que sinto sempre que ele está por perto, tento me livrar do seu abraço apertado.

— Vou embora para que você possa voltar ao normal.

— Você não vai a lugar nenhum — ele retruca em um grunhido baixo que me deixa em chamas.

— Mas você acabou de dizer que estou fazendo uma bagunça na sua vida.

— É a melhor sensação que já experimentei. Por favor, nunca tire isso de mim. Não tenho certeza se sobreviveria.

— Kristian... me solte. Quero me virar para poder te ver.

Ele solta seu abraço apenas o suficiente para que eu possa me virar para encará-lo.

Apoio a mão em seu rosto, sua barba por fazer arranhando a minha palma.

— No caso de ser importante, você está fazendo a mesma coisa comigo.

— Isso importa. — Ele me beija, e eu esqueço que deveria me

levantar antes que as crianças nos pegassem juntos. Esqueço tudo o que não o inclui e o que sinto ao ser cercada por ele, consumida por ele.

— Mãe? — A voz de Logan me traz de volta à terra.

Kristian me solta, e eu me levanto tão rapidamente que tropeço na pressa de sair do quarto dele antes que meu filho me pegue lá.

— Devagar, pequena — ele fala.

Olho por cima do ombro e a visão dele apoiado em um cotovelo, sexy e desgrenhado enquanto me observa com olhos famintos, vai ficar comigo até que eu possa ficar sozinha com ele novamente. Vai ser outro longo dia.

———

TENLEY CHEGA NA HORA CERTA, EMPURRANDO UMA ARARA COM vestidos para dentro da minha casa como se não fosse grande coisa. Para ela, provavelmente não é. Para mim — e para Maddie, que vibra com entusiasmo ao pensar em um desfile de moda — é algo grandioso. Não posso acreditar que uma das melhores *stylists* de Hollywood veio até minha casa me vestir para uma pré-estreia em que vou acompanhar Kristian. Eu me sinto como uma princesa.

Alta e magra, com longos cabelos escuros, Tenley é tão cheia de classe quanto se esperaria que uma *stylist* de Hollywood fosse, usando o jeans mais justo que já vi, um top que se agarra a seus seios fartos, saltos altíssimos e uma bolsa gigantesca cheia de ferramentas de seu ofício. *Elegante* é a palavra que me vem à mente.

Ela me abraça como se fôssemos velhas amigas, mesmo que tenhamos nos encontrado apenas algumas vezes — uma no casamento de Flynn e Nat, e a última vez que vim para cá antes da mudança. Ela foi à casa de Kristian com seu namorado sexy, Devon Black.

— Estou muito feliz por ter a chance de te vestir. — Com as mãos nos meus ombros, ela se inclina para me olhar com mais atenção.

— Quando Addie me disse que você é a amiga da Natalie que teve câncer, mal podia esperar para encontrar o vestido *perfeito*. E deixe-me dizer que você está maravilhosa. Seu cabelo está muito fofo e você está um pouco bronzeada.

— Obrigada. — Estou impressionada e satisfeita com o seu entusiasmo e tento não hesitar ao ser descrita como a amiga que teve câncer. Sei que ela quis dizer que eu estou bem – e Addie também.

— Preciso dizer que você arrumou um partidão. — Enquanto fala, ela remove os vestidos dos sacos na arara. — Kristian Bowen é um tipo sexy e *ultra* misterioso. Todos mundo quer saber mais sobre ele.

Estou despreparada para saber como agir ao ouvir uma mulher linda e sexy falar sobre Kristian dessa maneira. Um nó de pavor se forma no meu estômago. Como vou mantê-lo interessado em mim quando mulheres como ela o acham sexy e misterioso? Antes que eu possa deixar o ciúme me atingir, Maddie entra correndo na sala, parando ao ver Tenley e sua arara de vestidos.

Estendo os braços para minha filha, que se acomoda em meu abraço.

— Maddie, diga oi para a srta. Tenley. Ela vai ajudar a mamãe a encontrar um vestido para a estreia do filme.

— Oi — Maddie diz com timidez.

— Oi, Maddie. Você vai me ajudar a encontrar o vestido perfeito para a mamãe usar?

Maddie acena com a cabeça.

— Excelente! Vamos começar.

Experimento dez vestidos, cada um deles mais espetacular do que o anterior. Como vou escolher um deles está além da minha compreensão.

— Quero que você tente mais um — Tenley fala com um olhar perspicaz. — Guardei este para o final por uma razão. — Ela segura um vestido de cor champanhe que é o mais simples, e eu o amo no momento em que o vejo.

— Não vou ficar pálida com essa cor? — pergunto, ciente de como minha pele ainda está sem cor depois da doença.

Tenley acena com a mão.

— Não se preocupe com isso. Vamos nos certificar de que você esteja brilhando.

— Eu gosto desse, mamãe — Maddie fala.

— Eu também. Vamos ver como fica. — Maddie vem comigo para o quarto para trocar de vestido. Ela fecha o zíper com cuidado, como se fizesse isso a vida toda. Eu me viro para encará-la e sua boca se abre.

— Você está tão bonita!

— Mesmo?

Ela acena com a cabeça.

— Muito, muito linda.

Encaro o espelho de corpo inteiro atrás da porta. O vestido me abraça nos seios e costelas e depois se alarga na cintura, me fazendo parecer um pouco menos magra do que estava nos outros. Meus ombros e clavículas estão muito proeminentes para o meu gosto, mas não há nada que eu possa fazer sobre isso até a noite de sábado, então tento não focar em coisas que não posso mudar.

— Vamos ver o que a Tenley acha.

Maddie vai na minha frente para a sala de estar.

— A mamãe ficou tão linda!

— É mesmo? — Tenley pergunta.

— Aham. Mostre a ela, mãe.

Me sinto estranhamente tímida saindo do quarto neste vestido. Tudo é diferente. A julgar pela expressão dela, Tenley concorda.

— Caramba. Esse é perfeito! Tive a sensação de que poderia ser. Queria que você experimentasse os outros para que notasse a perfeição quando a visse.

— Acha que ele vai gostar? — pergunto a Tenley, me sentindo bastante vulnerável. Eu mal a conheço, mas ela conhece Kristian e quero que ele tenha orgulho de me ter ao seu lado no sábado à noite.

— Hum, sim, Aileen — ela diz com um sorriso. — Acho que ele vai adorar. Vamos falar de sapatos!

Ela sai uma hora depois, prometendo trazer o vestido de volta no sábado de manhã depois de algumas alterações para deixá-lo perfeito. Escolhi um incrível par de saltos Jimmy Choo e quase desmaiei quando Tenley me disse que Hugh, o cunhado de Flynn um joalheiro de Beverly Hills, vai emprestar um colar, pulseira e brincos de diamantes para a ocasião.

Estava me sentindo a própria Cinderela.

— Isso foi muito divertido! — Maddie diz depois que Tenley vai embora. Logan se escondeu no quarto deles o tempo todo que ela esteve lá, e eu o aviso que já é seguro voltar.

— Achou alguma coisa que tenha gostado? — ele pergunta.

— Espere até ver — Maddie responde por mim. — A mamãe parecia uma princesa.

— Isso é legal.

A campainha toca e vou atender.

— Olá. Sou Cecelia Você é a Aileen? — Com cabelos loiros, olhos azuis e um sorriso lindo, ela é a epítome da garota do sul da Califórnia.

— Sim, por favor, entre. — Eu a apresento para Logan e Maddie. — A srta. Cecelia é amiga do sr. Kristian, e ela vai ficar com vocês quando formos para a estreia do filme.

— Podem me chamar de Cece — ela diz para as crianças. — É assim que meus amigos me chamam.

Conversamos por alguns minutos, e ela pergunta se as crianças gostam da praia.

— Amamos — Maddie responde.

— Por que não passeamos e damos uma volta no parquinho? — Cece sugere.

— Podemos, mamãe? — Logan pergunta.

— Claro, vamos fazer isso.

Enquanto nós quatro fazemos uma curta caminhada até o parquinho, Cece faz um monte de perguntas para os garotos que os fazem falar sobre suas aulas favoritas na escola, os amigos que deixaram em Nova York, o acampamento de verão do qual vão participar e o que eles mais gostam na casa nova: a praia.

— Também temos novos amigos legais — Logan fala. — O sr. Kristian tem a melhor sala de jogos de todos os tempos e muitos carros irados. Ele me deixou sentar neles na noite passada e fingir dirigir.

Eles gostam dela, que é ótima com eles. É um grande alívio. Quero muito passar um tempo com Kristian, mas, mais do que isso, quero ter certeza de que meus filhos estão seguros e felizes com a nova babá.

— É tão gentil da sua parte fazer isso — digo a ela quando as crianças estão ocupadas nos balanços.

— Estou feliz em ajudar. Acabei de passar por um rompimento ruim e me manter ocupada ajuda. Além disso, tenho empréstimos estudantis muito elevados, e o Kristian está fazendo valer a pena.

Começo a me perguntar quanto ele está pagando para que ela cuide dos meus filhos. Antes que eu possa perguntar, meu telefone toca com uma mensagem de texto dele.

Onde vocês estão? Estou na sua casa.

Meu coração imediatamente acelera e dá uma cambalhota no peito — tudo isso por saber que ele está por perto.

No parquinho do outro lado da rua.
Me espere aí.

Passo os dedos pelo cabelo e gostaria de ter usado algo mais excitante do que uma camiseta e um short jeans velho.

— O Kristian está vindo para cá.

— Se quiserem ir jantar ou algo assim, não vou fazer nada hoje à noite. Estou de folga no trabalho por alguns dias.

Estou muito tentada. Seria errado deixar meus filhos por algumas horas com alguém que eles acabaram de conhecer?

— Cece — Maddie chama —, venha me empurrar.

— Estou indo. — Ela corre até os balanços e faz Maddie gargalhar em poucos minutos.

— Me empurre também? — Logan pede.

Ela se alterna como uma profissional, empurrando um e depois o outro enquanto mantém um fluxo constante de conversas sobre seus filmes e comida favoritos e que tipo de sorvete eles mais gostam.

Eles gostam dela. Ela gosta deles. Além disso, ela é

enfermeira. Ela é mais qualificada para estar com eles que eu. Seria errado tirar um tempo para mim? Faço tão pouco isso que o pensamento de deixá-los me faz sentir nauseada por causa da culpa.

Nesse momento, um braço envolve minha cintura por trás enquanto ele beija minha nuca e a culpa é superada pela luxúria pura quando o cheiro do seu perfume enche meus sentidos. Sou uma mãe muito, muito má.

— Como estão as coisas? — ele pergunta, mantendo o braço ao meu redor enquanto acena para as crianças.

— Bem. Eles gostam da Cecelia.

— Graças a Deus.

Faço uma pausa, mas apenas por um segundo antes de olhar para ele.

— Ela disse que não vai fazer nada esta noite se quisermos ir comer alguma coisa. Ou fazer alguma coisa.

Seus dedos cravam em meu ombro e sua mandíbula se aperta com tensão.

— O que você disse?

— Que ia conversar com você.

— Você tinha que perguntar? — Seus olhos estão cobertos pelos óculos de sol, mas não preciso vê-los para saber como estão. — Você está confortável em deixar as crianças com ela?

— Acho que sim. Mas me sinto um pouco culpada.

— Por quê?

— Nunca os deixei com alguém que não fosse a mulher que cuidava deles para mim em nosso prédio.

— Não precisamos ir, Aileen. Não até que você esteja confortável com ela. Se ajudar, eu a conheço há alguns anos por causa da minha assistente, Lori, que é sua colega de apartamento.

— Ajuda muito. Na verdade, eu estava pensando que, como enfermeira, ela é mais qualificada para estar com eles que eu.

— Isso não é verdade. Ninguém é mais qualificado para estar com eles que você.

Inclino a cabeça contra ele e é tão natural ficar olhando meus filhos com o braço de Kristian ao meu redor e minha cabeça apoiada em seu peito. Eu poderia me acostumar com isso.

— Você saiu cedo do trabalho.

— Não consegui fazer nada por querer estar com você.

Isso decide por mim. Preciso passar algum tempo sozinha com ele. Eu chamo as crianças e Cece as segue, mantendo um olho atento nelas, o que eu aprecio.

— Vocês gostariam de ficar com a Cece por um tempo?

— Podemos? — Maddie pergunta enquanto Logan me olha, sua expressão não revela nada.

— Se vocês quiserem. Cece disse que está livre esta noite e pode passar algum tempo com vocês enquanto vou jantar com o sr. Kristian.

— O que vamos fazer para o jantar? — Logan pergunta.

Kristian pega a carteira e dá a ele três notas de vinte.

— Que tal você levar essas garotas encantadoras para comer pizza?

Logan pega o dinheiro, se iluminando consideravelmente ao receber tal responsabilidade de Kristian.

— Conheço um ótimo lugar para onde podemos ir caminhando — Cece fala.

Kristian entrega a Logan mais vinte.

— Compre sorvete também.

— Legal — Logan vibra. — Vamos lá, pessoal.

— Espere um minuto. — Aponto para o meu rosto e meu filho revira os olhos quando vem me beijar.

Maddie faz o mesmo.

— Amo vocês, pessoal.

Cecelia e eu trocamos números de telefone, e eu lhe dou a chave da casa.

— Eles são alérgicos a alguma coisa? — ela pergunta.

— Não que eu saiba.

— Hora de dormir?

— Às nove, no máximo, se você puder levá-los até essa hora. Eles tomam banho por conta própria, mas a Maddie pode precisar de supervisão.

— Sem problemas. Damos conta disso, certo, pessoal?

— Sim — Maddie fala.

— Podemos ir agora? — Logan pergunta.

— Claro, te vejo de manhã. Amo vocês.

Eles saem com Cece, gritando: *eu também te amo* por cima dos ombros.

No segundo em que eles estão fora do alcance da voz, Kristian diz:

— Venha para casa comigo.

16

Aileen

Olho para ele, que me beija bem ali no parquinho com o sol se pondo atrás de nós. A praia está lotada, mas tudo e todos desaparecem até que só vejo ele me abraçando e beijando com o tipo de paixão que nunca imaginei ser possível encontrar até que ele me mostrasse como poderia ser.

— Venha para casa comigo, Aileen — ele pede novamente, com muito mais urgência desta vez.

Com nossos corpos bem unidos, posso sentir o quanto ele me quer.

— Vamos lá.

Ele mantém o braço ao meu redor enquanto andamos — tão rápido que tenho dificuldade em acompanhá-lo — de volta até minha casa onde seu carro está estacionado.

— Eu deveria me trocar. — Estou começando a entrar em pânico me perguntando se minhas pernas precisam ser depiladas ou se estou suada por causa da caminhada até a praia.

— Você não precisa de roupas para este encontro. — Ele segura a porta do carro, implorando para eu entrar.

E eu entro. Quem se importa se minhas pernas estão depiladas quando um homem gostoso e sexy que me deixa louca de desejo quer me levar para casa?

No minuto que o carro está se movendo, sua mão está na minha perna, seu calor marcando minha pele.

Agora que o momento está diante de mim, estou cheia de preocupações, inseguranças e...

— Pare com isso — ele fala, sua voz um grunhido baixo e rouco. — O que quer que você esteja pensando que está te deixando mais tensa que um tambor, pare.

Me lembro de respirar, de tentar relaxar, de lembrar que é o Kristian, que tem sido tão bom para mim e meus filhos. Não tenho nada a temer, mas mesmo sabendo disso, me preocupo se ele vai querer me dominar, se vou ser o suficiente para ele, se ele vai...

— Aileen.

A única palavra é como um comando.

— Sim?

— Pare. — Depois de uma longa pausa, ele diz: — Nada vai acontecer a menos que você queira e tudo em você é perfeito para mim. O que quer que esteja pensando, que sua cabeça esteja inventando, não leve em consideração. Se tivesse alguma ideia do quanto te quero, você sairia no próximo semáforo e fugiria.

— Não vou a lugar nenhum.

— Nem eu, então pare de se preocupar.

— Faz muito tempo para mim.

— Sei disso, pequena. Vou cuidar bem de você. Prometo.

Suas palavras doces conseguem acalmar meu nervosismo, mas não fazem nada para impedir o formigamento na minha pele ou a dor entre as minhas pernas que se intensifica à medida que nos aproximamos do seu apartamento. O tráfego é pesado nesta hora do dia e demora mais do que deveria.

— Puta merda — ele murmura quando temos que parar em um semáforo pela segunda vez.

Sua impaciência é cativante.

— Você foi bom com Logan dando o dinheiro a ele e pedindo que levasse as garotas para jantar.

— Notei que ele não estava muito convencido a ficar com a Cece.

— Você não acredita em mim quando digo que é ótimo com eles, mas esse é outro exemplo. Gostaria de saber quanto você está pagando para que ela fique com eles na pré-estreia.

— Isso é entre ela e eu.

— Eu quero saber.

— Não vou te dizer.

— Vou arrancar isso de você.

Sua risada irritada me faz sorrir. Eu o amo. Esse pensamento surge de forma tão inesperada que respiro fundo e meu coração quase para.

— O quê? — Ele me olha, preocupado.

— N-nada. — *Eu o amo.* Ah, meu Deus, eu realmente o amo. Provavelmente, desde o primeiro dia no casamento de Natalie quando fui apresentada a ele e senti a terra se mover sob meus pés. Antes disso, antes dele, eu não teria acreditado ser possível olhar alguém e sentir tudo o que estou sentindo. Mas foi exatamente o que aconteceu no casamento e toda vez que estive com ele desde então, o sentimento cresceu e se multiplicou.

Dez minutos depois, chegamos ao seu prédio, onde ele digita o código. Na garagem, ele me diz para esperar por ele e dá a volta para me ajudar a sair do carro, segurando minha mão para me levar até o elevador. Uma vez lá dentro, ele me abraça e beija meu pescoço. seu pênis está duro e quente na minha barriga, e eu me esfrego contra ele, fazendo-o gemer.

— Está com fome? — ele pergunta.

— Não de comida.

— Caramba, Aileen. Por que não joga gasolina em um incêndio?

Rindo, beijo seu pescoço e o queixo.

— Sinto muito.

— Não, você não sente. Quer checar as crianças?

— Você não se importaria?

— Claro que não. Não quero que você se distraia com nada além de mim pelas próximas horas.

Tremo em antecipação por passar *horas* sozinha com ele. Quando retiro o telefone do bolso de trás do short, percebo que minhas mãos estão tremendo. Faço a ligação para Cece, que atende no primeiro toque.

— Alô.

Sorrio quando ouço Logan dizer ao fundo:

— Eu disse que ela ligaria.

— Diga que ele está sempre certo.

— Pode deixar — Cece responde, rindo. — Estamos nos divertindo muito. Não se preocupe com nada.

— Eles querem falar comigo?

— Claro, aqui estão eles.

Falo com os dois, lembrando-os de serem bons para Cece e fazer o que ela mandar. Eles estão empolgados em tomar sorvete, e estou atrapalhando o bom momento deles.

— Divirta-se — digo a Maddie no segundo antes de a linha ficar muda. — Já não sou mais novidade.

— Eles estão em boas mãos e se divertindo. O mesmo poderia ser dito para você. — Ele coloca as mãos na minha bunda e me puxa com força contra si. — A primeira vez — ele diz no meu ouvido — será rápida. A segunda, vou fazer durar.

— Acho que estou babando. Estou babando?

Sorrindo, ele balança a cabeça. Em algum momento, ele tirou os óculos escuros e aqueles olhos azuis deslumbrantes me observam atentamente. O elevador faz um som e eu me assusto. Imediatamente me sinto tola por estar tão nervosa.

— Você está ficando tensa de novo — ele diz, com a mão na base da minha coluna enquanto me leva para o apartamento.

Vamos direto para as escadas e caminhamos até seu quarto com as mãos dele nos meus quadris.

— Quero que você use esse short todos os dias.

— Sério? Por quê?

— Sua bunda fica muito gostosa nele. Quando cheguei ao parque mais cedo, a primeira coisa que vi foi você nesse short. Quis fazer isso bem na frente de todos. — Ele fica de joelhos atrás de mim e beija as curvas inferiores das minhas nádegas, dando uma mordida na direita.

Solto um gritinho da surpresa e pelo desejo que me atinge como um foguete, aterrissando em uma bola de calor entre minhas pernas.

— Humm, sim, me deixe te ouvir. Não se segure. — Ele desliza as mãos até a parte de trás das minhas pernas e aperta as nádegas.

Ele quase não fez nada e já estou pronta para gozar. Se levantando, ele me entrega um pedaço de papel que puxa do bolso.

— O que é isso?

— Resultados de exames recentes que provam que estou saudável.

Dou uma olhada rápida, vejo o que preciso saber e o entrego a ele.

— Obrigada.

— Precisamos de uma palavra que pare tudo se as coisas se tornarem demais para você.

— Destino. — Desde que falamos sobre palavras seguras não paro de pensar nesta.

— Gostei.

Envolvo os braços em seu pescoço e encaro seus olhos azuis claros. Ele me olha com muito desejo.

— É um lembrete de que, mesmo que eu não consiga lidar com o que está acontecendo no momento, não vou a lugar nenhum, então você não precisa se preocupar.

Ele me beija e se livra rapidamente das nossas roupas. Em seguida, caímos na cama em um emaranhado de braços, pernas e lábios que nunca param de se mover enquanto nos acomodamos. Saber que estamos completamente sozinhos e temos horas para ficarmos juntos ajuda muito a aliviar um pouco da tensão que senti anteriormente.

Já li o suficiente sobre sexo, amor e desejo depois do câncer de mama para esperar que meu corpo não coopere totalmente. Espero que isso não aconteça agora.

— O que houve? — ele pergunta, seus lábios ocupados no meu pescoço.

Fecho os olhos para conter uma reação emocional à sua preocupação. Nunca estive com um homem que fosse tão sintonizado comigo e, pelo que sei sobre o passado de Kristian, é notável que ele seja tão sensível quando ninguém o ensinou a ser assim.

— Eu... não sou a mesma pessoa que era antes de ficar doente. Não estou tão confiante de que tudo funcionará como deveria.

— Você não deve se preocupar com isso. É minha responsabilidade garantir que você se sinta bem. Me deixe cuidar de você.

Tudo bem então.

— Não é permitido pensamento ou preocupação. — Seus lábios roçam sobre a minha clavícula, passeando até o topo dos meus seios. — Apenas respire e sinta.

Respirar e sentir. Posso fazer isso.

— Quero que saiba que desde que te conheci, não consegui tocar em outra mulher.

Sua confissão me choca.

— Você me conheceu há pouco mais de *cinco meses*.

— Acredite em mim. Eu sei.

Estou zonza, mas então ele leva meu mamilo a sua boca e suga suavemente, me forçando a dar toda a minha atenção para o que está acontecendo agora. Não é a mesma sensação de antes da minha cirurgia, mas é incrível mesmo assim. Tento seguir seu conselho para respirar e sentir o que é e não o que costumava ser. E é muito bom ter seus lábios e mãos incendiando meu corpo.

— Quero te beijar e te tocar em todos os lugares, mas mais do que isso, quero estar dentro de você — ele diz com aquela voz rouca que é tão excitante. Ele segura sua ereção, muito dura, roxa e vazando.

— Sim... também quero isso.

Com a mão livre, ele testa se estou pronta.

Fico aliviada por ter escapado de um dos efeitos colaterais mais relevantes do tratamento: a secura vaginal. Na verdade, pareço ter o oposto, o que aparentemente lhe agrada se seu profundo gemido é uma indicação.

Ele alinha o pênis em minha vagina e dá um impulso suave.

— Gostoso e devagar.

Ah. *Caramba.* Ele é tão grande que dói e não de um jeito bom.

— Calma, pequena. — Recuando, ele me dá um segundo para respirar antes de voltar, mais profundamente desta vez.

Meus dedos apertam suas costas, procurando algo em que me

segurar. Pelo menos, não estou mais pensando no meu corpo pós-câncer ou em secura vaginal. Não consigo pensar em nada além da insistente invasão que está começando a ficar gostosa.

— Isso — ele fala, começando a se mover um pouco mais rápido. — Sim, caramba, Aileen... é ainda melhor do que pensei que seria. Você é tão quente e apertada.

Não consigo pensar, respirar ou fazer qualquer outra coisa senão sentir, o que é exatamente o que ele queria. Sou consumida por ele, cercada por seu cheiro atraente, o roçar do seu peito e pelos das pernas contra minha pele sensível, o movimento de seus lábios no meu rosto e as estocadas profundas do seu pênis.

— Mãos sobre a cabeça. — Ele as segura e me prende na cama. — Está tudo bem?

Olho para ele e aceno, amando a sensação de ser dominada por ele. Eu me pergunto o que mais pode ser possível quando ele realmente se soltar.

— Fale comigo. Me diga como se sente.

— Incrível.

— Essa é uma boa palavra.

— É uma sensação boa.

— Humm, com certeza é. O melhor sentimento de todos.

Depois disso, não há mais palavras, apenas suspiros profundos, gemidos e um grito agudo quando gozo mais forte do que nunca.

— Ah, *porra* — ele murmura enquanto entra e sai de mim, inclinando a cabeça para trás quando goza, seus dedos apertando meus ombros.

Cada parte de mim vibra e lateja após a transa mais espetacular da minha vida. Eu não tinha ideia de que poderia ser assim até que ele me mostrasse o que era possível. Só posso imaginar o que ele é capaz quando me levar para o próximo nível. Na verdade, provavelmente não tenho imaginação para saber do que ele é capaz, mas não posso esperar para descobrir.

Kristian

Caramba. Isso foi... não tenho palavras para descrever. Meu cérebro está em branco, mas meu corpo vibra com energia e satisfação profunda. O que ela está fazendo comigo? Antes disso, antes dela, a palavra *feiticeira* era o nome de um antigo programa de TV. Agora, assumiu um novo significado. Estou sob seu feitiço, cativado e enfeitiçado por uma mulher pela primeira vez na vida.

E nossa, *é tão bom*. Eu poderia me perder para sempre no sentimento de contentamento e bem-estar que sinto toda vez que estou com ela. É como voltar para casa e encontrar o paraíso ao mesmo tempo. Nunca estive verdadeiramente em casa, exceto com a família Quantum. Mas isso é diferente. Ela é toda minha e ninguém nunca foi todo meu.

Eu a abraço com mais força, me sentindo desesperado com medo de perdê-la agora que a encontrei.

— Você está bem? — ela pergunta.

— Sim. E você?

— Ah, sim — ela fala com uma risada sacana que me faz sorrir. — Ainda bem que não me esqueci como fazer isso.

— Você definitivamente não se esqueceu.

— O que está pensando?

Me retiro dela e me movo para o lado, mantendo-a junto a mim.

— Em como é bom estar com você, não importa o que estamos fazendo. Mas isso...

— *Isso* é o melhor. — Ela desliza a perna entre as minhas e é tudo o que é preciso para me deixar duro de novo. Rindo, ela fala: — Foi rápido.

— É você. — Seguro sua bunda e a aperto, fazendo-a ofegar. Já estou viciado em como ela é responsiva e ansiosa.

— Não, é *você*. — Sua voz é rouca e sexy. Eu podia ouvi-la recitar uma lista de compras e sua voz me excitaria.

— Somos *nós*. Somos bons juntos.

— Muito bons.

De repente, me sinto paralisado de medo. Nada tão bom pode durar. Isso nunca aconteceu antes. A última vez que me permiti ficar confortável em algum lugar, recebi uma lição difícil sobre o porquê não é prudente confiar minhas emoções a outras pessoas. Estava no lar adotivo há um ano e tinha começado a baixar a guarda com a família quando me disseram que o filho deles estava se formando na faculdade e precisavam do espaço que eu estava ocupando para ele. Nunca mais deixei isso acontecer até agora. Minha guarda está tão derrubada que pode não existir.

Eu deveria parar com isso enquanto ainda posso, mas não consigo encontrar meios para sair da cama enquanto ela está quente, macia e nua em meus braços. Aprendi a não arriscar mais do que posso perder e, com ela, estou arriscando tudo: meu coração, minha alma, minha sanidade — e estou fazendo isso com os olhos bem abertos.

Viro-a de bruços na cama e deixo um rastro de beijos dos ombros até a cintura, observando os ossos que sobressaem, um pouco proeminentes demais para o meu gosto. Quero cuidar dela e ter certeza de que ela está comendo, se curando e prosperando, mas ainda assim, me preocupo se vou acabar magoando a ela e aos seus filhos ou se vou ser magoado quando ela me trocar por alguém que possa lhe dar suavidade e doçura.

Não sou assim. Nunca fui. Ninguém nunca me mostrou como ser essas coisas. Sou um cara duro, agressivo e costumo me agradar em primeiro lugar. Não agi assim com ela, mas talvez seja hora de dar a ela um gostinho do que ela teria se ficasse comigo. Puxando-a para ficar de quatro, empurro suas pernas com os joelhos e dou uma mordida em sua bunda que vai ficar marcada.

Ela solta um som choroso e arqueia as costas, como se pedisse mais. Faço o mesmo do outro lado e, em seguida, mantenho suas nádegas separadas e a acaricio com a língua. Seus gritos agudos de prazer alimentam o fogo que queima em mim. Deslizo dois dedos nela, curvando-os para o efeito máximo enquanto sugo seu clitóris, e ela explode, gritando enquanto goza com força. Não paro e continuo a acariciá-la com a língua e os dedos, deslizando um deles em seu traseiro e fazendo-a gozar de novo, com mais intensidade desta vez. Mantenho o dedo no seu traseiro enquanto penetro sua boceta, que ainda está se contorcendo com tremores secundários.

Me concentro no prazer e só no prazer. Não consigo pensar na fantasia de cercas brancas que me permiti ter desde que ela chegou. Essa merda acontece com outras pessoas. Comigo, não. É assim que sou: primitivo, rude, obsceno. Isso eu entendo. Isso é o que faz sentido para mim.

Quando a penetro com força e profundamente, sinto uma pontada de culpa por saber que ela vai ficar dolorida amanhã, mas isso não me impede. Envolvo um braço em sua cintura e a seguro para minha posse feroz.

Apertando a colcha da cama, ela dá tanto quanto recebe, sua bunda pressionando contra mim, tomando tudo o que dou a ela e chorando quando goza, apertando meu pau e meu dedo com tanta força que perco o controle.

Ao me recuperar do clímax incrível, percebo que ela está chorando. Suas lágrimas partem meu coração. Saio dela e a viro para que eu possa ver seu rosto. Está molhado de lágrimas.

— Sinto muito, Aileen. Sinto muito. Não queria te machucar.

Ela coloca o dedo sobre meus lábios, me acalmando.

— Você não me machucou. Bem, doeu um pouco, mas foi o melhor tipo de dor.

Não posso suportar as lágrimas que continuam escorrendo dos cantos dos seus olhos. Toda a minha dureza suaviza novamente com a visão daquelas lágrimas. Eu a amo desesperadamente, sem fim. Beijo suas lágrimas.

— Por que você está chorando? — As palavras saem mais duras do que o pretendido, mas sua expressão não muda quando ela me olha do jeito que Natalie olha para Flynn e Addie olha para Hayden. É possível...

Não. *Apenas não. Não faça isso.* Não ouso esperar. A esperança me derrubou muitas vezes para me sentir tentado de novo.

— Não acredito que vivi tanto tempo sem saber que isso era possível. E se eu tivesse morrido quando estava doente sem saber...

Eu a beijo de novo, porque não suporto ouvi-la falar sobre como ela poderia ter morrido — ou que ela ainda poderia morrer. Sofro com a ideia deste mundo sem ela e percebo, em um momento cristalino, que nunca vou me afastar, mesmo que isso seja o melhor para nós dois. Não sou forte o suficiente para resistir a ela.

Estou completamente aterrorizado pelas coisas que ela me faz sentir, mas não vou a lugar algum.

17

Aileen

Kristian está quieto enquanto me leva para casa, por volta das onze. Ele está assim desde a segunda vez que fizemos amor. Mal disse uma palavra quando me levou para o chuveiro e lavou cada centímetro de mim, deslizando as mãos sobre o meu corpo com a reverência de um homem apaixonado. Ficou quieto enquanto nos fazia deliciosas omeletes vegetarianas que comemos na bancada da cozinha.

Ele disse que acha a minha honestidade maravilhosa, mas talvez eu tenha ido longe demais com as lágrimas e com o que falei depois da transa mais intensa que já tive. Não percebi que estava chorando até que ele perguntou o porquê. Estava quase fora de mim, se isso faz sentido, e quando me dei conta, estava em lágrimas.

Estamos seguindo por Venice Beach quando dou voz aos meus medos.

— Fiz algo errado? — Imediatamente me odeio por assumir que eu sou o problema. Mas o que mais posso fazer quando não tenho ideia do que ele está pensando?

— Claro que não. — Ele se inclina sobre o câmbio para colocar a mão na minha coxa, o calor da palma me marcando da maneira que sempre faz quando ele me toca desse jeito.

— Você ficou quieto.

— Sinto muito.

— Se não me disser o que está pensando, vou assumir que fiz algo errado ou que você está decepcionado depois de ir para cama comigo.

— Você não fez nada de errado e não estou desapontado depois de ir para cama com você. Estou o oposto de desapontado.

— Qual é o oposto de desapontado?

— Eufórico? Estupidamente esperançoso? Encantado? Fascinado? Me sentindo perdido? Comece por aí.

— Você sente tudo isso? — pergunto com a voz estridente. — *Por mim?*

— Meu Deus, sim, Aileen. Você fez uma bagunça em mim.

— Você não... não está feliz com isso?

— Estou confuso.

Meu estômago começa a doer. Confuso está longe de ser feliz.

Ele estaciona o carro em uma vaga em frente a minha casa, onde apenas a sala de estar se encontra iluminada, desliga o motor e se vira para mim.

— Sinto muito se eu fiz você se sentir insegura. — Passando um dedo sobre a minha bochecha, ele continua: — Essa não era a minha intenção. Esta noite foi incrível.

O leve toque do seu dedo na minha pele me faz tremer.

— Para mim também.

— Estou voando sem rede aqui. Nunca fiz nada assim antes.

— Sexo? — pergunto com um sorriso tímido na esperança de convencê-lo a sair do estado de espírito sério em que ele está.

— Tive uma transa *importante*.

— Está nervoso?

— Um pouco.

— Não temos que... se você não quiser... quero dizer, nada...

Sorrindo, ele envolve a mão no meu pescoço e me puxa para um beijo suave e doce de um jeito devastador.

— *Temos* e *quero*, mas você tem que ser paciente comigo enquanto descubro como fazer isso. Sou um cara bem problemático.

— Por que você é tão duro consigo mesmo? Se ao menos pudesse ver o Kristian que vejo.

— Me fale sobre ele.

— Ele é gentil, generoso, inteligente, sexy e incrível com meus filhos, que já estão muito apaixonados por ele. Tanto quanto eu. É bem-sucedido, fofo e tem amigos incríveis que fazem qualquer coisa por ele, o que me diz que ele é o tipo de homem que quero em minha vida, mesmo que ele não ache que é bom o suficiente para mim e meus filhos. Em sua vida profissional, ele é confiante e seguro de si, mas na vida pessoal é cheio de insegurança. Estou tentando conciliar esses dois caras.

Ele olha para mim por um segundo, sua boca se abre e depois se fecha.

— Como fui?

— Você me resumiu muito bem — ele diz com a voz rouca.

— O que vamos fazer sobre essa insegurança em sua vida pessoal, que, do meu ponto de vista, parece estar bem elevada no momento? A menos que eu esteja enganada...

— Não está.

— Entre um pouco. — Preciso dormir e ele também, mas preciso de mais tempo com ele do que de dormir ou qualquer outra coisa.

Ele solta o cinto de segurança e entramos juntos.

Cece está encolhida no sofá com um livro. Ela sorri quando entramos.

— Olá. Como eles foram?

— Ótimos. Nos divertimos muito. Logan é muito inteligente e a Maddie é uma menina muito doce. — Ela coloca o livro na bolsa e calça os chinelos. — Vocês tiveram um bom jantar?

Eu me pergunto se ela sabe exatamente onde estávamos e o que estávamos fazendo.

— Sim — respondo, tentando manter a expressão neutra. Nunca tive nada a esconder de uma babá antes e sinto necessidade de rir de repente.

— A que horas você precisa de mim no sábado?

— Pode chegar às cinco? — Kristian pergunta.

— Claro, sem problemas. Que horas vocês esperam estar de volta no domingo?

— Ao meio-dia — ele responde.

— Está ótimo para mim.

Retiro a carteira da bolsa para pagá-la.

— Tudo certo — Kristian diz, entregando um dinheiro enrolado a ela.

Quero protestar, mas não vou discutir com ele na frente dela. Eu a levo até a porta e agradeço novamente.

— Foi um prazer. Seus filhos são adoráveis.

— É muito gentil da sua parte dizer isso.

— Eu não diria se não fosse verdade. Vejo você no sábado.

Eu a vejo entrar no carro e acenar enquanto vai embora.

— Quanto você pagou a ela? — pergunto a ele.

— Não me lembro.

— Kristian! Vamos lá. Você não pode pagar pelas minhas babás!

Ele me abraça.

— Por que não?

Apoio as mãos em seu peito para impedi-lo de me distrair.

— Porque eles são *meus* filhos e *eu* pago os gastos deles.

— Fico feliz em fazer coisas para vocês. Você quer que eu seja feliz, não é?

— Não seja manipulador.

Seu rosto se ilumina com um sorriso sexy e covinhas... meu Deus, as covinhas... Não é justo. Como devo lutar com essas malditas covinhas?

— Sei que você criou seus filhos sozinha e admiro muito o que fez com eles, mas você não está mais sozinha. — Quando ele diz essas palavras, algo que se assemelha ao medo contorce sua expressão antes de ele esconder o sentimento. Ele engole em seco. — Você tem que me deixar ajudar de vez em quando porque quero, não porque sinto que preciso.

— Você fica assustado ao dizer essas coisas para mim?

Ele concorda.

— Por quê? — pergunto, genuinamente curiosa.

— Porque, por mais que eu te queira, ainda estou apavorado em desapontá-la. E as crianças.

— Claro que você vai me desapontar. Ninguém é perfeito e não espero que você seja. Provavelmente, vou te desapontar também.

Ele me leva para o sofá e se senta ao meu lado, colocando o braço ao redor dos meus ombros para me puxar para perto de si.

— Isso não é possível.

— Sim, é — digo, rindo. — Você não me viu de TPM ou quando o nevoeiro quimioterápico entra em ação.

Suas sobrancelhas se arqueiam de forma adorável.

— O que é nevoeiro quimioterápico?

— Confusão, esquecimento, falha de memória, tropeços, para citar algumas coisas, e irritabilidade quando qualquer uma das situações acima ocorre. Pode durar por um curto espaço de tempo, tipo um ano após a quimioterapia, ou pode durar para sempre. Não tive muitas vezes, mas estou mais esquecida e desajeitada do que antes de fazer quimioterapia. Também me sinto muito cansada.

— Odeio pensar em você passar por tal provação sozinha com duas crianças.

— Tive muito apoio da comunidade escolar do Logan e de amigos como a Nat e o Flynn, que nos ajudaram.

— Gostaria de ter conhecido você nessa época.

— Estou feliz que você não tenha. Assim, você não me viu no meu pior.

— Quero ver você no seu melhor, seu pior e tudo mais.

— Você não entende que quero isso com você também?

— Aposto que o meu pior é muito pior do que o seu.

— Quero que você faça algo por mim.

— Qualquer coisa.

— Quero que você se dê permissão para aproveitar isso tanto quanto eu.

— Você está? Aproveitando?

— Muito. — Viro seu rosto para mim para que eu possa beijá-lo. — Não consegue ver?

— Talvez seja melhor você me mostrar de novo.

— Segure esse pensamento por um segundo enquanto vou checar meus filhos. — Eu me levanto para espiar as crianças, que estão dormindo profundamente. Volto para a sala, cutuco Kristian e, em seguida, vou para o quarto. Quando ele se junta a mim, fecho a porta e a tranco.

— O que está acontecendo? — ele pergunta, levantando uma sobrancelha.

Deslizo os braços ao redor do seu pescoço e fico na ponta dos pés para beijá-lo.

— Mais disso talvez?

— Humm — ele diz contra meus lábios. — Eu não ficaria triste.

— E quero falar sobre as coisas que você quer. — Engulo em seco. — Na cama.

— O que fizemos esta noite é mais que suficiente para mim.

— Mas não é assim que você gosta.

— Houve alguma coisa no que aconteceu que fizesse parecer que não gostei?

— Sabe o que eu quero dizer. Você quer mais do que isso.

— Não com você. — Ele beija minha testa, a ponta do meu nariz e meus lábios. — Com você, o que fizemos foi mais que suficiente.

Eu me liberto de seu aperto firme.

— Onde você vai?

— Aqui. — Me sento na beira da cama e abraço minhas pernas.

— O que há de errado?

— Por que você não é verdadeiro comigo?

Ele desliza as mãos nos bolsos.

— Tenho sido mais sincero com você do que com qualquer pessoa.

— Então me diga por que você quer essas coisas com outras mulheres, mas não comigo.

— Não preciso disso com você. Já é muito mais só porque é você.

Quero acreditar nele, mas me lembro do que Natalie disse sobre como Flynn e os outros precisam de sexo excêntrico e me pergunto se ele está me dizendo tudo.

— E se *eu* quiser?

Ele se senta ao meu lado na cama.

— E se você quiser o quê?

Umedeço os lábios que secaram.

— As coisas que você falou antes.

— Vai ter que ser mais específica.

— Quero me submeter a você.

Ele respira muito fundo.

— Você não tem ideia do que está dizendo.

Não tenho certeza do que me obriga a me mover, mas me vejo ficando de joelhos na sua frente.

— Me ensine.

— Aileen...

Olhando para ele, faço minha melhor expressão inocente, na esperança de tentá-lo.

— Sim, senhor?

Rangendo os dentes, ele diz:

— Você está brincando com fogo.

— Vou me queimar, senhor? — Meu coração bate descontroladamente enquanto eu o vejo tentar decidir como proceder – e sim, eu posso ver o dilema com o qual ele está lutando.

Então ele solta o cinto e abre as calças, liberando o pênis.

— É isso que você quer? — ele pergunta em um grunhido sexy enquanto se acaricia.

— Me diga o que você quer.

— Chupe meu pau.

Sim, por favor...

— Como você gosta?

— Envolva a mão na base.

Sigo a sua direção e ele fica ofegante quando minha mão toca sua pele sensível.

— Mais firme.

Aperto mais.

— Acaricie-o. Com firmeza e rapidez.

Meu coração bate de forma irregular, e eu me lembro de respirar quando dou o que ele quer. Com as mãos apoiadas atrás de si na cama, sua cabeça se inclina e seus quadris se move no ritmo da minha mão.

Seus olhos estão fechados, então ele não tem nenhum aviso quando me inclino sobre ele e levo a cabeça larga a minha boca.

Ele ofega de forma brusca, o que me enche de satisfação e uma sensação de poder.

O prazer de um parceiro nunca me deixou do jeito que estou agora. Quero que ele ame o que estou fazendo. Quero que seja o melhor sexo oral que já fizeram nele, então me dedico a ele, levando seu pau na minha boca, entrando e saindo, acariciando-o com a língua e sugando o mais forte que eu posso. Ele é tão grande que meus lábios estão esticados ao limite.

Ele ofega, geme e empurra os quadris, mas não tenta assumir o controle como eu esperava que fizesse.

Quando sinto que ele está perto, seguro as bolas e as acaricio gentilmente entre os dedos.

— *Puta merda* — ele murmura naquele tom áspero e sexy que tanto amo. — Aileen... pare. *Baby*...

Não paro. Em vez disso, eu o acaricio mais rápido e sugo mais forte.

Ele explode na minha boca, algo que eu costumava odiar com Rex, mas com Kristian parece perfeitamente natural engolir cada gota e lambê-lo enquanto ele treme. Caindo na cama, ele solta uma respiração profunda e me puxa.

Rastejo em cima dele.

Seus braços vêm ao meu redor, seus lábios roçam minha testa.

— Como fui?

Ele solta uma risada.

— Você me arruinou.

— Quero ser o melhor que você já teve, então me diga se havia algo que você não gostou que eu fizesse.

— Aileen... — Ele suspira. — Tudo que diz respeito a ele é o melhor que já tive.

Bem... no que diz respeito aos elogios, eles não ficam muito melhores que isso.

— Posso te perguntar outra coisa?

— Claro — ele diz, mas ouço hesitação.

— O que está havendo entre nós... você não vai decidir que não pode fazer isso e fugir de mim, não é?

— Não — ele fala, parecendo resignado. — Não vou fugir.

Eu me apoio em um braço para poder ver seu rosto.

— É isso que você quer, Kristian? Eu sou o que você quer?

Ele cobre meu rosto com sua mão grande, o polegar se arrasta sobre meus lábios.

— Digo a mim mesmo que eu deveria ficar longe para que você possa encontrar um cara legal e normal, que possa ser o que você precisa. Mas o pensamento de qualquer outro cara te tocando me deixa louco de ciúmes. Fico achando que você poderia encontrar alguém melhor, que você merece coisa melhor, mas não posso ficar longe. Voltei para você antes de decidir conscientemente vir aqui. Desde o segundo em que te vi pela primeira vez, estou um desastre e é tudo culpa sua.

Rio através das lágrimas que escorrem pelas minhas bochechas. Qualquer um poderia ouvir essas palavras do cara por quem é louco e não chorar, mas não sou tão forte.

Ele as beija.

— Então sim, você é o que quero, preciso e desejo, mas você tem que me mostrar como fazer isso. Nunca tentei ter um relacionamento normal com uma mulher, muito menos com uma mãe de dois filhos preciosos. Estou morrendo de medo de estragar tudo e magoar vocês de alguma forma. É o meu maior medo.

Sua honestidade me toca profundamente, porque sei que isso não vem naturalmente para ele.

— Você vai fazer besteira e nos magoar, assim como nós, vai ser confuso, difícil e horrível às vezes. A vida, o amor e os relacionamentos são assim. É o que acontece quando você se *importa*.

— Tenho uma escuridão dentro de mim e você é toda luz, risos e alegria. Me mataria se a minha escuridão diminuísse sua alegria.

— Então não vamos permitir que isso aconteça. Talvez minha alegria derrote sua escuridão.

Seus lábios se curvam em um sorrisinho.

— Isso não seria interessante?

— Tudo é possível se você tem fé em mim, em nós e no que estamos construindo juntos.

— Eu me sinto como um garotinho guloso que recebe a oferta de sorvete pela primeira vez na vida.

Ele tem alguma ideia do quanto é fofo?

— É melhor você lamber rápido antes que derreta.

Seus olhos se arregalam de surpresa com o convite descarado, mas depois, ele se move, nos virando tão rápido que a minha cabeça gira.

— Não se importe se eu lamber.

Kristian

Nos próximos dias, flutuo em uma nuvem de satisfação diferente de tudo que já experimentei. O trabalho é insano enquanto nos preparamos para a estreia, então o tempo com Aileen é limitado a horas roubadas tarde da noite. Vou até ela no segundo em que me liberto do trabalho, e ela está sempre feliz em me ver.

Ontem, só cheguei depois da meia noite. Ela me encontrou na porta, me pegou pela mão, me levou para o quarto e me despiu sem dizer uma palavra. Me perdi em sua doçura por horas. Hoje, estou privado de sono e usando a adrenalina e uma espécie de felicidade profunda que nunca conheci antes. Aparentemente, estou fazendo um trabalho ruim em esconder minha euforia, porque é o tópico número um da conversa em nossa reunião de sócios na manhã antes da estreia.

Eles falam de mim como se eu não estivesse na sala ouvindo cada palavra que estão dizendo.

— Eu nunca o vi sorrir assim — Jasper fala.

— Eu sei! — Mo responde. — Não sabia que ele podia sorrir assim. As covinhas estão em exibição permanente.

— Acha que ele está apaixonado? — Hayden pergunta.

— Pode ser — Mo fala. — Ele tem o mesmo olhar idiota e chocado que você tinha quando a Addie finalmente te colocou contra parede.

Flynn dá uma gargalhada com a expressão idiota que Hayden faz para Marlowe.

— Do que você está rindo? — ela pergunta a Flynn. — Ninguém pareceu tanto ou mais chocado do que você quando conheceu a Natalie.

Flynn levanta as mãos em defesa.

— Você não vai me ouvir discutir.

Todos os olhos se voltam para mim. e eu luto contra a vontade de me contorcer.

— Então — Hayden fala. — O que há?

— Vocês estão falando comigo agora e não apenas de mim? — pergunto a ele, sorrindo para que saiba que estou brincando.

— Não seja espertinho. Diga-nos o que queremos saber.

— Humm, acho que vou passar essa. — Aponto para a agenda que Lori imprimiu para a reunião. — Temos muito o que fazer esta manhã e entrevistas iniciando em uma hora. — Os principais programas de entretenimento virão em sequência para entrevistar Hayden, Flynn e Marlowe sobre *Insidioso*.

Flynn interpreta um viciado em drogas que luta para se libertar de um vício em opiáceos, Marlowe é sua terapeuta e Hayden dirige os dois em interpretações dignas do Oscar. Já estamos ouvindo falar sobre uma repetição da Quantum na temporada de prêmios do ano que vem.

— Vamos, Kris — Marlowe pede. — Você tem que nos dizer alguma coisa!

Quero pedir para ela cuidar da própria vida, mas eu nunca faria isso. Essas quatro pessoas são a coisa mais próxima de "família" que já tive e elas significam o mundo para mim.

— As coisas estão bem. — Esse é o eufemismo do século. As coisas estão *magníficas*.

— Então você já melhorou daquela "gripe" que teve? — Jasper pergunta, usando os dedos para fazer aspas no ar quando diz a palavra gripe.

— Quase cem por cento.

— Que história é essa de gripe? — Flynn pergunta, olhando para Jasper e depois para mim.

— Nada — respondo, dando a Jasper um olhar aguçado.

Ele sorri enquanto dá de ombros. Cretino. Ele gosta de saber que me fez me contorcer. Acho que é o mínimo do que ele me deve depois que eu o confrontei sobre Ellie quando eles se conheceram. O retorno é praticamente certo nesse grupo.

Felizmente, voltamos aos negócios depois disso, mas estou dolorosamente ciente de que evitei uma bala por enquanto. Estou com tempo emprestado quando se trata dos meus sócios e a necessidade de saberem tudo o que acontece no nosso grupo.

Geralmente faço o mesmo, cutucando quem está saindo dos trilhos com um membro do sexo oposto, mas estar na ponta receptora das cutucadas é outra coisa nova para mim. Até agora, nunca lhes dei motivos para ficarem curiosos sobre minha vida amorosa. Eles frequentemente testemunharam isso, tal como foi, em primeira mão em nossos clubes aqui em Los Angeles e em Nova York, mas agora não posso imaginar fazer amor com Aileen com uma audiência e essa é outra grande mudança.

O dia passa em um borrão de atividade frenética, o tipo que eu geralmente gosto, porque me mantém no auge da minha atividade — onde faço o meu melhor trabalho. Hoje, estou desconcentrado devido a falta de sono, minha atenção dividida entre o trabalho, o tempo que passo me perguntando o que Aileen e as crianças estão fazendo hoje e tentando descobrir quantas horas ainda tenho que passar no escritório antes que eu possa vê-la.

Mais uma vez, passa da meia-noite quando chego na sua casa, usando a chave que ela me deu. Trouxe uma bagagem comigo esta noite para que eu possa tomar banho de manhã e ir direto para o escritório por algumas horas para lidar com os problemas de última hora antes da estreia. Desistimos de fingir que não estamos passando todas as noites juntos. Até agora, tive a sorte de evitar ser detectado pelas crianças, mas tenho certeza de que é apenas uma questão de tempo até sermos pegos.

Ela diz que tudo bem se eles me pegarem lá, mas estou ansioso para saber se isso vai causar problemas. Ela me disse que os dois gostam de mim e que eu a faço feliz. E isso não é importante? Seus filhos gostam de mim e eu a faço feliz. Ouvir isso é como a cobertura em um bolo, já delicioso.

Aileen está dormindo, então me dispo em silêncio, uso o banheiro e me deito na cama, me aconchegando ao seu calor e, finalmente, relaxando após um dia interminável e estressante.

Ela se vira para me encarar.

— Tão tarde hoje à noite. — Sua voz é rouca, sexy e sonolenta. Eu me maravilho com a rapidez com que me tornei viciado nesse som e com a facilidade com que eu costumo dormir com ela, quando sempre preferi dormir sozinho. Não mais. Agora não quero dormir sem ela abraçada a mim.

— Acho que finalmente estamos prontos. — Levanto o queixo para receber meu beijo e quando a sua boca se abre para a minha língua, me perco em sua sensualidade doce. Se existe algo melhor que isso, ainda não encontrei. Faço amor de forma lenta e sensual com ela, nossos corpos se movendo juntos em perfeita harmonia, como se fizéssemos isso há anos em vez de dias. Não consigo o suficiente dela. Estou bêbado com seu gosto, cheiro e o calor da sua boceta ao redor do meu pau quando ela goza com suaves suspiros que me deixam louco.

Perco a cabeça quando a penetro, cativado por um sentimento que só consigo atingir por estar com ela desse jeito. É o maior clímax de todos e estou viciado de verdade.

Suas mãos agarram minhas nádegas, me puxando mais para dentro, e isso acaba comigo.

Desmorono sobre ela, minha cabeça girando e meus pulmões queimando por prender a respiração.

— Não queria ser tão rude.

— Eu adorei. — Com a luz noturna do banheiro, consigo ver o brilho feliz em seus olhos.

— Não está mais dolorida? — Provavelmente, deveria ter perguntado isso antes. Ela estava muito dolorida depois da primeira noite para fazer sexo por alguns dias. Pensei que morreria esperando que ela se sentisse melhor.

— Estou bem. Não se preocupe.

Eu me preocupo. Me preocupo com tudo o que se refere a ela: sua saúde, felicidade, segurança, seu bem-estar, seus filhos... estou mais feliz do que nunca, e tudo em que posso pensar é quanto tempo vai durar antes de o tapete ser puxado de baixo de mim como sempre acontece.

Por enquanto, neste exato minuto, tenho tudo o que sempre quis aqui nos meus braços e digo a mim mesmo que é o suficiente.

Mas ainda assim... eu me preocupo.

Aileen

O tratamento de beleza começa logo após o meio dia. Estou feliz, cansada, dolorida, exultante e completamente apaixonada pelo homem mais extraordinário. Ele é complicado, muito sério, sexy, amoroso, doce e, em alguns momentos, brusco. E ele cuidou de todos os detalhes para se certificar de que hoje seja outro em uma série de dias mágicos para mim.

Ele não só tornou tudo incrível como pediu a Tenley para incluir minha filha, que está fazendo as unhas bem ao meu lado. Seu cabelo está enrolado e seu sorriso se estende de orelha a orelha. O corte na testa está cicatrizando bem, e ela não reclama mais de dor.

Flynn veio buscar Logan para fazer "coisas de homem", como ele disse, enquanto eu me preparo para minha grande noite fora.

Não posso acreditar que esta é a minha vida. Há um ano completo hoje, eu havia acabado de ser diagnosticada e meu futuro parecia tudo, menos cor-de-rosa. Agora minha doença parece um pesadelo distante que aconteceu com outra pessoa. Estou indo para uma pré-estreia em Hollywood com o homem dos meus sonhos e temos a noite inteira para passarmos juntos. A última vez que fiquei tão animada, as crianças e eu estávamos a caminho do casamento de Flynn e Nat, sem saber que eu encontraria alguém que mudaria nossas vidas tão profundamente.

A porta de tela se abre, e Natalie coloca a cabeça para dentro.

— Toc.

— Oi, entre! — Estou feliz em vê-la, como sempre.

— Estava cumprindo algumas incumbências e aproveitei para ver se precisa de alguma coisa.

— Já que Venice Beach fica longe da sua casa, precisa de uma história melhor.

— Tudo bem — ela diz, rindo enquanto se acomoda no sofá —, queria ver como está se sentindo antes da sua primeira grande noite em Hollywood.

— Estou enlouquecendo. Não posso acreditar que vou a uma pré-estreia com Kristian e todos vocês.

— Tente pensar nisso como apenas mais um encontro.

— Foi isso que você fez quando foi ao Globo de Ouro com o Flynn?

— *Touché.* Fui um desastre.

— Então você sabe exatamente como me sinto.

— Está tudo bem, mamãe. O sr. Kristian vai se certificar de que você não fique com medo, nem nada.

— Isso é verdade, querida. — Ela está certa – ele vai cuidar de mim e garantir que eu me divirta. Amo que ela saiba disso e tenha tanta fé nele. Vou ter que contar isso para ele depois. Vai significar muito para ele.

— Mal posso esperar para ver o filme — Natalie fala. — Não o vi ainda. Queria esperar para ver na tela do cinema.

— É tão legal vê-lo antes de todo mundo.

— Isso é o que conseguimos por *d-o-r-m-i-r* com os produtores.

Meu rosto se enche de vergonha ao perceber que todos descobriram que estamos dormindo juntos.

— Que palavra você soletrou? — Maddie pergunta.

— Amigos — Natalie diz baixinho.

Dou uma olhada mais de perto na minha amiga e percebo que ela está estranhamente pálida.

— Você está bem?

— Estou. Mais do que bem, na verdade.

A estranha declaração me faz olhar para ela novamente. Nat faz um gesto com a mão imitando uma barriga de grávida que me faz ofegar e depois me sobressaltar, ganhando uma carranca da minha manicure.

Ela ri da minha reação.

Não posso dizer uma *palavra* sobre o furo do ano com aquelas mulheres presentes, o que é claro que Natalie sabe.

Ela cobre a boca com a mão para abafar a risada. Não posso acreditar que ela deixou cair uma bomba assim quando não posso fazer ou dizer nada! Em seguida, estou piscando para afastar as lágrimas, porque minha querida amiga vai ter um bebê e depois de tudo que ela passou, eu não poderia estar mais feliz por ela e Flynn. Eles devem estar loucos de entusiasmo.

Os maquiadores são os próximos, e Natalie sai para se preparar antes de termos um minuto a sós para comemorar sua grande novidade. Teremos que fazer isso depois.

Tenley aparece por volta das quatro, me ajuda a me vestir e abre uma caixa de veludo do o joalheiro cunhado de Flynn, Hugh,. Ela me cobre de diamantes: colar, brincos, pulseira e anel que ela me aconselha a usar na mão esquerda, a menos que eu queira que toda a cidade fique louca achando que estou noiva de Kristian. Eu nunca teria pensado nisso, embora a ideia de estar comprometido com ele faça coisas malucas comigo.

— Quanto vale tudo isso? — pergunto, sem fôlego de excitação – e medo de que eu possa perder uma das peças de valor inestimável.

— Cerca de um ponto cinco.

— *Milhões?*

— Aham.

Ela é tão trivial a esse respeito. Mas imagino que seja uma coisa cotidiana para ela, quando para mim é mais uma novidade em um dia único.

Estico a mão para tocar o colar e ter certeza de que ele não se moveu, enquanto Tenley gira ao meu redor, fazendo ajustes de última hora.

Maddie bate na porta do quarto.

— Posso ver, mamãe?

— Entre.

Ela entra no quarto quando eu me viro para a porta. Seus olhos brilham de prazer.

— Parece uma *princesa*!

— Eu me sinto como uma.

— Você está *tão* bonita.

— Obrigada, meu amor. Venha aqui e dê um abraço na mamãe.

— Nada de dedinhos melados — Tenley fala.

— Meus dedos não estão melados — Maddie responde indignada. — Não se preocupe. — Ela se aproxima para me abraçar com cuidado.

Envolvo meus braços em seu corpinho e beijo o topo de sua cabeça.

— Você vai ser uma boa menina para a Cece hoje à noite, certo?

— Aham.

— Ela disse que vocês podem fazer pipoca e assistir a filmes. Isso não parece divertido?

— Não quero que a Cece durma aqui. Eu quero você.

Oh-oh.

— Voltarei antes mesmo que você perceba.

— E se eu precisar de você?

— Pode me ligar. Meu telefone estará comigo o tempo todo e vou te ligar antes de você dormir para dar boa noite.

Ela pensa sobre isso por um minuto.

Prendo a respiração o tempo todo.

— Tudo bem. — Ela se vira e sai do quarto.

Solto o ar que estava prendendo.

— Nossa, você evitou uma tragédia — Tenley fala.

— Nem me fale. — Estou abalada pelo quase incidente com Maddie. Eu os deixo tão raramente com os outros que me preocupei muito com a forma como eles reagiriam ao plano de hoje à noite. Eles pareciam bem quanto a isso, mas com a proximidade da hora de sair, Maddie está tendo dúvidas. Felizmente, essa dúvida não se transformou em um colapso total.

Cece deve chegar a qualquer momento, e Kristian estará aqui em breve também. Espero que minha sorte continue com as crianças.

Logan entra correndo em casa, de volta do passeio com Flynn e corre direto para o meu quarto, parando quando me vê vestida.

Sua boca se abre quando seus olhos se arregalam.

— *Uau*. Você está muito bem. Muito bem mesmo!

— Obrigada, querido. — Estou encantada com a reação dele e emocionada que eles estejam me vendo com uma aparência saudável e vibrante depois da doença. — Você se divertiu com o Flynn?

— Aham. Fomos a uma pista de skate, mas ele teve que ir para casa e vestir uma beca. O que é isso?

— É assim que os caras chamam os smokings — eu digo, sorrindo.

— Eles deveriam chamar de ternos de pinguim em vez de becas.

— Você tem toda razão. Deveriam mesmo. — Ouço Maddie conversando na sala de estar. — Parece que a Cece está aqui.

Logan gira para ir vê-la.

— Seus filhos são muito fofos e você está impressionante — Tenley declara, fazendo uma última análise crítica na minha aparência.

— Graças a você.

— O prazer foi meu. Espero que você tenha uma noite maravilhosa.

— Tenho certeza de que vou ter. A propósito, queria perguntar... se você está aqui comigo, quem está cuidando da Addie, da Natalie e das outras?

— Algumas pessoas da minha equipe. Elas queriam que você tivesse a minha atenção.

— Provavelmente porque precisei de mais trabalho.

Ela balança a cabeça.

— A Addie disse que era porque você era a que mais merecia ser tratada como uma princesa e eu não poderia concordar mais. — Apertando minha mão, ela diz: — Se divirta muito.

— Pode deixar — digo baixinho, quase às lágrimas pela bondade das minhas amigas. — Obrigada mais uma vez.

— Disponha.

Tenley sai do quarto e tenho dois minutos para mim antes que Maddie venha me dizer que Kristian chegou. Respiro fundo algumas vezes para acalmar meu nervosismo e o frio no meu estômago. Estou nervosa, animada e cheia de antecipação pela noite que posso passar com ele.

— Vamos lá — sussurro para meu reflexo no espelho. A mulher olhando para mim é saudável, forte e confiante. Ela me enche de confiança quando me viro para sair do quarto e o vejo vindo na minha direção, sexy demais em um smoking preto.

Ele para no corredor, seus olhos queimando com calor e desejo.

Nunca me senti melhor do que nos dez segundos que ele leva para se recuperar e cruzar o resto do caminho até mim.

Ele desliza um braço ao redor da minha cintura, me puxando para perto de si.

— Você está *além* da beleza.

— Nesta coisa velha? — brinco para não chorar e arruinar a maquiagem.

— Primorosa — ele sussurra no meu ouvido, enviando uma onda de choque e necessidade que ondula pelo meu corpo.

— Você está muito elegante. — Não quero me esquecer deste momento perfeito com ele.

— Você está maravilhosa. Todos os caras vão querer ter a mesma sorte que eu.

— *Até parece.*

— É verdade.

Não é verdade, mas, por uma noite, vou me permitir acreditar.

19

Kristian

Estou espantado. Não tinha ideia do que esperar quando cheguei, conhecendo Tenley, presumi que Aileen ficaria maravilhosa. Mas ela está magnífica. O vestido, os sapatos, a maquiagem, os diamantes... ela rouba o meu fôlego, e eu gostaria que não tivéssemos um lugar para ir, assim eu poderia pular direto para o plano para mais tarde. Pensei muito sobre o que ela disse na outra noite, como ela quer entender meu estilo de vida e me dar o que preciso. Prometi levá-la ao clube, e hoje à noite, após a pré-estreia, vou cumprir essa promessa.

Uma vez que ela tenha a chance de ver a ação de perto, se ainda quiser que eu a ensine, é o que farei. Mas se decidir que isso não é para ela, tudo bem também. Estou achando que não preciso do BDSM como precisei no passado, o que é uma mudança que estou tentando processar além de muitas outras.

De certa forma, sinto que estou renascendo e sendo refeito com ela, e essa nova versão de mim é muito melhor que a antiga. Gosto do jeito que ela me vê e como me faz querer ser a melhor versão de mim mesmo. Ninguém nunca me fez sentir do jeito que ela faz.

Carrego sua mala enquanto dou boa noite a Cece e as crianças, e a conduzo para o Bentley com motorista que está esperando por nós no meio-fio. Aceno para o motorista e seguro a porta para ela, esperando até que ela esteja pronta para fechá-la e dar a volta para entrar do outro lado. No segundo em que estou sentado, eu a alcanço e ela desliza pelo banco para se aconchegar a mim. Pressiono um botão para fechar o vidro entre nós e o motorista.

— Este é um dos seus carros?

— Não. Este é alugado, porque eu queria o vidro de privacidade.

— Por quê? O que vai acontecer aqui?

— Você vai ter que esperar para ver. — Acaricio seu pescoço. — Mas tudo é possível.

— Humm. — Ela inclina a cabeça para me dar melhor acesso. — Tenho que te contar uma coisa que a Maddie disse mais cedo, quando eu estava nervosa.

— O que ela disse?

— Que eu não precisava ficar nervosa, porque você estaria lá para cuidar de mim.

— Ela disse isso? — Estou ridiculamente emocionado.

— Aham.

— Ela está certa. Vou cuidar de você e não há motivo algum para ficar nervosa.

— Depois de ter meus filhos, esta é a coisa mais emocionante que já fiz.

— Estou feliz que você esteja animada. Também estou.

— Tenho certeza de que é emocionante – e assustador – saber que as pessoas verão o filme pela primeira vez hoje à noite.

— É, mas essa não é a principal razão pela qual estou animado.

— Não?

Balanço a cabeça.

— Minha acompanhante é muito mais empolgante que o filme. Na verdade, esta é a primeira vez que tenho uma acompanhante de verdade para uma dessas coisas.

— Pare. Não sou mais empolgante que o filme que você passou anos trabalhando e não posso acreditar que nunca tenha trazido alguém.

— Você é muito mais empolgante do que o filme e, geralmente, não quero o incômodo de ter que lidar com alguém quando estou trabalhando, então costumo ir com uma atriz ou modelo que também não quer o incômodo de envolvimentos românticos em uma coisa de trabalho. Mas esta noite... — Acaricio seu pescoço. — Nunca estive mais feliz por estar completamente envolvido e mal posso esperar para cuidar da minha acompanhante depois que o trabalho terminar.

— Mal posso esperar também — ela diz, soando sem fôlego. — O que vamos fazer depois?

— Surpresa.

Sua mão se move sobre a minha coxa para cobrir minha ereção.

— Envolverá um pouco disso?

— Se você quiser...

— Sim. Eu quero.

Gemo com a explosão de luxúria que queima através de mim. Eu amo como ela diz o que pensa, e que eu não precise ficar tentando adivinhar seus pensamentos e desejos.

— Continue assim e vou ficar duro a noite toda.

— Quero continuar — ela fala, me esfregando descaradamente. — Será que se eu fizer isso, você vai ficar assim?

Seguro sua mão, não porque quero que ela pare, mas porque não quero entrar na estreia como um garoto de escola tendo sorte pela primeira vez.

— Você não é divertido — ela protesta com um beicinho adorável.

De cara feia, eu respondo.

— Eu vou te mostrar diversão. Mais tarde.

— Vai demorar muito — ela fala com um suspiro.

— Acredite em mim, eu sei. — Tenho pensado sobre a nossa festa particular desde o momento que deixei sua cama esta manhã. Ela é quase tudo em que pensei em um dia em que eu tinha muitos outros assuntos urgentes nos quais eu deveria estar focado. — A propósito, você está abalando a minha concentração.

— Estou?

Eu amo esse lado tímido e brincalhão dela.

— Sabe que sim, e posso precisar te punir por isso quando eu ficar sozinho com você.

Suas bochechas coram e seus olhos se arregalam de surpresa e o que pode ser curiosidade.

— Como você vai me punir?

— Há muitas maneiras. — Pensar nelas não ajuda a acabar com a dor latejante na virilha.

— Me dê um exemplo.

— Eu poderia dar palmadas na sua bunda até que fique rosada e quente.

Ela engole em seco.

— E isso contaria como castigo?

Puta merda. Ela está dizendo que *gostaria* muito disso para considerar punição?

— Tudo depende de como é feito.

— Como você faria?

— Dói um pouco mais com uma palmatória do que com a mão.

Quando ela se contorce no assento ao meu lado, descanso a mão na parte interna da sua coxa e a arrasto para cima, encontrando um flash de calor em seu centro.

— Te excita falar sobre esses assuntos?

— Incrivelmente. Tenho lido sobre BDSM e quero tentar de tudo.

Caramba. Não vou sobreviver a essa mulher. O pensamento dela ler sobre BDSM me mata.

— Não estou dizendo que vou gostar de tudo, mas quero pelo menos tentar.

— Precisamos mudar de assunto. Imediatamente.

— Por quê? — ela pergunta, suas sobrancelhas arqueando de um jeito adorável.

— Porque não quero andar a noite toda com a calça molhada.

— Ah — ela diz em um longo suspiro seguido por uma risadinha.

— Não é engraçado.

— É, sim.

— Zombar do seu dominador vai resultar em outra punição.

Ela entrelaça o braço no meu e apoia a cabeça no meu ombro.

— Tudo bem.

Estou tendo uma morte lenta e dolorosa pelo desejo e sua doce aceitação só torna a dor pior.

Aileen

A estreia está cheia de celebridades, paparazzi e flashes explodindo em nossos rostos enquanto caminhamos pelo tapete vermelho no calor do final da tarde. Na verdade, estou *andando em um tapete vermelho* em Hollywood, de braço dado com o homem que amo. Isso é como um sonho do qual vou acordar a qualquer minuto. Tento absorver tudo, assim poderei contar às crianças a respeito amanhã.

Estamos no *Grauman's Chinese Theatre*, que ficou famoso pelas marcas de mãos das celebridades na calçada. Kristian aponta para um agrupamento de impressões à esquerda do tapete.

— Essas são as nossas.

É impressionante e emocionante ao mesmo tempo. Estou prestes a dizer-lhe algo sobre isso quando o mundo parece se inclinar e sinto a cabeça girar. Por um breve e repugnante momento, tenho medo de desmaiar.

Como ele está me segurando muito de perto, Kristian imediatamente percebe que algo está errado. Ele aperta o braço que está ao meu redor e me tira do calor do sol, me levando ao alívio do ar frio do teatro. Me coloca em um banco e se senta ao meu lado.

— O que houve?

— Não sei. Eu estava bem e depois não estava mais. Assim é melhor. Me desculpe por isso.

— Não se desculpe. Quer ir embora?

— Não! — Essa é a última coisa que quero fazer. — Só preciso de um minuto. —Faz meses que tive um dos episódios que frequentemente me ocorreram durante o tratamento, me deixando tonta, enjoada e às vezes desorientada. Tenho me esforçado muito ultimamente e não tenho dormido o suficiente enquanto me preparava para a mudança e enquanto me instalo em minha nova casa, além de passar as noites fazendo amor com um homem sexy em vez de dormir.

Sono é a coisa mais distante da minha cabeça quando estou com ele. Imagino que era só uma questão de tempo até que isso me atingisse. A fadiga generalizada que me seguiu durante o tratamento aumentou um pouco recentemente, mas este episódio é um lembrete de que ainda estou me recuperando. Preciso ser cuidadosa ou me arriscarei a ter uma recaída. Essa é a última coisa que preciso com tudo na minha vida indo tão bem.

— O que posso fazer? — ele pergunta, sua preocupação é palpável.

— Nada. Estou bem. Só precisava ficar sentada por um minuto.

— Tem certeza? Não temos que ficar.

— Temos, sim. Esta é a sua grande noite. Não quero perdê-la.

Kristian acena para um funcionário do teatro.

— Seria possível pegar uma garrafa de água, por favor?

— Claro, senhor.

— Estou bem — digo a ele novamente, tocada por sua preocupação.

O homem retorna com a água e Kristian agradece. Ele a abre e entrega para mim.

— Beba.

— Sim, senhor.

Seus olhos brilham com o calor, mas antes que ele possa comentar, Flynn, Natalie, Hayden, Addie e Marlowe se juntam a nós. Natalie imediatamente percebe que algo está acontecendo.

— A Aileen estava se sentindo tonta — Kristian diz antes que ela possa perguntar. — Pode ter sido o calor.

— Está melhor agora? — Natalie pergunta.

— Muito.

— Estão abrindo as portas — Flynn avisa.

— Já iremos — Kristian responde.

Enquanto os outros entram, Kristian me impede de me levantar com a mão no meu braço.

— Espere mais um minuto. Termine a água.

Odeio que eu tenha dado motivos para se preocupar com a minha saúde em uma noite tão importante para ele — e para nós. Mais tarde, ele vai querer me mimar em vez de me dominar, e isso me deixa triste.

Somos os dois últimos a entrar no teatro e somos levados a lugares no corredor central, ao lado dos seus sócios da Quantum e as acompanhantes.

— Você está linda — Marlowe fala quando me sento ao seu lado.

Ah, meu Deus! *Marlowe Sloane* acha que estou linda!

— Obrigada, você também está. — Usando um vestido preto com seus cabelos vermelhos característicos presos em um penteado elaborado e joias penduradas nas orelhas, esta noite ela é a glamourosa estrela de cinema que o mundo veio a conhecer. Sinto-me honrada em conhecer o outro lado, a mulher casual, divertida, ferozmente leal que apoia seus sócios.

— Você está se sentindo bem? — ela pergunta.

— Estou bem, obrigada. — Me ocorre que sempre serei a garota "doente' desse grupo, a que tem câncer, porque eu estava no meio do tratamento quando os conheci. É bom que eles se importem tanto, mas espero que, com o tempo, a palavra câncer não esteja tão intimamente associada a mim.

Meus pensamentos são interrompidos por Hayden, que está diante do público presente para apresentar o filme. Ele fala sobre a história em *Insidioso* no contexto da epidemia de opioides que atinge o país.

— Essa história tocou a mim e a meus sócios na Quantum, porque é a história da nossa geração. Enquanto nos preparávamos para o filme, passamos um tempo com as famílias que foram tocadas por essa epidemia e muitas delas estão aqui conosco hoje à noite. Agradecemos por compartilharem suas histórias conosco e dedicamos este filme aos entes queridos que vocês perderam com o vício. Em homenagem a *Insidioso*, meus sócios e eu faremos uma doação de um milhão de dólares para várias instituições de tratamento na área de Los Angeles, na linha de frente dessa nova guerra contra as drogas.

O anúncio é recebido com aplausos estrondosos.

— E agora — Hayden conclui —, tenho o orgulho de apresentar a vocês *Insidioso*.

Ele sai do palco e as luzes da casa se apagam.

Ao meu lado, ouço Kristian respirar fundo e soltar o ar. Seguro sua mão e a aperto.

O filme começa com uma cena nas ruas de Los Angeles em que um homem está tentando usar heroína. Demora um minuto inteiro para reconhecer o viciado em drogas como Flynn. Abafo um suspiro. Ele parece tão diferente! É surpreendente. O filme me cativa. É primitivo, visceral e não poupa sentimentos dolorosos, pois segue o personagem de Flynn do fundo do poço até a reabilitação, e o esforço para colocar sua vida de volta aos trilhos. Marlowe está fantástico como sua terapeuta e posso definitivamente ver por que eles estão recebendo o maior interesse do Oscar.

Os créditos finais aparecem e o teatro explode com uma ovação de pé, gritos e aplausos.

Flynn, Marlowe e o resto do elenco se juntam a Hayden no palco para receberem os aplausos.

Estou emocionada depois de assistir ao filme, da mesma maneira que estive depois de ver *Camuflagem*. Não é de admirar que Flynn seja considerado um dos maiores atores da sua geração. Marlowe é sua contraparte feminina. E eles são meus amigos.

Olho para a esquerda e vejo Natalie enxugando as lágrimas enquanto aplaude o marido e o resto do elenco brilhante. Como deve ser emocionante desempenhar um papel em tal produção e começo a entender Kristian um pouco melhor enquanto o vejo aplaudir seus colegas.

— Parabéns — digo a ele quando o barulho diminui até o ponto em que ele poderá me ouvir. — É incrível.

— Estou feliz que você pense assim.

— *Todo mundo* vai pensar assim. Vai ser um grande sucesso.

Ele me abraça e me beija bem na frente de todos.

— Estava esperando que você gostasse.

— Eu *amei*. Mal posso esperar para ver de novo. E adorei ver seu nome como produtor executivo.

— O sentimento nunca deixa de ser novo, não importa quantos filmes façamos. Ver meu nome ligado a algo tão incrível...

— Você deve estar muito orgulhoso.

— Estou, obrigado.

Amo a sua humildade, seu senso de admiração, a excitação que brilha em seus olhos azuis enquanto ele vê seus sócios, as pessoas que são a sua família, absorvendo os aplausos de uma multidão apreciativa.

Somos acompanhados por seguranças até a festa, que é realizada na cobertura de um restaurante próximo. Garçons distribuem taças de champanhe e aperitivos deliciosos enquanto nos divertimos com a realeza de Hollywood. Não posso acreditar em alguns dos rostos que reconheço na multidão. Depois da sua grande vitória com *Camuflagem* no ano passado, todos querem estar perto dos sócios da Quantum, ou é o que me parece.

Kristian está envolvido em uma conversa intensa com um executivo de estúdio que ele me apresentou, então sinalizo para ele que vou falar com Natalie.

Ele concorda, mas posso dizer que gostaria que eu ficasse perto dele e sinto seu olhar em mim enquanto atravesso o salão lotado até onde Nat está sentada em uma cabine com Addie, Ellie, Sebastian, Leah e Emmett. Eles se movem para abrir espaço para mim, e me aperto no final, ao lado de Nat.

Estou lá a cerca de dez segundos quando outra taça de champanhe aparece na minha frente.

— Como você está se sentindo? — Nat pergunta. O lugar é barulhento com vozes e música de fundo. Os outros estão conversando, então ninguém possa nos ouvir.

— Muito bem. Não tem nada com que se preocupar. E você? — Levanto a sobrancelha, o que a faz rir, lembrando das notícias que ela compartilhou antes.

— Nunca estive melhor — ela responde, piscando.

Diminuo minha voz ainda mais.

— Foi maldade fazer isso comigo quando eu não podia surtar.

— Talvez sim, mas sua reação foi impagável.

Aperto seu braço.

— Estou *muito* feliz por vocês.

— Obrigada. Estamos muito emocionados também.

— Você contou a mais alguém?

— Ainda não. Estávamos esperando até depois desta noite. Todo mundo anda muito ocupado e estressado se preparando para isso.

— Estou honrada em saber.

— Eu precisava contar a alguém.

— Obrigada por me escolher.

— Agora você tem que me dizer algo que ninguém mais sabe. Você e Kristian? Têm estado ocupados, não é?

— Talvez — eu digo com um sorriso tímido.

Ela me cutuca.

— Pare com isso e me conte os detalhes.

Eu o encontro na multidão, rindo e conversando com outros dois homens. É como se ele tivesse um holofote na cabeça, porque é o único que vejo em uma multidão de pessoas.

— Estou apaixonada por ele.

— Ah, Aileen... isso é tão incrível.

Afasto o olhar dele e olho para ela.

— Acho que me sinto assim desde o seu casamento.

— Se você me perguntar, o sentimento é inteiramente mútuo. Ele continua te olhando, mesmo enquanto está conversando com outras pessoas. O Flynn disse que ele está totalmente diferente no escritório esta semana – distraído, saindo cedo e agindo de um jeito incomum.

— É errado dizer que adoro ouvir que ele está tão balançado quanto eu?

— Claro que não. Estou tão animada com isso!

— Posso te perguntar uma coisa super pessoal? E se for demais, você não precisa responder.

— Claro.

Meu olhar pousa mais uma vez em Kristian, porque se ele estiver na sala, quero olhar para ele.

— Quando você e o Flynn estiveram juntos pela primeira vez, como você lidou com...

— O BDSM?

— Sim — digo, aliviada por ela ter me poupado de ter que dizer. Se tenho tanto receio de falar sobre isso, talvez eu não devesse estar tão ansiosa para experimentar.

— Levou algum tempo para ele me esclarecer sobre suas necessidades a esse respeito, mas depois, resolvemos tudo. Ele insistiu em um contrato que explicasse o que eu faria ou não. Combinamos uma palavra segura e tentamos.

— Você tem um contrato real? Com seu marido?

— Sim, a maioria dos dominadores insiste em um contrato para que não haja surpresas em uma cena. Praticantes do estilo de vida são muito exigentes no que se refere a comunicação – antes, durante e depois. Se Kristian for parecido com Flynn, você falará mais sobre sua vida sexual com ele do que jamais falou. Não que eu tenha alguma coisa para comparar, mas pelo que me disseram, a maioria das pessoas fora do estilo de vida não tem conversas francas sobre o que farão no quarto do jeito que fazemos.

Como grande fã de comunicação aberta em todos os aspectos da minha vida, acho isso muito bom. Mas o pensamento de discutir em detalhes o que vai acontecer na cama com Kristian me faz sentir muito quente, particularmente entre as pernas, onde uma pulsação insistente tem toda a minha atenção. Mal posso esperar para ficar sozinha com ele.

— Quanto tempo essas festas costumam durar? — pergunto.

— Algumas horas, mas eu não ficaria surpresa se o seu homem te reivindicasse muito mais cedo, vendo como ele se deu ao trabalho de ficar sozinho com você durante esta noite.

— Ele continua me dizendo que não precisa do BDSM quando está comigo. Que já é mais comigo.

— Humm.

— O que isso significa? Humm?

— Não sou especialista, mas pelo que descobri sobre Flynn e os outros, acho surpreendente que, de repente, ele não esteja interessado.

— Também acho que é porque estive doente e ele está com medo de me levar longe demais. Como digo a ele que *quero* experimentar tudo com ele? Não quero que ele sinta que tem que desligar essa parte de si mesmo, que é tão importante para ele, porque está comigo agora. Entende o que quero dizer?

— Sim e você precisa continuar dizendo a ele que não quer que tenha medo de fazer as coisas com você. Flynn e eu tivemos muitos desafios semelhantes por causa do meu passado. Sua inclinação era me tratar como se eu fosse uma flor delicada. Mostrei a ele que sou muito mais resistente e passamos por isso. Você também vai passar.

— E se... — Mordo o lábio, tentando encontrar a coragem para expressar meu maior medo em palavras reais. Se eu disser em voz alta, vai se tornar verdadeiro.

— O que, amiga?

— E se eu não aguentar? E se for demais para mim e eu não puder ser o que ele precisa?

— Se ele gosta de você tanto quanto eu acho que gosta, ele ajustará o que precisa ao que você pode lidar. Ele não quer você tenha medo dele. Tenho certeza disso.

Suas garantias me fazem sentir um pouco mais confiante, mas ainda estou cheia de incertezas sobre poder ser a mulher que ele precisa. E se eu não puder? O que acontecerá?

20

Kristian

uero sair daqui. Conversei com todos os chefões do estúdio, absorvi seus comentários e elogios sobre o filme, cumprimentei quem precisava em nome da Quantum e agora quero ficar sozinho com minha mulher.

Minha mulher.

Duas palavras que nunca passaram pela minha cabeça em uma frase até agora. Até Aileen. Ela está encolhida com Nat em uma das mesas. Só Deus sabe o que as duas estão falando, mas tenho minhas suspeitas.

Estou feliz que Natalie tenha contado a ela sobre o BDSM. Ela nos poupou muito tempo indo direto ao assunto. O melhor de tudo? Aileen não fugiu de mim com horror quando descobriu que gosto de sexo excêntrico e intenso. Na verdade, descobri rapidamente que ela é bem resistente no quarto, apesar de às vezes parecer frágil em outros ambientes.

Ela odiaria me ouvir descrevê-la dessa maneira, mas depois do episódio do seu quase desmaio mais cedo, estou ainda mais relutante em avançar com ela na cama. Caramba, quero muito fazer isso. Quero fazê-la minha de todas as maneiras possíveis.

O desejo me atinge como um pulso extra que pertence apenas a ela. Não consigo parar de olhá-la, pensar nela ou *querê*-la.

O diretor do estúdio está me dizendo que estão dedicando um valor extra de quatro milhões para o marketing do filme, na sequência das sensacionais críticas iniciais. Esta é uma grande notícia. Eu deveria estar exultante, mas estou irritado por ele não parar de falar. Ele está me mantendo longe dela.

Não aguento mais o desejo.

— Obrigado pela grande notícia, Jerry. — Aperto sua mão, observando sua expressão um tanto atordoada. Ninguém dispensa Jerry Lautenberg. — Posso ligar para você na segunda-feira para discutirmos mais a esse respeito?

— É claro — ele responde, perturbado – e possivelmente irritado.

Não me importo.

— Ótimo. Obrigado novamente por estar aqui esta noite. Significa muito para nós.

— Parabéns por outro filme excelente.

— Muito obrigado. Falo com você na segunda-feira. — Aperto a mão dele novamente e fujo, mantendo a cabeça baixa e o olhar evasivo para que ninguém me impeça de chegar ao meu destino. As pessoas me chamam, mas eu as ignoro. Alcanço a mesa onde ela está sentada com Natalie e os outros. Ela está na ponta, então me inclino para falar diretamente em seu ouvido. — Vamos. — Estendo a mão para ajudá-la.

— Tenham uma boa noite, pessoal — Natalie fala com um sorriso significativo. Ela sabe exatamente o que está na minha cabeça.

A mão de Aileen desliza na minha e isso é tudo o que preciso para acalmar meu desconforto de ter ficado separado dela, mesmo que de forma mínima, pela última hora. Me ocorre que estou ficando um pouco obcecado por ela, mas não peço desculpas por querer estar ao seu lado o tempo todo. Esperei a vida inteira para pertencer a alguém e agora que a tenho, quero me perder no contentamento que só encontro com ela.

Saímos sem nos despedir de ninguém. Se alguma coisa surgir na minha ausência, um dos meus sócios pode lidar com isso. Estou oficialmente de folga.

Gordon Yates, nosso diretor de segurança em Los Angeles, está ao lado do elevador.

— Devo pedir seu carro? — ele pergunta.

— Sim, por favor. Obrigado, Gordon.

— Disponha. — Ele fala em um microfone ligado ao fone de ouvido enquanto chama o elevador para nós. Demora menos de um minuto para ele chegar, mas parece muito tempo. A logística da fuga está me deixando mais louco do que já sou.

No elevador, Aileen se vira para mim e descansa as mãos no meu peito.

— Por que você está tão tenso?

— Porque tive que passar uma hora inteira na mesma sala com você sem poder te tocar ou falar com você.

Ela sorri para mim.

— Você estava trabalhando.

— Estava morrendo por você o tempo todo.

— Bem, agora você me tem.

Coloco os braços ao seu redor e a seguro o mais perto de mim que posso, meu pau duro mostrando sua presença.

— Estou obcecado por você.

— Pareço ter o mesmo problema em relação a você. Não conseguia parar de te olhar quando você estava falando com as pessoas.

— Vi você olhando na minha direção e isso fez com que estar longe fosse ainda pior.

— Isso é loucura — ela fala com uma risada nervosa.

— Se é loucura, estou louco. E quero estar louco todos os dias pelo resto da minha vida.

— Kristian — ela diz com um suspiro.

— Demais e antes da hora?

— Não, não mesmo. Você acabou de dizer o que eu estava pensando.

Antes que eu possa responder a essa declaração importante, as portas se abrem. Somos recebidos por outro membro da equipe de

Gordon, que nos acompanha do local até o meio-fio, onde nosso carro aguarda. A calçada está repleta de fotógrafos esperando por Flynn, Marlowe, Hayden e as outras celebridades, então seguro Aileen perto de mim, esperando protegê-la. Enquanto a invasão de privacidade é algo comum em meu mundo, isso é novo para ela e não quero que fique assustada com a agressividade deles.

No segundo em que estamos no interior frio do carro, digo ao motorista para nos levar para o edifício Quantum, ergo a barreira para nos dar privacidade e a coloco em meu colo para que possa beijá-la do jeito que desejei por horas. Como sempre, ela vale a espera, respondendo com ardor e desespero que combina totalmente com a minha.

O tráfego é pesado, mesmo para uma noite de sábado, então temos tempo, ou é o que digo a mim mesmo enquanto interrompo o beijo, respirando com dificuldade pelo desejo que me atravessa.

— Você verificou as crianças?

— Sim, a Cece disse que está tudo bem.

— Bom. — Beijo seu pescoço e depois seus lábios. — Te quero agora.

— Aqui?

— Bem aqui. — Quando mandei fazer esse smoking, insisti que tivesse botão e zíper. Não quis nenhum dos fechos e faixas que as calças de smoking geralmente têm. Ao liberar meu pau da calça, penso que nunca imaginei que o pedido seria tão útil. Com a mão livre, empurro seu vestido até as pernas suaves e sedosas e puxo o pedaço de tecido que cobre sua vagina, sentindo-o rasgar.

Seu rosto fica vermelho.

— Kristian... — Ela olha por cima do ombro para o vidro escuro que nos separa do motorista. — Não podemos.

— Com certeza podemos. — Ela é leve como uma pena, então a levanto e a posiciono de modo que ela fique sobre meu colo, seu calor pressionando contra a ponta do meu pau, que dói por ela. Eu a abaixo lentamente sobre mim quando preferiria fazer isso de uma vez. Mas se fizesse a machucaria e não quero machucá-la.

Seus dedos apertam meus ombros.

Alcançando por baixo do vestido que está preso em sua cintura, agarro suas nádegas e as abro.

Ela inclina a cabeça para frente e apoia a testa contra a minha.

— Não posso acreditar que estamos fazendo isso em um carro em movimento.

— Acredite, baby. E a culpa por eu não poder esperar é toda sua.

— *Como* a culpa pode ser minha?

— Porque você é sexy e linda demais. Não consigo me controlar quando você está por perto.

— Posso viver com isso — ela fala com um suspiro.

— Espero que sim, porque você está presa a mim.

— Posso viver com isso também.

Quero pedir a ela, ali mesmo, para morar comigo para sempre. Para construirmos um lar juntos, para que seja minha pessoa, aquela que sempre estará ao meu lado, não importa o que aconteça. Mas é muito cedo e, além disso, com sua boceta meio encaixada no meu pau, tenho outras coisas em que pensar.

— Me deixe entrar — peço em um grunhido baixo que a faz gemer.

— Estou *tentando*.

— Relaxe, pequena. — Levo a mão até onde estamos unidos para acariciar seu clitóris, que está duro e palpitante sob meus dedos. — O motorista não abre a porta sem a minha permissão. Não seremos pegos.

A tensão deixa seu corpo enquanto seus músculos internos relaxam para me permitir entrar.

— Sim — sussurro com os dentes cerrados. — Caramba, *sim.* — Nada – e *falo sério* – foi melhor do que estar dentro do seu corpo quente e apertado. Eu poderia morrer agora e seria mais feliz do que nunca. Agarro sua bunda e a movo para cima e para baixo no meu pau rígido. — Monte em mim, pequena. Mova seus quadris. *Sim...* assim mesmo. — *Puta merda...* ela mexe os quadris e me leva à beira do clímax. Mordo o interior da bochecha para não gozar tão cedo. Há anos isso não é um desafio para mim.

Preciso que ela goze para que eu possa também. Acaricio seu clitóris, e ela grita pelo orgasmo poderoso. O motorista definitivamente ouviu, mas chego ao clímax logo depois dela, então não consigo pensar em nada além do doce alívio de me perder nela. Eu a olho ofegante, com o rosto vermelho e sorrindo com satisfação, e estou cheio do que só pode ser chamado de euforia. Nem mesmo ganhar o Oscar pode se comparar a isso e as palavras saem da minha boca antes de que eu consiga levar um segundo para pensar no que estou dizendo.

— Eu te amo, Aileen.

Ela respira fundo e o jeito que ela me olha...

Nunca esquecerei isso.

— Também te amo.

— Ama? Mesmo? — Não digo a ela que é a primeira vez que alguém disse essas palavras para mim. Sim, sei que meus amigos me amam, mas não costumamos ficar dizendo isso por aí e não me lembro bem da minha mãe para saber se ela disse.

— De verdade. Acho que me sinto assim desde o dia em que te conheci.

À beira de perder totalmente o controle, envolvo os braços em seu corpo, minha cabeça descansando contra o seu peito.

Ela passa os dedos pelo meu cabelo, o gesto me acalmando e despertando ao mesmo tempo. Meu pau começa a inchar novamente.

— Você é insaciável — ela fala, rindo.

— Só com você. — Olho pela janela e vejo que estamos chegando perto do edifício Quantum, então a levanto.

— Nossa — ela fala, ofegante. —, me avise da próxima vez.

— Desculpe. — Dou um sorriso em sua direção, porque ela me deixa muito feliz. Nunca tive alguém que pertencesse a mim antes e mal posso começar a processar as inúmeras emoções que surgem ao saber que ela me ama. Esmagador é a melhor palavra que posso pensar para descrever.

— Você me bagunçou — ela fala, se contorcendo ao meu lado.

Puxo alguns lenços de uma caixa fornecida pelo serviço de carro e entrego-os a ela.

Ela se limpa discretamente e coloca os lenços de papel em um saco de lixo antes de endireitar o vestido e passar os dedos pelos cabelos.

— Será que todo mundo será capaz de dizer que fui arrebatada no carro?

— E daí se puderem? Estamos indo para um clube de sexo.

— Estamos? Agora?

— Agora mesmo. É o momento perfeito. Você não verá ninguém que conhece, já que nossos amigos ainda estão na festa.

— Ah. Certo.

Olho para ela, tentando ler seus pensamentos.

— Tudo bem? Não temos que fazer isso se você não quiser.

— Eu quero, mas também quero ficar sozinha com você.

Meu coração incha ao ponto de me perguntar se um coração pode explodir por sentir muito.

— Não vamos ficar muito tempo. — Fecho a calça com cuidado, porque meu pau ainda está parcialmente duro, e coloco a camisa. No momento em que o motorista chega à porta, estamos apresentáveis. Seguro sua mão e a conduzo ao prédio. — Seu novo escritório fica lá em cima. — Coloco a mão em um scanner de palma. — E o clube fica no porão. É igual em Nova York.

— Como vocês mantém algo assim em segredo nesta cidade?

— Todo mundo que pisa no clube, incluindo você, assina um acordo de confidencialidade que deixa muito claro que iremos arruiná-los se alguém disser uma palavra do que acontece aqui. Além disso, temos uma taxa de adesão não reembolsável de um milhão de dólares que tende a manter a ralé de fora.

— Uau. Estou tentando imaginar como seria ter um milhão de dólares a mais para gastar em algo assim.

Não menciono que se eu tiver a sorte de convencê-la a se casar comigo algum dia, ela terá milhões de dólares para fazer o que quiser. Esse negócio de relacionamento pode ser novo para mim, mas até eu sei que é muito cedo para *essa* conversa.

— As pessoas no ramo do entretenimento apreciam ter um clube exclusivo onde possam ir e serem elas mesmas sem medo de serem expostas.

— Suponho que seria reconfortante quando se vive em um aquário.

No elevador, me viro para ela. Deslizo um dedo sobre sua bochecha, e ela me olha com aqueles grandes olhos expressivos. Neles, vejo confiança, amor e tantas outras coisas que balançam meu mundo.

— Se você vir algo que te perturbe ou assuste, é só falar. Qual é a sua palavra segura?

— Destino.

A melhor palavra segura do mundo.

— Use-a se precisar. — Seguro sua mão e a conduzo para a área de recepção, onde sou cumprimentado por Lily, uma das três mulheres que contratamos para cuidar das relações com os convidados depois que abrimos o clube para o público.

— Boa noite, sr. Bowen.

— Oi, Lily. Preciso de um acordo de não divulgação para a minha convidada.

— É claro. — Ela nos leva a um escritório onde Aileen recebe o AND junto com uma explicação detalhada das regras do clube. — Se você não tiver dúvidas, pode assinar aqui.

Aileen assina o documento.

— Obrigado, Lily. — Conduzo Aileen para fora do escritório, através das portas duplas que possuem o logotipo com o Q e entramos no clube. Está cheio como de costume em uma noite de sábado. Cenas estão acontecendo em cada um dos três tablados principais, outras estão sendo negociadas nas várias áreas de estar e garçonetes usando o mínimo possível atendem a multidão. A pista de dança está cheia de gente se contorcendo e se movendo em uma batida sexy de hip-hop. Mantenho a mão de Aileen na minha enquanto nos dirigimos ao bar, onde um dos bartenders reserva está de plantão. Acredito que seu nome é Marco.

Ele me reconhece, libera duas banquetas para nós e serve uma Grey Goose e refrigerante com um toque de limão para mim antes de eu estar sentado. Ser dono tem suas vantagens.

— Boa noite, sr. Bowen. O que posso servir para sua convidada?

— Chardonnay, por favor.

— Volto já.

— Te tratam como um rei aqui — ela comenta.

— Deveriam mesmo. Sou um dos donos. O que você está achando?

— É muito para absorver de uma vez. — Seu olhar se move do palco principal, onde uma dominadora está com a sua submissa curvada sobre um banco de surra, enquanto bate na sua bunda com uma palmatória. A submissa está nua, exceto por saltos altos de dez centímetros.

— O que você está pensando enquanto as observa?

— Estou querendo saber se a palmatória dói.

— Arde mais do que dói.

— Ela está recebendo prazer ou sendo punida?

— Essa é uma excelente pergunta. Não permitimos punição no andar principal, então é tudo uma questão de prazer aqui.

— Onde a punição acontece?

— No calabouço, que está disponível apenas para os diretores da Quantum, ou em uma das salas privadas. Vou te mostrar daqui a pouco.

— E a submissa... ela gosta de ser surrada?

— Observe por um minuto e veja se sua pergunta foi respondida.

Durante os próximos minutos, a submissa geme em voz alta ao atingir o orgasmo, deixando as coxas escorregadias de umidade.

— Uau — Aileen murmura, com os olhos mais arregalados do que o habitual. — Ela gozou só de ser surrada?

— Sim, mas é mais do que a surra. Ela permitiu que outra pessoa controlasse seu prazer, e esse jogo psicológico é um enorme estímulo para muitos submissos.

Aileen cruza as pernas e se remexe em seu assento.

Coloco o braço ao seu redor e pressiono os lábios em seu ouvido.

— Assistir te excita, pequena?

— Aham. Grande momento.

Amo a sua honestidade. É tão revigorante e excitante.

— O que está acontecendo lá? — Ela aponta para o palco no lado esquerdo da sala.

— Isso é uma Cruz de Saint Andrew.

— Li sobre isso.

— Amo que você tenha pesquisado a esse respeito.

— Foi muito mais interessante do que a pesquisa que eu costumava fazer para o escritório de advocacia onde eu trabalhava.

— Aposto que sim — digo, rindo. — Ler sobre isso te deixou excitada?

— Demais.

— Aileen...

Ela afasta o olhar da mulher na cruz para olhar para mim.

— Você fica feliz em ouvir isso?

— Cada coisinha sobre você me faz feliz.

Aileen

Eu me inclino para ele, amando a sensação de seus braços ao meu redor enquanto observo a ação nos palcos, intrigada com tudo que vejo.

Ele me ama. Está compartilhando seu mundo, público e privado, comigo esta noite, e me sinto muito sortuda, porque sei que nada do que acontece entre nós vem naturalmente para ele. Se abrir para mim desse jeito, é um grande passo para ele e suas palavras de amor estão entre os maiores presentes que já recebi. Quero ser digna delas. Quero dar tudo o que ele precisa, e é por isso que estamos aqui, para que eu possa aprender mais sobre as suas necessidades.

— Fale comigo sobre o que você gosta de fazer aqui.

— O que fiz aqui está no passado agora.

— Ainda gostaria de saber.

Eu sinto seu profundo suspiro contra minhas costas.

— Fiz tudo isso. Tudo o que você vê acontecendo aqui, já fiz, mas nunca significou nada. Era uma coisa física, semelhante a malhar em uma academia, se você consegue pensar dessa maneira. E foi um exercício mental também. Um alívio para o estresse. Não me excita assisti-los — diz, apontando para os tablados —, porque tenho você agora.

— Tudo bem para mim se você se excitar em ver.

— É bom saber, mas não me provoca nada. Tudo o que quero é mostrar-lhe o suficiente para te dar uma ideia do que está acontecendo e depois dar o fora daqui para que eu possa ficar sozinho com você.

— Me leve para ver tudo e então vamos.

Ele pega a minha mão e sai do banquinho tão rapidamente que me esforço para acompanhar. Amo que ele esteja tão ansioso para ficar sozinho comigo. Atravessamos a sala principal lotada e seguimos para um corredor escuro, iluminado apenas por três lâmpadas.

— Escolha uma — Kristian fala.

— O que vou escolher?

— Uma das três salas atualmente em uso.

— Ah. — Aponto para o meio, excitada com curiosidade sobre o que eu poderia ver por trás da porta fechada. Sigo Kristian através de uma porta à esquerda da sala que escolhi. No interior, uma mulher está com os braços atrás do corpo enquanto um homem vestido com um uniforme da polícia circula a mesa com o que parece ser um chicote na mão. A mulher treme incontrolavelmente enquanto o observa com os olhos enlouquecidos de medo.

— Ela está com medo.

— Tudo foi combinado com antecedência. Ela pode parar a qualquer momento com uma palavra. — De pé atrás de mim, ele desliza um braço ao redor da minha cintura. Posso sentir sua ereção contra o meu traseiro.

— Eles sabem que estamos aqui?

— Sabem que é possível que as pessoas possam assisti-los.

Ele aperta um botão que nos permite ouvir o que estão dizendo.

— Você foi uma garota muito má, princesa — o homem fala.

— Não fiz isso. Eu juro.

— Minhas fontes me dizem o contrário. — Ele para atrás dela e libera as mãos das algemas.

Ela esfrega os braços e flexiona as mãos.

— Nossos registros mostram que você nunca foi presa.

— Não fui.

— Então você não sabe o que fazer. Preciso que tire a roupa.

Ela olha para ele.

— Quero uma oficial feminina.

— Sinto muito. Isso não é possível. Não temos mulheres em serviço esta noite, então você está presa a mim. Agora, podemos fazer as coisas da maneira mais fácil ou mais difícil. Você decide.

— Qual é o jeito mais difícil?

— Arranco as roupas do seu corpo e faço uma pesquisa nas suas cavidades sem lubrificante.

Sua garganta incha quando ela engole e suas mãos tremem violentamente quando ela desabotoa a blusa e a remove.

— Anda! — ele grita, me fazendo pular.

— Calma, pequena — Kristian diz, com a palma da mão contra a minha barriga. — É tudo por efeito.

— Está funcionando.

Ele me abraça mais forte.

— Amo ter você aqui comigo.

— Amo estar aqui com você.

Estou tão perto dele, que posso sentir sua respiração enquanto observo a mulher na sala remover a saia e os saltos.

— P-posso deixar a calcinha?

— Não posso realizar uma pesquisa de cavidade se você estiver usando roupas íntimas. *Tire tudo. Agora.*

Lágrimas deslizam pelo seu rosto enquanto ela tira o sutiã e depois a calcinha. Ela não consegue decidir o que quer cobrir com as mãos — os seios ou a boceta. Ele resolve esse dilema por ela, dizendo-lhe para levantar os braços e mantê-los afastados, enquanto ele passa as mãos sobre o corpo dela, examinando-a.

Apertando os mamilos, ele diz:

— Acho que alguém está gostando de ser revistada.

— N-não, senhor. Não estou gostando.

— Tem *certeza*?

— Muita.

— Vá para a mesa.

— O quê?

— Você me ouviu. Suba na mesa, deite-se de costas e abra as pernas. — Enquanto fala, ele coloca uma luva de látex.

— O-o que você vai fazer?

Sua gagueira e medo óbvio me deixam ansiosa por ela, como se isso estivesse acontecendo comigo em vez dela.

— Se eu tiver que dizer de novo, vou bater na sua bunda antes de verificar se você não está escondendo nada.

Ela corre para a mesa e fica na posição que ele pediu.

— Abra as pernas.

Seus pés se afastam.

— Mais.

Minha ansiedade atinge a zona vermelha e eu me remexo.

— Minha garota gosta do que vê? — Kristian pergunta, sua mão deslizando para me tocar intimamente.

Eu me pergunto se ele pode sentir o calor que irradia de mim.

— Humm... acho que gosta.

— Shhh. Quero ouvir o que eles estão dizendo.

Sua risada baixa me faz sorrir. Eu amo fazê-lo feliz, mesmo que isso signifique sair da minha zona de conforto para experimentar algo novo.

— Está escondendo alguma coisa? — o homem na sala pergunta.

— Não! Eu não faria isso.

— Devo aceitar sua palavra? — Ele pega um tubo de lubrificante que esguicha nos dedos. — Abra.

— Por favor... não faça isso.

— Este é um procedimento operacional padrão para todos os prisioneiros. Se você não cooperar com o exame, trarei outro oficial para te segurar. Você decide.

— Vou cooperar — ela diz, soluçando agora.

Seguro a mão de Kristian, precisando senti-lo enquanto assisto a cena se desdobrar diante de mim.

Ele esfrega o pau duro contra o meu traseiro, deixando minhas pernas fracas debaixo de mim. Todos os meus sentidos estão envolvidos. Nunca estive mais excitada na minha vida do que com ele quente e sexy atrás de mim enquanto observo o homem na sala deslizar os dedos na vagina da moça, sondando profundamente e, em seguida, empurrando-os novamente.

Ela levanta os quadris da mesa.

— Fique parada — ele fala, prolongando o "exame" enquanto pode, antes de retirar os dedos. — Vire-se.

— Por quê?

— Sua boceta não é o único esconderijo.

— Você só pode estar brincando comigo.

— Pareço estar brincando? Vire agora ou isso vai ficar feio para você.

Ela murmura algo baixinho que não consigo ouvir, mas o obedece e se vira.

Ele bate na bunda dela. Com força.

— Isso é por questionar.

Seu corpo treme com soluços.

— Sinto muito.

— Guarde isso para alguém que se importe. — Ele investiga entre as nádegas da moça e todo o corpo dela fica rígido com o choque.

— Minha nossa — eu sussurro.

— Precisa da sua palavra segura? — Kristian pergunta.

— Não, mas acho que ela precisa.

— Ela pode pará-lo a qualquer momento.

Ele a penetra com dois dedos e ela grita tão alto que me afasto da janela, me sentindo quase agredida por seus gritos.

Kristian aperta seus braços em volta de mim.

— Estou com você, pequena. Ela não está em perigo. Juro.

Observando o homem foder sua bunda com os dedos, tremo quase tão forte quanto ela, novamente como se estivesse acontecendo comigo. A pulsação dolorosa entre minhas pernas se intensifica a tal ponto que me pergunto se posso simplesmente assistir a cena de outra pessoa. Minha respiração está agitada e irregular, meu rosto está quente e meus mamilos estão tão duros que doem.

O homem na sala pega um grande objeto que ele segura para ela ver.

— O que é isso?

— Um plug para que você não possa colocar nada no seu esconderijo mais apertado enquanto te processamos.

— Onde eu conseguiria alguma coisa para esconder lá?

— Você ficaria surpresa com o quanto nossos prisioneiros podem ser espertinhos.

— Não quero isso.

— Que pena. Você não tem escolha.

Ela está chorando tanto que seu corpo se sacode.

Ele bate na outra nádega dela.

— Pare com isso e espere aí. — Depois de lubrificar o plug, que parece enorme para mim, ele o pressiona contra sua bunda.

Ela grita ainda mais alto do que com os dedos.

Meus joelhos se dobram debaixo de mim e apenas os braços de Kristian em volta de mim me impedem de cair.

— Chega — ele diz rispidamente. — Vamos lá.

— Não! Quero ver como isso termina.

A julgar pela tensão que sinto vindo dele, ele não tem certeza se deveria me deixar ficar, mas não faz um movimento para sair.

O dominador encaixa o plug lentamente e quando o encaixa totalmente nela, a submissa parece acabada. Com as mãos nos quadris, ele a puxa até a beirada da mesa.

— Mais um exame obrigatório — ele fala, retira o pau enorme e o acaricia, antes de apontá-lo em sua boceta e empurrar para dentro dela.

Ela goza no segundo em que ele entra, gritando o tempo todo que ele está transando com ela.

— Eu disse que você poderia gozar? — ele pergunta. — Me responda!

— N-não, senhor. Sinto muito. Não pude evitar.

— Você ganhou uma punição da prisão.

— O que é?

— Você vai descobrir. — Ele é implacável enquanto transa com ela, entrando e saindo repetidas vezes, puxando o plug e fazendo-a gozar pelo menos mais duas vezes antes que ele ceda ao próprio prazer.

Depois que goza, ele se transforma em um dominador carinhoso, removendo o plug e limpando-a antes de tomá-la em seus braços para confortá-la e acalmá-la.

— Você foi incrível, baby — ele fala. — Estou muito orgulhoso de você.

Ela ainda está choramingando, mas há um brilho inconfundível nela. Três orgasmos provavelmente dariam brilho a qualquer um, mas é claro que ela amou o que ele fez.

— Quero isso — eu digo, fascinada pela ternura do homem ao final do ato.

— O que você quer?

— O que eles fizeram. Quero fazer isso.

— Quanto disso? — Kristian pergunta em um tom conciso que me deixa imediatamente no limite quando percebo que minhas palavras são semelhantes a jogar gasolina no fogo, como ele disse anteriormente.

— Tudo.

— Vamos lá.

Kristian

Levo Aileen comigo quando vou ao armário de suprimentos trancado para arrumar uma mala. Ao contrário dos meus sócios, não mantenho uma sala de BDSM em casa, porque geralmente não levo mulheres para lá. Uso o clube Quantum e outros, como o Black Vice, que pertence ao nosso amigo Devon Black. Além disso, não vamos para o meu apartamento. Fiz outros planos para nós, porque eu queria que esta noite fosse especial para ela.

Quando pego o que precisamos para recriar a cena que acabamos de testemunhar, levo-a ao elevador, querendo estar sozinho com ela o mais rápido possível, depois de reagir à cena. Ouvi-la dizer que quer fazer o que eles fizeram me deixa mais duro do que jamais estive. Acomodados na parte de trás do Bentley, estou quase com medo de tocá-la. Espero conseguir chegar ao hotel que escolhi para a nossa noite juntos sem perder a cabeça.

— Quero que você se lembre de algo — ela fala depois de um longo e tenso silêncio.

— O quê?

— Você prometeu me tratar como faria com qualquer outra mulher.

Coloco o braço ao seu redor e a puxo para perto de mim, acariciando seu pescoço e me afogando em seu cheiro característico. Quero que essa seja a última coisa que sentirei antes de partir desta vida.

— Tenho medo de não conseguir manter essa promessa.

— Por que não? Você sabe como é importante para mim que não me trate como se eu fosse frágil.

— Não acho que você é frágil. Você deve ser uma das pessoas mais fortes que conheço.

— Então por que não pode manter a promessa?

— Porque você é a pessoa mais importante do mundo para mim e nunca vou tratá-lo como eu faria com qualquer outra pessoa. Você, meu amor, será tratada como uma rainha pelo resto da vida. Espero que você esteja preparada para isso.

— O resto da minha vida? — ela pergunta baixinho, parecendo impressionada.

— Se você quiser. — Quando três palavras já contiveram algo mais importante do que isso? Não me lembro. Espero sem fôlego, sentindo como se toda a minha vida e qualquer chance que eu tivesse de ser verdadeiramente feliz estivesse em jogo.

— Me mudei para cá por você. Acho que é seguro assumir que você é o que eu quero.

— E você ficaria bem em ficar presa comigo assim, bem... para sempre? — Sei que ainda é muito cedo para falar sobre essas coisas. Sua honestidade é contagiante e me obrigou a derrubar minhas próprias barreiras. Me sinto como o menino que fui uma vez, esperando que uma das minhas muitas famílias adotivas decidisse ficar comigo. Nenhuma delas ficou e eu sobrevivi a isso. No entanto, se ela decidisse não ficar...

Sua mão no meu rosto me leva a olhá-la.

— Não há nada que eu queira mais do que ficar com você para sempre.

São, simplesmente, as melhores palavras que alguém já me disse. São ainda melhores do que *eu te amo*, e essas três também foram ótimas.

Me arrependo do plano de a levar a um hotel, porque meu apartamento é mais perto e a minha necessidade por ela é urgente. Mas queria que a noite fosse especial, então reservei a melhor suíte do famoso Beverly Wilshire Hotel.

— Para onde estamos indo?

— A um lugar especial. — Recordando o jantar tardio que pedi, quero gemer com o pensamento de mais atrasos. Mas a antecipação torna o desejo muito mais agudo, embora, se meu desejo por ela se tornar mais aguçado, talvez eu não sobreviva. — Ligue para a Cece. Você estará ocupada quando chegarmos.

Suas bochechas coram em um tom quente e rosado que me faz pensar se suas nádegas ficariam da mesma cor depois de uma surra.

Estou em agonia por querer descobrir.

Aileen está ao telefone com Cece, mas ela sente minha inquietação e coloca a mão na minha perna em um gesto que imediatamente acalma tudo, menos a dor no meu pau. Isso vai levar muito mais do que uma mão para a perna.

Finalmente chegamos ao hotel e agradeço pelo paletó que esconde minha enorme ereção dos porteiros. Lori pegou a chave para mim mais cedo, então seguimos direto para o elevador.

— E nossas malas?

Carrego apenas a pequena bolsa preta que trouxe do clube.

— Serão entregues no quarto.

— Podemos ir mais devagar para que eu possa olhar para este belo hotel?

— Você pode fazer isso amanhã. — Desacelerar não está na agenda. Tudo o que eu posso ouvir é sua voz sexy dizendo *quero fazer o que eles fizeram.*

— Você está com muita pressa.

— Puta merda, sim, estou. A mulher dos meus sonhos quer que eu a domine. Pode apostar seu traseiro que estou com pressa. — Eu a inclino para o canto de trás do elevador e pressiono meu pau duro contra sua boceta. Posso sentir seu calor através das nossas roupas.

— Pedi o jantar para nós, mas a menos que você esteja morrendo de fome, isso pode ter que esperar também.

— Estou muito nervosa para comer.

Isso me esfria.

— Está nervosa? Em estar comigo? — Esse pensamento me mata.

— Eu só espero... — Ela me olha com um olhar repleto de sentimentos. — Quero ser tudo que você precisa. Espero poder lidar com isso.

— Pequena... você já é tudo que preciso e um pouco mais. Se nunca fizermos nada do que vimos hoje à noite, ainda vou te amar, preciso de você e te quero mais do que nunca. Juro por Deus. Não há cobranças nisso, então, por favor, não tenha medo. Não quero te assustar ou te deixar nervosa.

Ela relaxa visivelmente.

— Vou tentar não ficar.

— Promete que se você ficar realmente assustada ou nervosa por estar comigo, você me dirá?

— Prometo.

— E tem *certeza* de que quer tudo o que viu no clube?

Ela engole em seco, mas seu olhar não vacila.

— Tenho.

— Me lembre da sua palavra segura novamente.

— Destino.

— E sabe quando usá-la?

— Se eu quiser parar o que estamos fazendo.

— Se você precisar de uma pausa ou de um descanso, use a palavra amarelo. A palavra vermelho também para tudo. Entendido?

Ainda olhando para mim com aqueles lindos olhos cheios de amor por mim, ela concorda.

— Excelente, porque você, meu amor, está presa.

Aileen

Ele se move tão rapidamente que mal percebo o que está acontecendo. Minhas mãos estão algemadas nas costas com algemas forradas de veludo e meu doce e terno amante se transforma diante dos meus olhos em um policial severo e determinado com uma criminosa sob custódia.

— O que eu fiz? — pergunto.

— Você sabe o que fez. — Ele pega um cartão-chave do bolso da camisa e abre a porta para uma suíte linda.

Mal tenho a chance de olhar enquanto ele me leva pelo hall de entrada e área de estar para o quarto. Ele fecha e tranca a porta atrás de nós. O som da fechadura e a adrenalina que percorre meu corpo fazem meu coração bater forte e rápido.

Ele vem atrás de mim, seus lábios perto do meu ouvido.

— Você tem o direito de permanecer em silêncio. Tudo o que disser ou fizer pode ser usado contra você como base para punição. Você tem o direito de me chamar de senhor – e apenas de senhor – até que eu diga o contrário. Você tem o direito de fazer o que lhe é dito quando for informado ou enfrentar as consequências. Você *não* tem o direito de gozar, a menos que eu lhe dê permissão. Entendeu?

Engulo em seco.

— Sim, senhor.

— Vou soltar as algemas e abrir o zíper do seu vestido. Você deve tirar todas as suas roupas.

— Por quê?

— Porque eu mandei.

— Quero uma oficial feminina.

— Não há nenhuma disponível. Você está presa comigo. — Ele solta as algemas e lentamente deixa seus dedos deslizarem pela minha coluna enquanto o zíper desce.

Explodo em arrepios e estremeço violentamente.

— Tenho vários outros prisioneiros para interrogar hoje à noite, então quanto mais você me fizer esperar, pior será a punição.

Me atrapalho toda enquanto tento remover rapidamente o vestido. Ele desce pelos meus quadris, me deixando nua, já que havia rasgado minha calcinha antes de chegarmos ao clube.

— Você se esqueceu de usar sutiã — ele fala, seus olhos azuis em chamas enquanto olha faminto para os meus seios nus. — Isso é outra violação.

— Onde está escrito que sair sem sutiã é contra a lei?

Ele levanta uma sobrancelha.

— Está me questionando, submissa?

— Não. Senhor.

— Remova o resto e se apresse com isso.

Tiro os saltos. Como não posso deixar aquele vestido elegante jogado no chão, eu o pego e o coloco sobre a cama. Então paro diante dele completamente nua. Apesar rosto feroz, seus olhos revelam seus verdadeiros sentimentos. Neles, vejo amor, desejo e alegria, e é a alegria que mais me afeta. Nunca vi esse sentimento nele antes. Saber que proporcionei isso a ele me faz querer chorar.

— Preciso examinar o seu corpo para ter certeza de que você não está tentando contrabandear nada na minha prisão.

— Não estou escondendo nada, senhor.

— Receio que sua palavra não seja confiável o suficiente. — Ele se aproxima de mim, tão perto que posso sentir o calor do seu corpo e o cheiro do seu perfume. Quero me inclinar para ficar mais perto dele, mas continuo parada, esperando para ver o que ele fará em seguida.

— Abra a boca.

Faço o que ele pede, e ele examina completamente o interior da minha boca antes de passar as mãos pelos meus braços, seios, barriga, costas e pernas. A sensação de suas mãos na minha pele me faz tremer de desejo, mas tento não me mexer.

— Na cama, abra as pernas.

É a coisa mais estranha. Sei exatamente o que vai acontecer. Que estamos interpretando. Sei que não estou realmente em apuros, mas estou com a mesma ansiedade que poderia ter se isso estivesse realmente acontecendo. Começo a me sentir um pouco fora de mim quando chego na cama e abro um pouco as pernas. É como se eu estivesse assistindo no clube em vez de participar ativamente.

Kristian encaixa uma luva de látex e esguicha uma gota de lubrificante em seus dedos.

— Isso só vai doer se você lutar comigo. Entendeu?

— Sim, senhor. — Minhas coxas tremem violentamente quando ele as abre mais. — Segure firme.

Mordo o lábio para não gritar quando ele empurra os dedos em mim. Depois do que parecem horas de preliminares, estou à beira do orgasmo — e ele sabe disso.

Seus dedos são implacáveis enquanto se movem dentro de mim. Ele os inclina para frente, pressionando contra o ponto G e preciso fazer um esforço enorme para não ceder a necessidade de gozar. Estou orgulhosa da minha capacidade de lutar por isso, de obedecer a sua ordem, mas, caramba, não é fácil.

— Nada na sua boceta. — Ele pega o lubrificante novamente. — Vire-se.

— Não precisamos procurar mais, não é?

— Vire-se.

Cada músculo do meu corpo parece feito de pudim quando me viro de bruços na cama, ansiedade e antecipação guerreando dentro de mim. Eu disse que queria, mas agora que estamos fazendo, não tenho tanta certeza.

— Qual é a sua palavra segura? — ele pergunta no mesmo tom que está usando como policial agressivo.

— Destino, senhor.

— Precisa dela?

Fecho os olhos e me forço a respirar fundo.

— Não, senhor.

— Muito bem, vamos continuar nossa busca nas cavidades. — Seus dedos se encaixam entre minhas nádegas. — Relaxe ou isso vai doer.

Tenho a sensação de que vai doer se eu relaxar ou não.

— Empurre para me deixar entrar. — Seus dedos parecem enormes enquanto pressionam contra a minha entrada de trás. Até ele, ninguém nunca me tocou ali, e agora estou tomando dois dedos, ciente de que o plug será muito maior. Isso dói. Caramba, como dói. Estou à beira de usar a palavra amarelo quando meu corpo se rende de repente para deixá-lo entrar, e a dor se torna algo parecido com prazer.

Seus dedos afundam em mim, me levando de volta para a beira do orgasmo.

— Já teve um pau aqui?

Não posso acreditar que ele espera que eu fale enquanto ele está fazendo isso comigo.

— Não, senhor.

— O meu será o primeiro.

— Isso não seria apropriado.

Com a mão livre, ele bate na minha nádega direita.

— Não me diga o que é apropriado e o que não é. *Eu* estou no comando aqui.

— Não posso deixar você fazer isso comigo. Meu namorado vai te matar.

— Seu namorado não vai me tocar se souber o que é bom para ele.

— Por favor... — Um soluço irrompe do meu peito, me pegando de surpresa. — Por favor, não.

— Sua bunda foi feita para o meu pau.

— Não.

Ele bate na minha outra nádega e eu gozo com tanta força que vejo estrelas. Caramba... depois, minha garganta fica dolorida de gritar.

— Alguém está em um problema *ainda maior*.

— Não, por favor, senhor. Sinto muito. Não pretendia gozar.

— Se você levar meu pau no seu traseiro, não vou puni-la por gozar sem permissão.

— Eu... não posso. Meu namorado... estou guardando isso para ele.

— Ele não está aqui, mas eu estou. — Ele empurra seus dedos no fundo novamente, e me esfrego descaradamente contra a colcha da cama.

— Se você gozar de novo, vai levar meu pau no traseiro e uma surra de *flogger*.

Posso dizer o quanto ele está gostando disso. Posso ouvir em cada palavra que ele diz, mesmo que as palavras sejam ditas em um tom rude que ele nunca usou comigo antes. Saber que posso parar tudo com uma palavra me permite me soltar e me perder completamente no momento.

— O que vai ser, pequena submissa? Meu pau ou o *flogger*?

— Seu pau. Por favor, me dê seu pau, senhor. — Não posso acreditar que estou concordando com isso. Rex costumava me implorar para fazer sexo anal, mas eu não queria nem ouvir falar disso. Mas com Kristian... tudo é diferente. Vai ser tão bom para mim quanto para ele.

Ele remove os dedos e ouço farfalhar atrás de mim, o som de uma embalagem de camisinha e o esguicho de lubrificante.

— Precisa da sua palavra segura?

— Não, senhor. — Sou forte, determinada e profundamente apaixonada por este homem. Ele pode ter qualquer coisa que quiser de mim, até mesmo isso.

Kristian encaixa aquele pau gigantesco na minha entrada de trás e não estou mais forte ou determinada. Estou em pânico. Não posso fazer isso.

— Relaxe, pequena. — Meu doce Kristian está de volta. Ele acaricia meu traseiro com um toque gentil. — Nós vamos bem devagar. Um pouco por vez. Relaxe e empurre-se contra mim.

Sigo suas instruções e, com certeza, isso ajuda. Eu não diria que é confortável, mas não é insuportável também. Até que ele me penetra mais e me faz gritar com dor que atinge todo o meu corpo antes de se tornar uma bola quente de necessidade no meu núcleo.

Nos movemos juntos. Ele empurra enquanto eu me movo de volta. Pouco a pouco, ele me penetra até eu sentir suas bolas contra a minha boceta. Não acredito que fiz isso. Realmente fiz. Mas antes que eu possa fazer uma dancinha da vitória, ele começa a se retirar e, em seguida, entra de novo. Perco a cabeça. É a única maneira de descrever. Não tenho ideia de quem sou, o que estou fazendo ou o que está acontecendo comigo. Sou uma grande terminação nervosa, irradiando do meu traseiro para as pontas dos meus dedos, do topo da minha cabeça até as solas dos meus pés.

Ele alcança o meu clitóris, envolvendo o braço em mim, apertando-o entre os dedos enquanto grunhe.

— Goze.

Explodo em dez milhões de pedaços. Tudo o que posso fazer é sentir enquanto ele entra e sai de mim, um orgasmo seguido de um segundo e de um terceiro.

Seu braço me segura pela cintura enquanto ele me penetra uma última vez, grunhindo quando ele goza mais intensamente do que já gozou comigo.

Não posso me mover, pensar ou falar. É tudo que posso fazer para continuar respirando. Meus músculos se contraem ao redor do seu pênis, que ainda está duro dentro de mim.

Então ele acaricia meu clitóris e outro clímax me atinge.

Estou destruída, acabada, demolida. Renasci. Sou dele, completa e totalmente dele em todos os sentidos possíveis.

— Cacete — ele murmura após um longo silêncio. — Isso foi...

— Loucura.

— Sim. Você está bem? Você... eu... puta merda, Aileen.

Amo que ele esteja tão balançado quanto eu pelo que fizemos.

— Me diga que não está machucada.

— Não estou. — Embora esteja dolorida. Disso não tenho dúvidas.

— Você não me parou.

— Você notou isso, hein?

— Sim. — O queixo dele se encaixa no meu ombro. — Nada foi tão bom quanto isso.

— Não? — Ouvi-lo dizer essas palavras me deixa bastante eufórica.

— Nunca. — Ele beija a curva do meu pescoço e meu ombro. — Você não pode me deixar, Aileen. Você me arruinaria.

Aperto seu braço.

— Não vou a lugar nenhum.

2 3

Aileen

Começo meu trabalho como recepcionista da Quantum na manhã de segunda-feira, depois de deixar as crianças em um acampamento de futebol no caminho para o trabalho. Estou saindo do melhor final de semana da minha vida. Passar uma noite inteira completamente sozinha com Kristian foi uma felicidade completa. Ele a tornou ainda melhor com café da manhã na cama e massagem relaxante para casais no hotel antes de irmos para casa para passarmos o dia na praia com as crianças.

Às cinco da manhã, ele me acordou com um beijo.

— Vou embora antes que as crianças acordem.

Segurei sua mão para impedi-lo de sair.

— Não quero que este fim de semana acabe ainda.

— É o primeiro fim de semana de uma vida que teremos juntos.

Uma sensação de mau presságio me atingiu quando ele disse isso, e eu quis implorar para ele não ir. Ainda não sei por que estava com tanto medo. Só sei que não queria deixá-lo ir embora.

— Eu te amo. — Ele disse aquelas palavras várias vezes durante todo o fim de semana, como se agora que podia dizer, não quisesse parar. Eu estava adorando isso.

— Também te amo. Obrigada pelo melhor fim de semana da minha vida.

— Para mim também foi. — Ele me beijou e passei os braços ao redor do seu pescoço.

Ele interrompeu o beijo com um gemido.

— Me deixe ir, sua bruxa malvada. Tenho um negócio para administrar.

Eu o soltei, mas o pressentimento permaneceu comigo durante as quatro horas que se passaram entre ele sair e eu me apresentar para meu primeiro dia de trabalho no escritório.

Addie me cumprimenta com um sorriso, um abraço e uma papelada que devo preencher enquanto espero ter um vislumbre do homem que amo. Ela me auxilia com a documentação, que inclui um formulário de plano de saúde para mim e meus filhos.

— Seu plano já foi ativado — Addie fala. — Kristian cuidou disso na semana passada, então é só uma formalidade. — Ela se inclina e abaixa a voz. — Ele disse ao pessoal do RH para fazer o que fosse preciso e pagar o que custasse para você entrar no plano *imediatamente*.

Meus olhos se enchem de lágrimas e eu pisco várias vezes, sem querer desabar na frente de Addie. Chorar no trabalho não é algo que eu costume fazer, mas não consigo conter as lágrimas, não importa o quanto eu tente.

Addie me entrega um lenço.

Enxugo o fluxo de lágrimas.

— Me desculpe.

— Por favor, não se desculpe. Estamos todos muito felizes por você e o Kris. Nunca o vimos assim antes.

— Assim como? — pergunto, porque tenho que saber.

— Por um lado, ele sorri o tempo todo. Nunca vimos tanto essas covinhas que antes eram tão difíceis de aparecer. Por outro, ele tira tempo de folga – folga de verdade. Ninguém soube dele todo o final de semana. Isso é *altamente* incomum. Ele não fala muito sobre sua vida antes de se tornar parte da Quantum, mas suspeitamos que foi difícil. Se alguém merece ser feliz, são vocês.

— Obrigada. — Derrubo novas lágrimas. — Argh, você está me fazendo ficar horrível.

Ela sorri.

— Você nunca poderia ficar horrível.

— Por que você está chorando?

O som da voz de Kristian me assusta. Olho para cima para encontrá-lo de pé na porta da sala de reuniões.

— Addie, nos dê um minuto, por favor — ele pede.

— Claro. — Ela recolhe a documentação que já assinei e sai da sala. Kristian fecha a porta e vem até onde estou sentada na grande mesa.

— O que há de errado?

Ele está usando uma camisa azul clara que deixa seus olhos lindos. Tomou banho e se barbeou. Por mais que eu ame a barba por fazer que ele usou durante todo o fim de semana, eu também gosto do visual bem barbeado.

— Não há nada errado.

— Então por que você estava chorando?

— A Addie me contou como você mandou que incluíssem a mim e as crianças no plano de saúde.

— Eu te disse que ia fazer isso.

— Eu sei.

— Você ainda não explicou as lágrimas. — Ele segura minha mão, me ajuda a levantar e depois se senta na cadeira onde eu estava, me puxando para o seu colo. Com a ponta dos dedos no meu rosto, ele enxuga minhas lágrimas.

Como sempre, sua proximidade me deixa louca, em uma mistura selvagem de emoção, desejo e necessidade.

— Aileen...

— Nunca tive ninguém que quisesse cuidar de mim e das crianças como você. Ouvir que você exigiu que sua equipe me incluísse imediatamente no plano de saúde... — Apoio a mão sobre o coração. — Me tocou bem aqui, e é por isso que eu estava chorando.

— *Quero* cuidar de você – de todos vocês.

— Isso me faz sentir muita sortuda.

— Você não tem ideia de como isso *me* faz sentir.

— Me conte. Como você está se sentindo?

— Espantado. Não posso acreditar que algo assim é possível. Claro, já vi isso acontecer com meus amigos, mas é uma coisa totalmente diferente quando acontece comigo.

Apoio a cabeça em seu ombro e respiro o rico aroma cítrico da sua colônia. Quero me afogar nesse cheiro.

— Eu deveria estar trabalhando — digo depois de um longo momento de silêncio.

— Eu também.

— Você deveria me deixar ir antes que todo o escritório esteja falando sobre estarmos sozinhos aqui.

Em vez de me soltar, ele me abraça com mais firmeza.

— Deixe-os falar.

Kristian

Não tenho ideia de onde Aileen está e quando uma hora se tornam duas, duas tornam-se três sem uma resposta às minhas mensagens de textos, estou desesperado para saber dela. Ela saiu do escritório depois do almoço no seu segundo dia sem me dizer para onde estava indo. E agora, quando o relógio chega às cinco horas sem que eu ouça uma palavra, começo a entrar em pânico. Aconteceu alguma coisa com ela ou com uma das crianças? Ela não está acostumada a dirigir no trânsito louco de Los Angeles. E se ela se envolveu em um acidente?

Antes que a especulação me provoque um ataque cardíaco, me levanto e procuro Addie em sua sala. Ela não está lá, então verifico a sala de Hayden.

— Onde está a Addie? — pergunto a ele.

— Por que quer saber?

— Não consigo encontrar a Aileen e queria perguntar se ela sabe de algo.

— Addie foi até Calabasas com Natalie para uma visita à propriedade onde o festival será realizado.

— Pode ligar para ela?

— Sim... — Ele pega o celular e faz a ligação. — Oi, amor. O Kristian está aqui e está procurando pela Aileen. Sabe onde ela está? — Ele ouve por um minuto e suas sobrancelhas franzidas tiram cinco anos da minha vida.

Algo está errado. Posso sentir.

— Certo, vou contar a ele. Está terminando aí? — Ele ouve por outro minuto interminável, durante o qual quero arrancar o telefone da mão dele e perguntar a Addie onde Aileen está. De alguma forma, consigo me controlar até que ele diga que a ama e que a verá em casa em uma hora. — A Aileen teve uma consulta esta tarde com o novo oncologista.

O chão parece desaparecer debaixo dos meus pés com a lembrança de que ela ainda está lutando contra uma doença que poderia tirá-la de mim. Por que ela não me contou sobre a consulta? Algo está errado? Ela teve sintomas? Meu cérebro está girando e Hayden dá a volta na mesa para me fazer sentar.

— Sente-se antes que desmaie.

Apoio a cabeça nas mãos.

— Puta merda, Kris. O que há de errado?

— Eu... sou muito louco por ela. Se algo acontecer a essa mulher...

Hayden se senta ao meu lado com a mão no meu ombro.

— Tenho certeza de que é uma coisa de rotina. Ela não disse que o médico de Nova York a indicou a alguém aqui? Provavelmente, ela está apenas indo na consulta com o novo médico.

— Por que não me contou?

— Por que ela não queria que você fizesse exatamente o que está fazendo agora?

— Eu teria ido com ela.

— Talvez ela não quisesse que você fosse.

— *Por que* ela não ia querer que eu fosse? — Sinceramente, não sei a resposta para essa pergunta.

— Só ela pode te responder, mas pode ser que ela queira manter o que está acontecendo com você separado disso.

— *Por quê?* — Estou muito perdido nessa situação. Quero procurá-la no consultório do médico e forçá-la a me contar todos os detalhes da consulta. Mas meu bom senso me diz que essa pode não ser a melhor ideia que já tive.

Hayden começa a rir e é preciso todo o meu controle para não dar um soco nele.

— O que é tão engraçado?

— Você. Você está perdido.

— Mais ou menos como você estava quando a Addie não lhe dava a mínima?

— Algo assim — ele responde sorrindo enquanto se senta em sua cadeira. — Se isso te faz sentir melhor, a Aileen parece tão louca por você quanto você está por ela. Você não tem nada com o que se preocupar, Kris.

— Exceto pela terrível doença com que ela já lutou uma vez podendo voltar para tirá-la de mim.

— Você está indo muito longe no que, provavelmente, é uma consulta médica de rotina.

— Talvez sim, mas me diga como você se sentiria se a Addie tivesse câncer e fosse a uma consulta com um oncologista sem falar sobre isso.

— Provavelmente, eu me sentiria exatamente da mesma maneira que você.

A concordância dele só me deixa mais ansioso, se é que isso é possível.

— Tenho que sair daqui.

— Aonde você está indo?

— Vou esperar na casa dela.

— Não aja como um touro em uma loja de porcelana por causa da consulta, Kris. Deixe que ela te conte sobre isso.

— Pode deixar. — Deixo seu escritório, entro no meu para pegar minhas chaves e vou para a casa dela em poucos minutos. O trânsito está horrível e levo cerca de uma hora para chegar lá. Várias outras chamadas para ela não foram atendidas, levando a minha ansiedade para a zona nuclear. Estaciono em frente à sua casa e dou um suspiro de alívio quando vejo seu carro na garagem. Pelo menos, ela não sofreu um acidente.

Corro pelas escadas e atravesso a porta da frente sem bater. Logan está no sofá assistindo TV. Ele olha para mim, parecendo confuso pelo jeito que invadi a casa.

— Oi, amigo. Onde está sua mãe?

— Na cozinha.

— Obrigado. — Atravesso a porta da cozinha e paro com a visão dela no fogão, cuidando de uma panela fervendo.

Ela me vê lá e sorri para mim por cima do ombro.

— Oi. De onde você veio?

Normalmente, eu mando uma mensagem para dizer a ela que estou a caminho. Não fiz isso hoje, e ela está se perguntando por quê.

— Onde está o seu telefone? — pergunto, mesmo que eu possa ver a forma do aparelho no bolso de trás daquele short jeans que me faze querer ficar de joelhos e morder sua bunda.

Ela o tira do bolso de trás e o segura.

— Bem aqui?

— Por que não o atendeu a tarde toda? Eu te liguei. Mandei mensagens e quando você não respondeu, pedi ao Hayden que perguntasse a Addie onde você estava. Ela disse que você teve uma consulta médica que não me contou. — Tento não agir como um touro em uma loja de porcelana...

Ela olha para o telefone e depois para mim.

— Não tenho chamadas perdidas ou mensagens de texto suas.

— Me dê aqui. — Pego o aparelho, olho para as configurações e vejo que está programado em modo avião. — Quem colocou no modo avião?

— Ah, não! A Maddie estava brincando com ele no carro mais cedo. Ela deve ter feito isso por acidente.

Tiro do modo avião e o telefone fica louco com mensagens de texto e da caixa postal — todas minhas.

Ela envolve a minha cintura.

— Sinto muito.

Não consigo mover os braços para retribuir o abraço.

— Você estava preocupado.

— Essa é uma palavra leve para o que eu estava sentindo, especialmente depois que soube que você teve uma consulta com o oncologista sem me dizer.

— Sinto muito, Kristian. Eu me sinto mal por ter te preocupado.

— O que o médico disse?

— Nada ainda. Fiz todos os exames habituais. Só vou saber daqui alguns dias.

— *Dias?* — Como devo sobreviver a *dias* de incerteza?

Ela dá de ombros como se não fosse grande coisa.

— É assim que as coisas funcionam.

Quero sacudi-la. Como ela pode ser tão indiferente sobre uma coisa tão importante?

— Está com fome?

— Não, não estou com fome! Não quero falar sobre *outra coisa* que não seja que você está bem e *de jeito nenhum* vamos esperar *dias* para saber disso.

Ela sorri para mim, sua expressão doce e angelical.

— Você tem que relaxar. Eu me sinto bem e não há razão para acreditar que há algo para nos preocuparmos.

Cada músculo do meu corpo está rígido de tensão.

— Não me diga para relaxar.

— Kristian, querido... — Ela apoia as palmas das mãos sobre o meu peito e as desliza ao redor do meu pescoço. — Esta é a minha vida agora. A cada três meses, faço um *check up* completo e depois espero dias para saber que está tudo bem. Você não pode perder a cabeça toda vez.

Percebo os esparadrapos cobrindo a gaze na dobra de cada um dos braços onde o sangue foi retirado e uma dor explode no meu peito com a prova visível da sua doença.

— Não posso lidar com isso — eu sussurro.

— Com o que você não pode lidar?

— Me preocupar com você desse jeito. Não aguento.

— Pode, sim.

— Não, não acho que posso. — Ter esperado toda a minha vida para encontrá-la apenas para ter que me preocupar se vou perdê-la... não posso fazer isso. Eu me liberto do seu abraço e vou até o quintal para pegar um pouco de ar. Eu a ouço dizer ao Logan que o jantar logo estará pronto antes que a porta de tela se feche quando ela se junta a mim. Seus braços me envolvem por trás. Quero resistir a ela, mas não sei como. Minhas emoções são como um furacão de categoria cinco girando dentro de mim.

— Sinto muito por você não ter conseguido me achar e que tenha ficado preocupado. Lamento que minha doença seja muito para você lidar.

Suas palavras me tiram de qualquer estado em que eu havia entrado. Eu me viro para ela, puxando-a para perto de mim, sem pensar em nada além da necessidade e desejo que tenho por ela.

— Não dou a mínima para sua doença ser muito para *eu* lidar. Eu me preocupo com *você* e preciso que fique bem. Preciso de você saudável e não há nada que eu não faça para que isso aconteça.

— Shhh — ela fala, seus dedos entrelaçados ao meu cabelo naquele gesto reconfortante que me faz querer chorar com a doçura que ela me dá sem que saiba que é a primeira pessoa a me dar isso. — Ainda é novidade para você. Levará tempo para descobrir como lidar com isso. Prometo que, com o tempo, ficará menos assustador.

— Não, não vai ficar.

— Vai, sim.

— Nunca vou ficar menos assustado com a possibilidade de te perder, especialmente se você se esgueirar para compromissos sem me dizer ou me levar junto.

Ela se afasta para me olhar.

— Você quer ir comigo?

— Droga, sim, quero ir com você. Prefiro te acompanhar a ficar sentado me perguntando o que está acontecendo com você.

— Vou te levar da próxima vez. Prometo.

Ao ouvir isso, eu relaxo. Um pouco.

— Sinto muito que você tenha ficado tão aborrecido quando não conseguiu me encontrar.

— Não deixe mais a Maddie brincar com seu telefone. Vou comprar um para ela brincar.

— De jeito nenhum.

— Vou, sim.

— Não, não vai.

Eu a beijo para terminar a discussão, mas no segundo em que seus lábios se conectam com os meus, gemo baixinho pelo doce alívio de estar de volta aos seus braços.

Ela me beija com o mesmo desespero que sinto e, pouco a pouco, a tensão começa a sair do meu corpo.

Eu me apego a ela, precisando mais dessa mulher a cada segundo que passa. Certamente não é saudável ou sensato precisar de alguém do jeito que preciso dela. Só encerro o beijo quando a necessidade de ar supera minha necessidade por ela.

Seus lábios se movem sobre o meu pescoço.

— Eu te amo muito, Kristian. Estou louca de amor por você. Você tem que acreditar em mim quando eu disser que vai ficar tudo bem.

Absorvo suas garantias, mas não vou respirar normalmente até recebermos os resultados dos exames.

———

Cada minuto dos próximos dias parece um ano. Não consigo fazer nada no trabalho e, à noite, faço amor com ela até estarmos completamente exaustos. Se eu a amar o suficiente, talvez possa impedir que algo ruim aconteça. Não posso comer, dormir ou fazer qualquer outra coisa além de me preocupar com Aileen e os resultados dos exames. Estamos no século XXI, pelo amor de Deus. Quanto tempo leva para checar um pouco de sangue e verificar algumas imagens?

Se não ouvirmos algo em breve, não serei responsável por minhas ações.

Uma batida na porta precede a entrada de Lori no meu escritório.

— Hum, tem um policial do Departamento de Polícia de Los Angeles aqui para te ver. Sargento Markel. Ele disse que você sabe do que se trata.

Como se tivesse sido atingido por um raio, não consigo me mexer ou respirar.

— Kristian?

Sinto um caroço do tamanho do Canadá na garganta. Engulo em seco. Se houvesse alguma maneira de escapar sem falar com ele, eu o faria, mas não há.

— Mande-o entrar.

— Está tudo bem?

— Mande-o entrar, Lori.

Felizmente, ela não faz mais perguntas. Respiro fundo enquanto espero. O primeiro oficial Markel se aposentou há uma década, então este só pode ser seu filho, que seguiu os passos do pai. Minha mente corre, imaginando o que ele quer depois de todo esse tempo.

Ele entra no escritório e fico impressionado com a surpreendente semelhança com seu pai, que conheci há bastante tempo. Fico de pé de forma automática, aperto sua mão e murmuro uma saudação. Seu pai perseguiu o assassino de minha mãe com determinação implacável até que a aposentadoria compulsória o obrigou a entregar o caso ao filho, que tem sido muito menos diligente. Não ouvi uma palavra dele em cinco anos.

— Me desculpe por vir sem avisar. — Ele se senta na beira da cadeira. — Mas tivemos uma reviravolta no caso da sua mãe.

As palavras são como uma bomba nuclear detonando no meio da minha vida. Só posso olhar para ele, imaginando o que vai dizer e como isso vai mudar tudo.

— Que tipo de reviravolta?

— Pegamos o cara, Kristian.

Pela segunda vez nesta semana, sinto que um alçapão se abriu embaixo de mim, me fazendo cair em queda livre.

— Vocês...

— Nós o pegamos.

— Como? — Já faz trinta e três anos. Por que agora?

— Já ouviu falar do uso de DNA familiar para a aplicação da lei para resolver casos antigos? — Antes que eu possa responder, ele continua. — Levantamos o DNA da autópsia da sua mãe e encontramos uma correspondência familiar com alguém no sistema. Passamos o mês anterior rastreando os membros masculinos da família e testando-os até encontrarmos um par. — De pé, ele coloca oito fotos na minha mesa, quatro em cada fileira. — Você reconhece o homem que matou sua mãe em alguma dessas fotos?

Reconheceria aqueles olhos negros e frios em qualquer lugar, assim como a cicatriz que corta sua sobrancelha esquerda. Eu tinha três anos quando assisti do armário enquanto ele matava minha mãe, mas nunca me esqueci do seu rosto. Aponto para ele.

Markel acena com a cabeça.

— É ele. Jorge Muñoz. Esse nome significa alguma coisa para você?

Balanço a cabeça. Nunca soube seu nome.

— O que acontece agora?

— Ele foi preso e será acusado hoje no Supremo Tribunal. Preciso te avisar... vai ser uma grande história. Nós o amarramos aos assassinatos não resolvidos de outras seis prostitutas.

O que ele quer dizer é que toda a história sórdida se tornará pública.

— Tentei manter seu nome fora disso, mas como testemunha material...

Não tenho ideia de como essa frase termina, porque me levanto e vou embora. Ignoro o grito de Lori e os outros que tentam me parar com perguntas ou coisas rotineiras de negócios das quais não dou a mínima. Corro para a recepção, onde Aileen está trabalhando, e a ignoro quando ela chama meu nome. Empurrando a porta, desço as escadas, porque não estou disposto a esperar pelo elevador.

Preciso dar o fora dali antes que a merda atinja o ventilador e estrague minha vida mais uma vez.

24

Aileen

O que aconteceu? Para onde ele foi e por que pegou as escadas? Ele nunca usa as escadas.

Lori vem correndo atrás dele.

— Onde ele está?

— Desceu as escadas.

— O quê? Ele nunca usa as escadas.

— O que aconteceu?

O policial que veio até a mesa pedindo para falar com Kristian se junta a nós e ouve a minha pergunta.

— Pegamos o assassino da mãe dele.

Lori e eu suspiramos.

— A mãe dele foi *assassinada*? — Lori pergunta.

— Há trinta e três anos — o policial responde.

— Pare. — Não me importo que ele seja um policial. — Os problemas pessoais dele não devem ser compartilhados.

O policial franze a testa para mim, aparentemente não acostumado que as pessoas questionem sua autoridade.

— Seu problema pessoal está prestes a se tornar público. Vim aqui para avisá-lo por cortesia.

— Ah, meu Deus — sussurro, sentindo como se tivesse levado um soco no estômago. — Kristian...

— Vá atrás dele — Lori pede com urgência. — Vá até ele.

O elevador chega, e Flynn entra na área da recepção. Ao ver o policial, pergunta:

— O que está acontecendo?

— Obrigado por ter vindo — Lori diz ao oficial. — Conduziremos daqui.

Dando a Flynn um olhar chocado, o policial caminha até o elevador. No segundo em que as portas se fecham e o levam embora, Lori diz a Flynn o que aconteceu.

— Temos que encontrá-lo — ele fala para mim. — Vou te levar. Vamos.

Grata por sua oferta, pego meu telefone e a bolsa e o sigo para o elevador.

— Me avise o que está acontecendo — Lori fala, quando nos viramos.

Aceno para deixá-la saber que a ouvi e entro no elevador com Flynn.

— Não sabia que a mãe dele havia sido assassinada — Flynn comenta. — Você sabia?

Concordo.

— Ele testemunhou.

— Ah, meu Deus.

— Isso vai acabar com ele.

— Não vamos deixar que isso aconteça.

Me apego à suas garantias enquanto lutamos contra o tráfego do meio-dia a caminho do apartamento de Kristian. Demora quarenta e cinco minutos para percorrer alguns quilômetros e quando chegamos à garagem, meus nervos estão totalmente desgastados. Ele não atende às ligações, nem responde às mensagens.

— Ele não está aqui.

Examino a fila de carros de luxo, tentando descobrir qual deles está faltando. Gostaria de ter prestado mais atenção.

— Como sabe?

— Ele estava com o R8 hoje. Não está aqui. — Ele manobra seu carro de dois lugares e segue para a porta da garagem que ainda está aberta.

— Para onde mais ele iria?

— Não sei. — Ele faz uma ligação para Jasper, diz que está comigo conta o que aconteceu e pergunta onde procurar por Kristian. Como a ligação está no viva-voz, posso ouvir o final da conversa de Jasper.

— Meu Deus — Jasper fala.

— Onde ele pode estar?

— Tente a minha casa em Malibu. Ele passou um tempo na casa de hospedes de lá. Se ele quer se esconder, seria um bom lugar.

— Estamos a caminho.

— Me avisa, tá?

— Pode deixar.

— Não posso acreditar que ele nunca nos contou isso.

— Como não podíamos acreditar que você nunca nos contou que é um marquês?

— *Touché* — Jasper diz com um suspiro.

— Todos nós temos segredos, Jasper.

— É o que parece.

— Encontre a Liza — Flynn pede, se referindo à relações públicas da Quantum que conheci na estreia. — Conte a ela o que está acontecendo e vamos descobrir como protegê-lo da imprensa.

— Farei isso agora.

Flynn encerra a ligação e segue para Malibu. Embora o carro de Kristian não esteja na garagem, fazemos uma busca completa na casa de Jasper e Ellie assim mesmo, mas não há sinal dele. Nunca vi Flynn tão agitado como está no deck da casa de Jasper, as mãos nos quadris, a imagem de frustração.

A brisa do Pacífico me faz tremer, mesmo quando o sol bate em nós.

— Flynn.

Ele se vira para mim.

— Me leve para minha casa.

Sem uma palavra, ele lidera o caminho pela casa de Jasper até a entrada da garagem, onde segura a porta para mim e depois se acomoda no banco do motorista.

Não posso acreditar que não pensei em ir até lá primeiro e oro para que ele esteja lá. A imprensa nunca pensaria em procurá-lo em um pequeno bangalô em Venice Beach. Mas quando entramos na minha rua, não vejo o carro dele.

Estou arrasada. Tinha tanta certeza de que ele estaria aqui.

Flynn estaciona na frente da casa.

— Vamos olhar de qualquer maneira.

Ele me segue para dentro, onde verifico todos os quartos, mas não vejo sinal dele. Estou saindo do meu quarto quando meu olhar pousa na porta do armário, que está rachada. Toco a porta quando meu coração começa a bater forte.

Também me lembro de me esconder no armário quando ela foi morta. Ele nunca soube que eu estava lá.

— Flynn!

Ele entra no quarto.

— Me leve de volta para a casa do Kristian.

— Por quê?

— Vou te dizer no caminho.

Kristian

Isso não pode estar acontecendo. Todo mundo vai saber. Eles terão pena de mim. Não suporto isso. Odeio que sintam pena. Odeio a maneira como as pessoas olham quando descobrem algo terrível que aconteceu com você, muito antes de se ter qualquer controle sobre qualquer coisa.

Deixei o horror do assassinato da minha mãe no passado, onde ele pertence, mas agora... o curativo foi arrancado, todo mundo vai saber e não posso parar o que está acontecendo. Não posso controlar a situação e isso me enfurece.

O Departamento de Polícia de Los Angeles vai querer que o mundo saiba que seus detetives encerraram um caso que estava arquivado há trinta e três anos, sem mencionar os outros casos ligados ao sujeito que matou minha mãe. Será uma história enorme. A imprensa voraz de Hollywood irá à loucura quando fizerem a conexão comigo e a Quantum. Vão chafurdar todos os detalhes picantes da prostituta assassinada que deu à luz a um dos produtores mais influentes de Hollywood.

No momento em que a empresa deveria estar focada na tão esperada liberação de *Insidioso*, todo mundo estará apagando incêndios em meu nome.

Não posso.

Simplesmente não posso.

Então faço o que costumava fazer quando as coisas se tornam pesadas demais.

Me escondo no único lugar em que me sinto seguro.

Aileen

Uso o cartão-chave que Kristian me deu para entrar em seu apartamento na cobertura e corro direto para o armário do quarto principal, abro a porta e olho para dentro.

Ele não está lá. Eu estava tão certa de que estaria. Verifico os outros quartos enquanto Flynn olha no escritório do andar de baixo.

Me senti desleal com Kristian ao contar a Flynn sobre o armário, mas agora, a única coisa que importa é encontrá-lo e abraçá-lo para que ele saiba que não está sozinho. Ele nunca estará sozinho novamente.

Me encontro com Flynn no corredor do andar de cima.

— Alguma coisa? — ele pergunta.

Me sentindo mais desesperada a cada segundo, balanço a cabeça.

— Espere. — A ideia vem em um instante, e eu corro para a sala de jogos, tentando me lembrar se há um armário lá.

Há, sim.

Apoio a mão no puxador da porta fechada, sabendo com certeza que não posso explicar que ele está lá. Olho para Flynn.

— Me deixe fazer isso sozinha, tá?

Ele concorda.

— Espero lá embaixo.

Minha boca está seca, as mãos estão suadas e meu coração começa a bater muito forte quando abro a porta e entro, meus olhos se ajustam à escuridão. No canto dos fundos, eu o vejo. Seus braços estão abraçando suas pernas e a cabeça está baixa, apoiada nos joelhos. Ele não me vê até eu colocar meus braços ao seu redor.

Ele se assusta como um animal ferido que foi encurralado.

— Shhh. S-sou eu. Estou aqui e estou com você. — Eu o abraço mais forte do que nunca, buscando uma força que eu não sabia que tinha até que o homem que amo precisar.

Ele tenta se livrar de mim.

— Não quero você aqui.

— Estou aqui e não vou a lugar algum.

— Aileen...

— Pode tentar me afastar, mas nem eu e nem as outras pessoas que te amam vão embora. Estaremos ao seu lado do mesmo jeito que você estaria ao nosso.

— Não quero nenhum de vocês aqui.

— Que pena. Você está preso a nós.

Não acontece imediatamente, mas depois de um longo tempo, seu corpo começa a perder parte da tensão que envolve cada músculo. Ele não relaxa exatamente, mas para de tentar me afastar. Com uma mão, passo os dedos pelo seu cabelo e faço círculos nas suas costas com a outra. Quero saber o que ele está pensando e sentindo, mas não ouso perguntar.

Não tenho ideia de quanto tempo estamos lá. Tempo deixa de

existir. Quando saí do escritório, tinha horas até que precisasse buscar crianças no acampamento. Acho que duas horas ou mais se passaram desde então, então não preciso me preocupar em pegá-las ainda. Posso continuar dando a Kristian toda a minha atenção.

Ele está encostado em mim agora, me permitindo consolá-lo.

Considero isso uma vitória. Beijo sua testa e, em seguida, levanto seu queixo para beijar seus lábios.

No início, ele responde com o ardor habitual, mas depois se afasta.

— Não posso.

— Pode, sim.

Ele balança a cabeça.

— Estará em todos os lugares. Todos os detalhes repugnantes.

— Não vou ler uma palavra sobre isso. Qualquer coisa que vá saber a esse respeito, só vou ouvir de você.

Ele suspira profundamente.

— Todo mundo vai devorar a história.

— As pessoas que te amam, as que importam, não vão querer fazer isso.

— Vai haver julgamento. Terei que testemunhar. Como vai evitar isso?

— Eu te amo. Independentemente de qualquer coisa.

Ele bufa com descrença.

— Você diz isso agora...

— Digo isso para sempre.

Balançando a cabeça, ele esfrega a mão sobre a barba por fazer.

— Você nem sabe o que aconteceu, o que fiz ou qualquer outra coisa.

— Sei *tudo* o que preciso saber para ter certeza de que vou amar você pelo resto da vida, não importa o que faça.

— Eu matei alguém.

Sofro por ele.

— Imagino que tenha tido que fazer isso.

Pela primeira vez desde que entrei no armário, ele olha diretamente para mim, seu olhar chocado colidindo com o meu.

— O Kristian Bowen que amo não mataria alguém a menos que

sua própria vida estivesse em risco. Se era a sua ou a de outra pessoa, fico feliz que você tenha escolhido a si mesmo.

— Você não pode estar falando sério. Eu te digo que sou um assassino e você age como se não fosse grande coisa.

— É uma grande coisa, Kristian. Nunca diria o contrário, mas o fato de você estar assombrado significa que não é um assassino sem alma. Você era um menino sozinho no mundo. Quando perguntei o que você fez depois que sua mãe foi morta, você disse que sobreviveu. Você sobreviveu a isso. Também sobreviverá ao que virá.

— Fui molestado, agredido, atacado, preso, expulso de todos os lares adotivos que me colocaram. Transei com mulheres por dinheiro desde os quatorze anos.

Estou morrendo por dentro, mas não posso deixá-lo saber disso.

— Tudo bem.

— *Não está tudo bem!* Não quero que essa feiura te toque.

— Tarde demais. Já fui tocada por você e estou bem. Não muda nada.

— Se eu te pedisse para me deixar em paz, você faria isso?

— Não.

— E se eu quiser que você o faça?

— E se os resultados do meu teste voltarem com uma recorrência? Você me deixaria tranquilamente se isso acontecesse?

— É diferente.

— Não, não é.

Ele me olha com medo.

— Teve notícias do médico?

— Ainda não. — Acaricio sua bochecha, querendo dar-lhe todo o amor e ternura que lhe foi negado durante tanto tempo. — Me conte sobre a pessoa que você matou.

— Não. — Ele tenta se afastar, mas não deixo.

— Me conte. Eu quero saber.

— Aileen...

— Kristian. — É o mesmo tom que uso com meus filhos quando quero que eles saibam que estou falando sério.

Depois de um suspiro profundo, ele fala:

— Foi por causa de um pedaço de pão que encontrei em uma lixeira. — Ele fala em um tom aborrecido e maçante que nunca ouvi antes. — Ele puxou uma faca para mim. Agarrei seu braço e enfiei a faca em seu peito. Saí com o pão e nunca mais olhei para trás. Depois ouvi dizer que ele foi encontrado morto por uma facada. Nunca disse a mais ninguém que fui eu quem o esfaqueou.

— Ele teria te matado.

— Provavelmente.

— O que mais você deveria fazer?

— Poderia tê-lo deixado ficar com o pão.

— Quando foi a última vez que você tinha comido?

— Não sei. Alguns dias.

— Então, provavelmente, você não estava pensando de forma racional depois de passar dias sem comida.

— Não me lembro de ter pensado. Simplesmente reagi.

— Porque você estava *morrendo de fome*. Você fez o que tinha que fazer para sobreviver.

Depois de um longo silêncio, ele diz:

— Anos depois, localizei a mãe dele.

— O que você fez por ela?

Ele me olha, atordoado.

— Como sabe que fiz alguma coisa por ela?

— Porque eu *te* conheço. O que você fez?

Evitando meu olhar, ele responde:

— Comprei uma casa para ela e a sustentei por doze anos.

— Você comprou uma casa para ela antes de comprar uma para você?

— Talvez.

— Ela soube quem a apoiou ou por quê?

Ele balança a cabeça.

Seguro seu rosto e o forço a olhar para mim.

— Você é um bom homem, Kristian. Um homem honrado, maravilhoso, atencioso e bonito, e eu te amo mais do que já amei alguém que não seja meus filhos. Não há *nada* que alguém possa dizer sobre você ou seu passado, nenhum detalhe sórdido ou história picante, que vai mudar o jeito que te amo. Sempre vou te amar.

Seus lindos olhos azuis se enchem de lágrimas.

— Não te mereço — ele sussurra.

— Sim. — Beijo suas lágrimas. — Merece. Merece com certeza. — Eu o envolvo em meus braços, cercando-o com meu amor, esperando que seja o suficiente para fazê-lo passar por isso. — Venha comigo e vamos encarar essa situação para que possamos passar por isso e seguir em frente com o resto das nossas vidas. Segure-se por *mim*. Nunca vou te deixar.

Um minuto inteiro se passa antes que ele acene.

Eu me levanto e ofereço a mão junto com tudo o que tenho para dar.

Ele a segura e fica em pé.

É quando percebo que as prateleiras do armário estão cheias de brinquedos. Bonecos *figure action GI Joe Vintage*, Legos, blocos de montar, bonecos lutadores, jogos de tabuleiro, carros de corrida...

— O que é tudo isso?

— Nunca tive brinquedos quando criança, então eu meio que os coleciono.

Agora estou em lágrimas.

— Por favor, não sinta pena de mim.

— Não sinto. Juro que não. — Luto uma batalha perdida com minhas lágrimas.

Ele me abraça e me puxa contra si.

— Você nunca mais vai desejar nada — digo a ele, feroz na minha convicção. — Vou te dar *tudo*.

— Você já me deu — ele sussurra.

25

Aileen

A equipe Quantum se reúne na sala de estar da casa de Kristian, se preparando para ir à guerra por ele. Emmett Burke, diretor jurídico da Quantum, está ao telefone com o Departamento de Polícia de Los Angeles, negociando quais detalhes da história de Kristian serão divulgados à imprensa e o que será mantido em sigilo. Liza, a relações públicas da Quantum, trabalha em outros dois telefones, respondendo às perguntas que foram feitas desde que a Polícia de Los Angeles anunciou a prisão do assassino da mãe de Kristian Bowen.

E lá embaixo, Gordon mantém os paparazzi longe das celebridades que o pagam para que ele as proteja. Natalie pegou meus filhos no acampamento e os entregou para Cece, que está com eles na minha casa.

Todos estão fazendo o que podem para conter o dano enquanto eu faço o que posso para consolar Kristian.

Ele se senta ao meu lado no sofá. Estamos cercados por seus sócios da Quantum e amigos próximos que vieram correndo quando souberam que o encontramos.

Nunca vi esse grupo mais quieto do que estão agora. Ninguém sabe o que dizer, então não dizem nada.

Emmett e Liza terminam as ligações e se juntam a nós na sala de estar.

Kristian segura minha mão.

— Minha lembrança mais antiga é de estar sozinho no escuro.

Ninguém se move ou parece respirar enquanto esperamos para ouvir o que mais ele dirá.

— Às vezes, minha mãe me deixava por um ou dois dias inteiros. Não sei por quanto tempo. Eu era novo demais para entender o tempo, mas o sol ia e vinha, e eu ficava no escuro. Mas eu não tinha medo do escuro. Eu podia me esconder nele. A escuridão era minha amiga. Minha mãe trazia as pessoas para casa, sempre homens. Eles iam para o quarto dela. Eu não podia ir lá. Me lembro de estar com fome e sujo. Me lembro do rosto dela, do cabelo castanho e do cheiro de fumaça de cigarro. Eu me escondia no armário com meu cobertor até os estranhos irem embora.

Ao meu lado, Marlowe está rígida. Lentamente, deixo minha mão livre vagar na direção dela, que a agarra, segurando firme. Na nossa frente, Natalie segura a mão de Flynn enquanto Ellie e Addie fazem o mesmo para Jasper e Hayden. Os sócios da Quantum são a família de Kristian. É difícil para eles ouvirem isso.

— Uma noite, o estranho não foi embora. Ele arrastou minha mãe para fora do quarto pelos cabelos. Ela estava chorando e implorando. Me lembro vividamente do som dela implorando, mas não me lembro exatamente o que ela disse. Ele a derrubou no chão e ficou em cima dela. Eu não sabia o que estava acontecendo. Demorei até os doze anos para entender, até a primeira vez que uma mulher fazer comigo o que ele fez com ela. Então entendi que minha mãe não queria, porque ela estava chorando e gritando, e depois ela não se moveu mais.

Um soluço suave vem de Marlowe.

Jasper, cuja expressão está contorcida de tensão, desliza um braço ao redor dela enquanto mantém o outro ao redor de Ellie.

— Quando ele a deixou, vi seu rosto. Eu tinha tanta certeza de que ele me viu. Senti como se ele olhasse diretamente para mim. Mas ele saiu pela porta. Fui até ela e tentei acordá-la. Eu a sacudi e falei com ela, mas ela não se mexeu.

Não suporto isso. Mesmo que eu tenha ouvido a história antes, ouvi-lo contar para os outros é mais difícil do que tê-la escutado da primeira vez quando éramos só nós dois. Não é natural para ele compartilhar sua agonia particular, mesmo com as pessoas que o amam. Gostaria que houvesse algo que eu pudesse fazer para tornar as coisas mais fáceis para ele, mas não há nada que qualquer um de nós possa fazer além de ouvir. Então é isso que faço. Ouço e sofro.

— Fiquei sozinho com o corpo dela por quatro dias até que um dos vizinhos chamou os policiais por causa do cheiro e da criança chorando.

Hayden se levanta e caminha até a janela, com os ombros rígidos, a cabeça inclinada.

Addie enxuga as lágrimas enquanto o segue e o abraça.

— Passei uma semana no hospital, porque estava desidratado e havia sido mordido pelos ratos que moravam conosco.

— Meu Deus — Emmett fala baixinho.

Ao lado dele, Leah deixa as lágrimas deslizarem pelas suas bochechas enquanto olha fixamente para a parede oposta.

— Depois disso, veio uma progressão de lares adotivos, cada um pior que o outro. Aos dez, fui para um que realmente gostei. As pessoas eram legais comigo e o filho deles foi o primeiro amigo de verdade que já tive. Mas o filho mais velho voltou da faculdade e precisavam do meu quarto para ele, então fui transferido. Novamente. Fiquei uma semana no novo lar adotivo até decidir que as ruas eram melhores do que viver com um filho da puta malvado que gostava de espancar crianças indefesas. Vivi nas ruas pelos oito anos seguintes, buscando dinheiro, comida e abrigo onde pudesse. Vi coisas... fiz coisas...

Ele balança a cabeça, o arrependimento envolvendo-o.

— Conheci Max Godfrey quando ele estava gravando uma cena em Compton. O maior golpe de sorte da minha vida, até recentemente — ele diz, olhando para mim — foi encontrar com o Max. Nunca me esquecerei daquele dia. Eu tinha ouvido falar sobre o filme que estava sendo rodado na vizinhança e queria ver como era, então fui até lá. Ele me pegou roubando comida da mesa de apoio e me levou para seu trailer, me preparou uma refeição adequada e me interrogou sobre meus objetivos na vida.

Flynn solta uma gargalhada.

— Claro que ele fez isso.

Para ele, Kristian diz:

— Nenhum de nós jamais lhe contou sobre aquele dia em que ele ofereceu um emprego em sua empresa a um garoto de rua azarado e me instalou em um apartamento. Depois, ele me apresentou a seu filho, que se tornou um dos meus melhores amigos, e o resto, como dizem, é história.

— Ele sempre diz que viu algo especial em você desde que te conheceu — Flynn diz. Como todo mundo, seus olhos brilham com lágrimas depois de ouvir a história de Kristian.

— Ele salvou a minha vida. Sem ele, eu acabaria morto ou preso. Eu lhe devo tudo. — Depois de uma longa pausa, ele fala: — Menti para vocês quando formamos nossa sociedade. Nunca me formei no ensino médio. Mal terminei a quinta série.

Hayden se vira com uma expressão feroz.

— Quem se importa com essa merda? — Gesticulando para o grupo reunido, ele fala — Nada disso funciona sem você. Não dou a mínima se você foi reprovado no jardim de infância. Você é o coração e a alma de Quantum.

— Eu concordo — Flynn diz. — Não estaríamos em lugar algum sem você.

Kristian inclina a cabeça, dominado pelos sentimentos.

— Liza, o que é preciso para protegê-lo? — Flynn pergunta.

— Teremos que ir para a guerra com a imprensa — ela fala, sem rodeios.

— Então nós vamos para a guerra.

———

KRISTIAN ESTÁ COMPLETAMENTE ESGOTADO DEPOIS DE COMPARTILHAR A história com seus amigos. Eu o levo para o andar de cima para se deitar enquanto os outros fazem guerra em seu nome. Emmett está trabalhando com o escritório do promotor público para tentar fazer com que Kristian seja tratado como vítima, o que manteria alguns dos detalhes mais lascivos longe da imprensa. O argumento de Emmett é que como Kristian era criança quando sua mãe foi assassinada, ele deveria ter as mesmas proteções que qualquer criança vítima de um crime violento receberia.

Como ele é figura pública, é difícil esperar que Emmett seja bem-sucedido, mas está tentando mesmo assim.

— Não posso acreditar no que eles estão fazendo por mim — ele fala.

— Eles te amam.

Ele concorda.

— Significa muito para mim que você esteja aqui também.

— Onde mais eu estaria além de com você?

Em sua cama, me aconchego a ele, meu braço ao redor da sua cintura, minha perna entre a dele.

— Deve ser isso o que as pessoas querem dizer quando se referem a alguém como sua outra metade.

Sorrio para ele e vejo o olhar de admiração em sua expressão.

— O que você acha de ter outra metade?

— Acho que amo. — Ele acaricia meu rosto e depois me beija. — E as crianças?

— A Cece disse que pode passar a noite. Ela contou às crianças que você não está se sentindo bem e que estou cuidando de você. Pediram para dizer que esperam que melhore logo.

— Podemos ir para sua casa se quiser ficar com eles.

— Estamos bem aqui. Tente relaxar e descansar um pouco.

— Estou muito ligado para descansar.

— O que você prefere fazer?

Ele inclina meu queixo para receber seu beijo.

— Isso. Prefiro fazer isso.

— Estou sempre feliz em fazer isso.

Mas em vez de me beijar, ele encosta a testa na minha e solta uma respiração profunda e estremecida.

— Obrigado.

— Pelo quê?

— Por tudo. Eu nunca poderia ter contado aos outros sem o seu encorajamento, sem ter você sentada ao meu lado segurando minha mão, oferecendo seu apoio. Se isso tivesse acontecido antes de te ter, estaria perdendo a cabeça sem você aqui para me dizer que tudo vai ficar bem.

— Não, não estaria. Você teria feito o que sempre fez. Teria sobrevivido.

— Mas assim é muito melhor — ele fala, me beijando. — Muito, muito melhor. Enquanto me beija, ele tira meu vestido, apenas se afastando para levantá-lo sobre a minha cabeça. Continua a me beijar enquanto tira o sutiã, interrompendo o beijo novamente para deslizar a calcinha pelas minhas pernas. Seu olhar faminto percorre meu corpo, me fazendo sentir bonita e desejada – duas coisas que eu costumava me perguntar se me sentiria novamente depois da doença.

Eu o alcanço e o ajudo a tirar a camisa e abro o botão da calça.

Quando ele está nu, se acomoda em cima de mim, olhando para o meu rosto e segurando minhas mãos sobre a minha cabeça.

— Eu te amo muito. Nunca tive alguém que pertencesse a mim como você pertence.

— Eu também nunca tive isso. Não assim.

Seus lábios se curvam em um sorrisinho, mas em seus olhos ainda vejo o garotinho ferido. Estou determinada a garantir que esse garotinho nunca mais se machuque.

— Faça amor comigo, Kristian.

— Não há nada que eu prefira fazer.

Ele me deixa louca com seus lábios e dentes, beijando cada pedacinho meu e se recusando a permitir que eu goze até que eu esteja me sentindo desesperada e me contorcendo. Então ele me penetra, provocando o orgasmo que está se formando desde o primeiro beijo.

— Mas que safada — ele sussurra no meu ouvido. — Submissas que gozam sem permissão levam palmadas na bunda.

— Sim, por favor.

Seus olhos ficam escuros e seu pênis fica ainda mais duro dentro de mim.

— Quer que eu use a palmatoria?

— Eu te disse que quero tudo com você.

Agarrando meus ombros, ele entra e sai de mim várias vezes antes de sair abruptamente, me deixando ofegante pela súbita perda.

— De joelhos.

Tudo nele está diferente, incluindo o tom da sua voz. O garotinho ferido se foi. Em seu lugar, está o dominador comandante que gosta de controle.

— Rápido.

A adrenalina me atinge quando me movo para a posição solicitada, a antecipação e ansiedade aumentando em um pulsar de necessidade entre minhas pernas. Isso é o que Kristian quis dizer com mais. Ele nem me tocou ainda e estou prestes a explodir. Ouço o farfalhar em outra parte da sala e começo a olhar por cima do ombro para ver o que ele está fazendo.

— Abaixa a cabeça.

Esse tom de comando me faz tremer. Apoio a testa nas mãos e espero. E espero mais um pouco. Ele não faz barulho. Não tenho ideia de onde está ou o que está fazendo.

Até que a palmatória atinge minha bunda em uma labareda de calor e dor que rapidamente se transforma em desejo. Imediatamente quero mais.

Ele me dá. A palmatória me atinge mais vezes do que posso contar.

Eu amo isso. Quero mais.

— Não pare.

— *Puta merda*, Aileen — ele fala com os dentes cerrados, mas não para.

A próxima coisa que sei é que estou em seus braços, olhando para ele. Pisco para focá-lo. Por que ele parece tão preocupado?

— Graças a Deus — ele murmura. — Você me deixou louco. — Ele acaricia meu rosto e passa a mão pelo meu braço. — Você está bem?

Eu me sinto... *divina*. Não me lembro da última vez que fiquei tão relaxada ou livre de preocupações. É como se eu estivesse flutuando na nuvem mais suave em um mar de satisfação absoluta.

Ele me dá uma pequena sacudida.

— Aileen?

— Estou bem. Mais do que bem.

— Está? Mesmo?

Assentindo, aperto sua mão e uno nossos dedos.

— Eu amei.

— Você gozou intensamente.

— Foi?

— Não se lembra?

— Na verdade, não. É como se eu estivesse em outro lugar ou algo assim. Não posso explicar. — Enquanto recupero meus sentidos, percebo que minha bunda e minha boceta estão formigando.

— É o subespaço. É o que acontece quando a endorfina entra em ação.

— Me sinto muito relaxada.

— Estou feliz que um de nós esteja assim. Você meio que me assustou quando vi que estava meio fora do ar.

— Sinto muito ter te assustado.

— Não sei se posso fazer isso com você. Eu te amo tanto. O pensamento de te machucar me faz passar mal.

— Você não me machucou, e eu sabia como parar. Você me ouviu dizer que eu amei?

— Sim, mas...

Eu o beijo.

— Sem mas. Eu *amei*. Quero mais.

Ele balança a cabeça em descrença.

— Ainda estou tentando descobrir como tive sorte o suficiente para te encontrar.

— Nós dois tivemos sorte de nos encontrar. Tudo vai ficar melhor agora.

Apertando o abraço, ele pergunta:

— Promete?

— Prometo.

Kristian

Nunca tive um lugar quente e macio para me acomodar antes e agora que tenho, quero mergulhar nele. Quero me afundar nela. Estar com ela o tempo todo. A melhor parte é que ela quer estar comigo tanto quanto eu. Não tentamos mais esconder das crianças o fato de que durmo na sua cama. Ontem à noite, durante uma tempestade, Maddie correu para o quarto e me deixou confortá-la enquanto Aileen dormia.

Abraçado a sua garotinha, eu disse a ela que nada poderia encontrá-la no escuro, nem mesmo os raios e trovões.

— O escuro — sussurrei — é seu amigo.

— Eu tinha medo do escuro — ela sussurrou de volta.

— Não há necessidade de ter. Estou aqui agora. Você não tem nada a temer.

Ela dormiu em meus braços e ficou lá a noite toda.

Apesar dos nossos melhores esforços, a história do meu passado explodiu na imprensa, cada detalhe sórdido transmitido e impresso para o mundo ver. Ao invés de ser consumido por ele, segui adiante, passando tempo com Aileen, as crianças e nossos amigos. Ignorei as reportagens e pedidos de entrevistas. Liza avisou a todos que não vou comentar sobre o caso da minha mãe nem agora nem nunca.

Aceitei as sinceras condolências de colegas de trabalho, amigos, ex-submissas e outros que souberam do assassinato da minha mãe. Agradeci a cada pessoa e segui em frente, sem querer prolongar a dor do passado quando o presente é tão doce.

Terei que testemunhar no julgamento, o que farei com prazer para garantir que o homem que matou minha mãe receba o que merece. Por trinta e três anos, ele viveu livre depois de matá-la e me submeter a uma vida que eu não desejaria a ninguém, muito menos a uma criança indefesa. Mas o julgamento é daqui a meses e, por enquanto, me concentro nas minhas bênçãos em vez de no meu passado doloroso.

Hoje, estamos participando do festival que Flynn e Natalie estão oferecendo pela fundação contra a fome infantil em uma propriedade de Calabasas. Tenho orgulho de fazer parte da diretoria dessa grande organização e ter estabelecido uma bolsa de estudos com o nome da minha mãe, que será concedida anualmente às crianças que crescem no sistema de assistência social. Gosto de pensar que se tivesse vivido, minha mãe teria encontrado um jeito de sair da prostituição e do uso de drogas. Talvez isso nunca tivesse acontecido, mas me dá conforto pensar em uma vida melhor para nós dois.

Enquanto isso, estou focado na vida melhor que encontrei com Aileen. Ontem, ela soube pelo oncologista que seus exames estavam normais. Ele disse que a veria em três meses, quando passaremos pelo ciclo todo novamente. Ela me diz que vou me acostumar com a espera, a preocupação, a especulação. Duvido que eu me acostume, mas vou encontrar uma maneira de lidar melhor com a ansiedade, porque é o que ela precisa que eu faça — e não há nada que eu não faça por ela.

No caminho para Calabasas, as crianças conversam animadas sobre os passeios, o zoológico, a pintura facial e os prêmios, um dos quais é um pônei que doei em troca de que Natalie se certifique de que Maddie ganhe. Doei mais dois, juntamente com as taxas do estabulo, para que duas outras crianças também tenham sorte. Logan vai ganhar um drone. No parque na semana passada, ele ficou fascinado pelo aparelho, e eu queria que ele tivesse um.

Como Aileen não me deixa estragá-los, tenho que ser criativo.

Mas essas não são as únicas surpresas que planejei para hoje.

Chegamos à propriedade onde os manobristas estão à disposição para cuidar do Mercedes G-Wagon que tenho dirigido cada vez mais, pois há espaço para uma família.

Tenho uma *família de verdade*, não apenas aquela que construí ao longo dos anos, mas uma que pertence exclusivamente a mim. É o meu bem mais precioso.

Enquanto caminhamos em direção às tendas e brincadeiras, Maddie entrelaça a mão na minha. Ela está se sentindo tímida com a multidão, agora que finalmente estamos aqui. Eu me abaixo para pegá-la no colo e quando ela envolve seus braços em volta do meu pescoço, juro que meu coração para rapidamente.

— Estou com você, gatinha.

Ela se segura mais forte em mim.

Amo isso. Eu a amo.

Encontramos todos os nossos amigos no caminho. As irmãs de Flynn e os familiares estão lá, junto com seus pais, que nos cumprimentam calorosamente. Uso o braço livre para abraçar Stella e Max Godfrey, a coisa mais próxima de pais que já tive.

— Quem você está trazendo, Kris? — Max pergunta em sua voz forte e estrondosa.

Maddie se aconchega mais a mim.

— Este pacotinho? Essa é a Maddie, e ela está animada para montar nos pôneis hoje.

— Ah, eu *amo* pôneis — Max comenta.

Maddie levanta a cabeça do meu ombro para dar a Max um olhar cético, como se perguntasse se ele está falando sério.

— Você é muito grande para pôneis — ela fala.

Max ri.

— Mas não sou muito grande para levar garotinhas como você até eles. — Ele puxa uma mecha do seu cabelo. — Vai me deixar te levar até o pônei?

Encantada por ele, Maddie assente.

Max estende a mão para ela.

— É um encontro.

Maddie bate a mão dela contra a dele e meu coração... está tão cheio de amor por eles, o homem que me deu tudo e a garotinha que, junto com seu irmão, estão me mostrando como ser pai.

Maddie me abraça até ver os brinquedos e decide ir ao carrossel com Logan, que tolera a carona porque sabe que ela quer se sentar nos cavalos.

Aileen e eu acenamos para eles enquanto passam.

É isso que é ser pai, percebo. Sem nunca ter tido filhos, espero descobrir como agir com o tempo. Felizmente, tenho homens como Max Godfrey na minha vida para me mostrar como devo fazer.

— Você é muito bom com eles — Aileen fala, como faz na maioria dos dias.

Nunca tenho que me perguntar se ela aprova a maneira como eu lido com as crianças. Seu apoio total e incentivo ao meu relacionamento com eles é uma das muitas maneiras pelas quais ela demonstra seu amor por mim todos os dias. Não posso pensar nas outras ou vou ficar duro como uma rocha ansiando pela hora de dormir, que se tornou minha parte favorita do dia.

— Eles facilitam as coisas para mim, e eu os amo tanto quanto amo a mãe deles. — Beijo o topo da sua cabeça. O cabelo encaracolado, que está ficando mais longo, faz cócegas no meu nariz.

— Eu costumava esperar que um dia eu conhecesse um cara que amasse a mim e meus filhos, mas você é muito melhor do que qualquer coisa que ousei esperar.

— Mesmo quando eu ronco, desarrumo a cama e exijo sexo três vezes ao dia?

Ela se inclina para mim, e eu envolvo meu braço em seu corpo.

— Mesmo assim — ela fala com um longo suspiro.

Isso... a felicidade é assim. Essa é uma das muitas emoções novas, incluindo a alegria, que aprendi a identificar nas últimas semanas. Eu as sinto com tanta frequência hoje em dia que eles são como novos amigos na minha nova vida maravilhosa.

Natalie vem até nós, com os olhos brilhantes e sorrindo para o evento de sucesso que ela organizou como diretora da fundação. Todos estão entusiasmados com as grandes novidades. Eles serão pais incríveis.

— Estão se divertindo? — ela pergunta.

— Muito — Aileen responde.

Acenamos para as crianças quando elas passam de novo.

— Posso roubar Aileen por alguns minutos? — Natalie me pergunta.

— Se realmente precisar. — Eu a solto com relutância.

— Você se importa de ficar de olho neles? — ela pergunta.

— De jeito nenhum e nem precisa me pedir isso. Nunca me importo de cuidar deles.

Sorrindo, ela me beija e sai com sua amiga. Eu amo vê-la saudável, bronzeada e feliz. Sou muito grato por sua boa saúde, e eu, que nunca fiz uma oração em minha vida até recentemente, imploro a Deus todas as noites para mantê-la assim, porque não posso viver sem ela.

As crianças saem do carrossel e eu as levo para pegar algodão doce. Enquanto eles apreciam o doce, pergunto se posso falar com eles sobre uma coisa.

Logan fica imediatamente cauteloso.

— Não é nada de ruim — acrescento rapidamente. — Na verdade, é algo legal. Pelo menos, espero que vocês pensem assim.

— O que é? — Maddie pergunta, sua boca cheia de açúcar que mancha seus lábios de cor de rosa. Ela é tão fofa.

Aqui vai...

— Estava me perguntando como vocês se sentiriam se eu pedisse a sua mãe para se casar comigo.

Pelo que parece uma eternidade, nenhum deles responde.

Maddie olha para Logan, esperando que ele assuma a liderança.

— Você seria nosso pai? — ele pergunta.

— Só se vocês quiserem. — *Por favor, queiram. Por favor...*

— Isso seria legal — ele fala, dando outra mordida no algodão doce como se não tivesse acabado de mudar minha vida com três palavrinhas.

Maddie concorda com a cabeça.

— Eu quero!

Eu a abraço.

— Também quero. O que vocês acham que sua mãe vai dizer?

— Dã — Logan diz com desdém pré-adolescente. — Ela vai chorar e surtar.

— Você acha?

— Ela é uma garota. Eles surtam por coisas assim.

Morrendo de rir, bato em seu ombro com o meu.

— Você entende muito sobre mulheres e só tem nove anos.

— Tenho quase dez.

Amo o jeito que ele diz isso. Mal posso esperar para ver como ele será aos dezesseis ou dezessete anos. Caramba, mal posso esperar para vê-lo em todas as idades e vê-lo se tornar um homem.

— Não diga nada para ela, tá? Quero surpreendê-la mais tarde.

— Podemos estar junto quando você a surpreender? — Maddie pergunta.

— Claro que podem. — Já decidi que eles devem fazer parte disso. Afinal, eles são parte de nós desde o começo e sempre serão. Eu não o faria de outro jeito.

O sorriso radiante de Maddie me diz que ela gosta da minha resposta.

Aileen nos encontra pouco tempo depois e aproveitamos o festival. As crianças ficam em êxtase quando ganham o pônei e o drone. Sua mãe, por outro lado, suspeita.

— Não posso acreditar que os dois ganharam prêmios tão extravagantes — ela fala enquanto vemos Maddie conhecer seu pônei e Logan mostra o drone aos sobrinhos de Flynn e a alguns outros garotos.

— Não é? Deve ser o dia de sorte deles.

— Ou alguém providenciou para que fosse.

— Quem teria feito isso?

— Nossa. É o que me pergunto.

Eu deveria saber que ela me entenderia.

— Como você acha que a Maddie vai chamá-lo?

— Vamos falar sobre isso mais tarde.

— Falar de quê?

Ela me acotovela no estômago.

Rindo, coloco o braço ao seu redor e a direciono para a pintura de rosto para que possamos verificar as crianças.

———

Três horas depois, conduzimos dois garotos cansados, sujos e felizes de volta à entrada principal da propriedade e pegamos o carro com o manobrista.

— Qual foi a parte favorita de vocês? — pergunto a eles quando estamos a caminho do nosso próximo destino. Posso me afastar de casa, porque Aileen não vive aqui a tempo suficiente para perceber que estamos indo na direção errada.

— Ganhar Daisy! — Maddie diz do pônei.

— O brinquedo Samba e o drone — Logan fala. — Quando podemos fazê-lo voar?

Encontro seus olhos no espelho retrovisor.

— Vamos levá-lo ao parque quando chegarmos em casa.

— Hoje à noite, não — Aileen fala. — Já estará muito tarde.

— Ah, vamos lá, mamãe! São as férias de verão.

Cutuco a perna dela e lhe envio um olhar suplicante. Até agora, sei que não devo contradizê-la quando se trata de coisas como a hora de dormir e comer legumes.

— Trinta minutos esta noite, e essa é a minha oferta final.

— Tudo bem — Logan bufa.

Olho para ele no espelho, levantando uma sobrancelha.

— Logan?

— Obrigado, mãe — ele diz a contragosto.

Ela sorri para mim.

Eu pisco para ela.

Tudo certo.

Estamos quase no nosso destino, a cerca de um quilometro da

propriedade onde o festival foi realizado, quando ela se toca de onde estamos.

— Este não é o caminho para casa.

— Não é? — O sentimento de alegria que se tornou tão familiar nas últimas semanas levanta voo novamente. Estou muito animado para surpreendê-la e mal posso me conter pelo tempo suficiente para atravessar os portões, ir até a casa e desligar o motor.

— Que lugar é este? — ela pergunta, inclinando-se para dar uma olhada mais atenta.

— Venha e vou te dizer. — Sem dar a ela chance de responder, saio do carro e vou para a porta da frente para digitar o código que me foi dado ontem. Ouço três portas de carros se fechando atrás de mim enquanto eu entro e espero por eles, respirando fundo várias vezes para acalmar uma súbita explosão de nervosismo. Nunca fiz nada parecido. E se eu errar? E se ela disser não? E se...

Pare. A voz interior dentro da minha cabeça, a mesma que uma vez me disse que eu estava fazendo a coisa certa em ficar longe de Aileen, agora fala que estou me preocupando à toa. Ela não vai dizer não. Ela me ama como ninguém nunca amou. Estou seguro com ela e este será o melhor dia das nossas vidas.

— Kristian, o que estamos fazendo aqui?

As crianças estão estranhamente quietas, o que eu aprecio. Eles estão sabendo da surpresa, então sabem que devem deixar isso acontecer.

— Me deixe mostrar o lugar a vocês, depois conto mais.

— *Tudo bem...*

Maddie ri da óbvia confusão da mãe.

Percebo que Logan fica de olho em Aileen, procurando por sinais de problemas. Espero que, com o tempo, ele pare de antecipar o desastre e comece a agir mais como um garoto normal. Enquanto isso, ele a observa à medida que os conduzo para a enorme cozinha que forma o coração da grande casa aberta. São setecentos e cinquenta metros quadrados e tem uma suíte separada para as crianças que teriam seu próprio quarto e banheiro. Também tem uma sala de mídia que Logan diz que é "demais", sala de jogos, piscina interna, casa da piscina, cozinha ao ar livre e vista incrível do Pacífico. Do outro lado da casa da piscina, tem uma construção que poderia ser convertida em um estábulo para Daisy, o pônei.

Mas a melhor parte, pelo menos na minha opinião, é a suíte master que ocupa a maior parte do segundo andar. Ela inclui um enorme quarto com banheiro adjacente e um pequeno refúgio aconchegante onde posso nos ver passando tempo sozinhos depois que as crianças estiverem dormindo. Há uma lareira e paredes de vidro com vista para o oceano. O quarto principal foi o que me conquistou e posso dizer que Aileen o ama tanto quanto eu.

Ao lado do quarto principal, há três quartos menores que poderíamos preencher um dia com mais crianças. Ei, um cara pode sonhar. Ela me mostrou que é seguro sonhar alto.

Mas antes que eu possa ver os sonhos futuros, preciso selar o acordo com o que estou vivendo atualmente.

— O que acha? — pergunto a ela depois que verificamos todos os quartos, a piscina e o quintal. Estamos na sala de estar próxima à cozinha.

— É... a casa mais bonita que já vi. De quem é?

Ensaiei o que vou dizer por dias e agora que o momento está chegando, uso o truque de Flynn para memorizar as falas. *Foque na abertura*, ele disse, *e o resto virá*. Mas não veio nada.

Em vez de responder sua pergunta, tenho uma para ela.

— Se lembra de quando você disse que precisa matricular o Logan e a Maddie na escola?

— Sim — ela concorda, obviamente confusa. — O que tem isso?

— Eles têm ótimas escolas públicas e particulares em Calabasas.

Ela me olha em total confusão, aqueles olhos expressivos mais arregalados do que nunca.

— Mas moramos em Venice Beach. É lá que eles vão estudar.

— Bem, eu estava pensando que talvez pudéssemos morar juntos, e esta casa estava à venda...

Ela ofega, cobre a boca e dá outra olhada no vestíbulo, na grande escadaria, na sala de estar formal à esquerda e no escritório à direita.

— O que você fez?

— Comprei esta casa para nós. Para todos nós. — Fico de joelhos e estendo as mãos para ela.

Ofegando de novo, ela junta suas mãos trêmulas com as minhas.

Aceno para as crianças, pedindo-lhes para se aproximarem, e elas ficam uma de cada lado da mãe, abraçando-a.

— Aileen, eu te amo, e amo o Logan e a Maddie. Esperei toda a minha vida por uma família, e agora que tenho vocês, quero que sejamos uma família em todos os sentidos, se você me aceitar. Não há nada que eu não faria por você ou por eles e, hoje cedo, Logan e Maddie me disseram que gostariam que eu fosse o pai deles.

As lágrimas deslizam pelo seu rosto enquanto ela olha para os filhos, procurando por confirmação.

— Vocês sabiam disso?

Maddie sorri para ela.

— Nós guardamos segredo.

— Com certeza guardaram! — Ela olha para Logan. — Você está bem com isso, querido?

Ele concorda.

— Sempre quis ter um pai, e o Kristian já é o meu melhor amigo.

Pisco para afastar as lágrimas e solto uma das mãos dela para que possamos enxugar os olhos.

Antes de me acabar em lágrimas, faço a pergunta mais importante da minha vida.

— Quer se casar comigo e permitir que eu adote seus filhos para que todos possamos morar felizes nesta casa? E talvez até pensarmos em aumentar a família?

— Sim — ela responde sem hesitar, mesmo quando as lágrimas continuam a deslizar por suas bochechas. — Sim, vou me casar com você e, sim, você pode adotar meus filhos, que te amam tanto quanto eu.

— E a casa?

— A casa é...

Nós três esperamos sem fôlego para ouvir o que ela vai dizer.

— Perfeita. Absolutamente perfeita.

Quando eu deslizo um anel de noivado de três quilates no dedo da mulher que amo e levanto para abraçar minha noiva e meus filhos, decido que essa palavra resume muito bem as coisas.

Minha vida, que já foi um desastre completo, agora é absolutamente *perfeita*. E é tudo por causa dela.

Continua em Escandaloso , livro 7 da série Quantum

ESCANDALOSO

SÉRIE QUANTUM — LIVRO 07

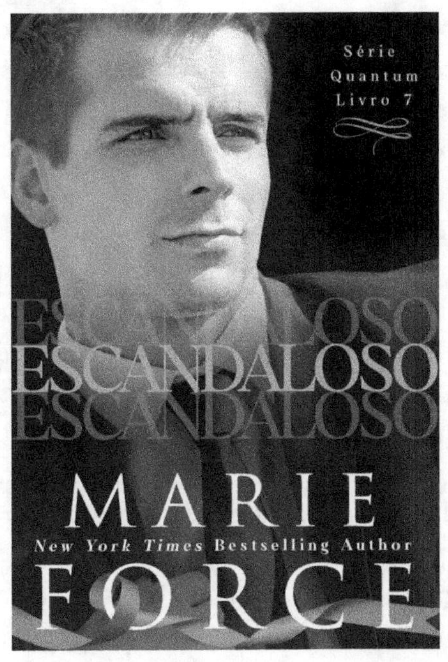

Capítulo 1

Leah

Quero lambê-lo. Desejo deixá-lo nu e passar a língua por cada gominho do seu corpo musculoso. Quero saber se todos os seus músculos são tão grandes quanto os dos braços. Desejo montá-lo na posição vaqueira. E depois na posição vaqueira *reversa*.

Essa obsessão por Emmett Burke começou no meu primeiro dia na Quantum Productions, onde trabalho como assistente da *megastar* Marlowe Sloane, uma das sócias da Quantum e uma mulher incrível e maravilhosa. No primeiro dia, Emmett foi encarregado de analisar o contrato de confidencialidade da empresa comigo. Mesmo com Addie, a assistente de Flynn Godfrey, sentada junto com a gente, não ouvi uma palavra que Emmett disse sobre o contrato, porque eu estava muito obcecada com a sua boca sexy de um jeito obsceno. Bem ali, no escritório da Quantum, tive visões de todos os lugares em que gostaria de sentir aquela boca.

Quando ele mencionou que eu poderia ser processada por discutir os negócios da Quantum ou de seus sócios fora do trabalho e isso tirou minha atenção da sua boca por um segundo ou dois, tempo suficiente para assinar o contrato de confidencialidade. Eu nunca estragaria a incrível oportunidade que minha amiga Natalie garantiu para mim depois que ela se apaixonou por Flynn, o *superstar*, e fugiu para Hollywood para se casar com ele. Mas tenho certeza de que adoraria a oportunidade de *acabar* com o advogado de Flynn.

Natalie me apresentou a Marlowe em seu casamento, e ela me contratou e pagou a multa pela quebra do contrato com a escola em que eu trabalhava — infelizmente, devo acrescentar — em Nova York. Ensinar não era para mim. Mas ser a assistente de uma das maiores estrelas de cinema do mundo? *Caramba, sim,* isso é para mim. Marlowe pagou minha mudança para L.A. e agora estou aqui, fazendo um trabalho que realmente amo, e sendo invejada por todos que conheço.

Não vou fofocar por aí. Nunca faria qualquer coisa para estragar este ótimo acordo e oportunidade incrível que me foi dada de ter uma carreira que eu jamais teria sonhado.

Mas Emmett Burke e eu? Isso vai acontecer. Se eu puder descobrir um jeito de mudar seu comportamento tenso e sempre profissional para encontrar o homem de sangue quente sob os ternos de três mil dólares que devem ter sido feitos à mão — porque nenhum terno que não fosse sob medida serviria naqueles bíceps.

Enquanto isso, passo um tempão pensando em lambê-lo e tentando encontrar razões para falar com ele. Gostaria de ter a coragem de dizer a ele que quero chupar seu pau até que ele goze na minha garganta, mas algo me diz que essa não seria a decisão mais profissional que eu poderia tomar.

Ainda que Emmett não seja um dos sócios-diretores da Quantum — e deixe-me dizer, a palavra *diretor* neste ramo é muito diferente do escolar — ele é diretor jurídico e um dos melhores amigos de Flynn, Hayden, Marlowe, Jasper e Kristian, também conhecidos como os chefões. Isso significa que preciso ir devagar e manter a baba e a vontade de lamber sob controle.

Mas Deus ajude aquele homem se eu o pegar sozinho em um quarto — ou em qualquer sala que não seja um dos escritórios no prédio em que trabalhamos. Tenho que rir do tanto que essa obsessão se tornou ridícula, porque não é meu comportamento normal. Antes de Emmett, meu interesse pelos homens era mais do tipo *pego, mas não me apego*. Nunca dei a mínima para nenhum deles. Mas este aqui... este é diferente, e eu soube disso imediatamente. Todas as vezes que estive com ele desde o primeiro dia, e estou "com ele" praticamente todos os dias, entre trabalho e lazer — essas pessoas adoram uma comemoração — eu o desejo mais que antes. É loucura. Admito de bom grado, mas não tenho vontade de fazer com que pare. Não, meu desejo está totalmente focado em fazer com que a gente *comece*.

Às vezes, quando estou sozinha em casa à noite com meu fiel vibrador *rabbit*, permito que minhas mais selvagens fantasias voem.

Me imagino com Emmett em todas as posições possíveis, assim como em algumas que ainda não foram inventadas. Comecei a ansiar os momentos que passo com o *rabbit*, o que é preocupante. Nunca fui o tipo de garota que foge de um desafio, mas suspeito que Emmett pense que sou muito jovem e imatura para ele.

Não há ninguém com quem eu possa falar sobre o meu "dilema", já que minhas amigas mais próximas aqui também trabalham para a Quantum, são casadas ou estão comprometidas com os sócios. Claro, as opiniões delas são as que mais quero, porque elas o conhecem melhor do que eu jamais vou conhecer a esse ritmo frustrante.

Vou passar três dias inteiros com ele quando formos a Napa no final da próxima semana para o casamento de Hayden e Addie. Tenho contado os dias com planos para implementar a *Operação Agarrar Emmett Burke* enquanto estivermos lá. Acho que só preciso tirar Marlowe e Sebastian do caminho, porque além de Emmett e eu, eles são os únicos que não estão se relacionando com ninguém. Com pombinhos circulando ao nosso redor, espero que nós quatro acabemos sozinhos e que possamos explorar plenamente todas as oportunidades que se apresentarem sem que eu tenha que me humilhar na frente da Marlowe.

Vai ser uma linha tênue...

Decidi que o fim de semana em Napa é o momento de agir. Chega de fantasiar sobre o que eu faria se tivesse uma noite com ele. Está na hora de transformar essas fantasias em realidade. O pensamento de estar nua e na horizontal com ele me faz desejar ter pensado em trazer o *rabbit* para o trabalho.

Eu deveria estar organizando a viagem de Marlowe para Paris na semana seguinte a Napa, mas até agora, só consegui anotar uma lista de coisas que precisam ser feitas. Minha obsessão por Emmett está interferindo no meu emprego dos sonhos e não posso deixar isso acontecer. Chegou a hora de dar uma olhada na lista de tarefas para que eu possa apresentar a Marlowe um itinerário completo quando ela voltar do almoço com seu agente.

Estou fazendo as reservas das passagens de primeira classe quando o ramal da minha mesa toca com uma chamada do número de Addie. Atendo no viva-voz.

— E aí, docinho? — Adoro Addie e pretendo ser como ela quando eu me desenvolver como assistente de uma estrela de Hollywood. Ela é infinitamente generosa com conselhos e orientações enquanto eu me adapto ao novo trabalho. Além disso, ela está loucamente apaixonada por Hayden Roth, o diretor sexy e ranzinza premiado com o Oscar e que é o coração e a alma da Quantum.

— Pode vir até a sala de conferências para uma reunião rápida?

— Sim. O que preciso levar?

— Seu laptop. Em cinco minutos?

— Estarei lá. — Eu faria qualquer coisa que Addie me pedisse. Ela tem sido fundamental para me ajudar a fazer a transição da professora de quarta série em Nova York para assistente de uma estrela de cinema em Hollywood. Às vezes, ainda não consigo acreditar que mudei minha vida dessa forma, mas tudo o que tenho a fazer é olhar pela janela para as palmeiras que cobrem o estacionamento da Quantum para perceber que não estou mais na *Big Apple*.

Não me entenda mal. Eu *amava* Nova York. Mas odiava ser professora. Tenho um enorme respeito por pessoas que conseguem passar seus dias em uma sala repleta de crianças. Mas não sou uma dessas pessoas. Achei que era, até que tive que fazer isso todos os dias e perceber que havia cometido um erro grave erro no meu plano de vida era chocante, para dizer o mínimo. Trabalhei com alguns professores verdadeiramente surpreendentes e a paixão deles pelo trabalho me ajudou a ver que eu não tinha o que era preciso para dar às crianças a dedicação que mereciam.

Já tinha decidido sair do emprego no final do ano letivo quando Natalie teve a brilhante ideia de me indicar para trabalhar com Marlowe. Agora que me mudei, não há nada que eu não faria para as pessoas aqui na Quantum, e essa é uma das razões pelas quais tento manter minha enorme paixão por Emmett sob controle. Não quero causar nenhum problema ou constrangimento para Natalie, que fez um pedido especial para que eu conseguisse esse trabalho incrível ou Marlowe, que deu a chance a uma novata se tornar assistente.

Pego o laptop, um caderno e o celular e vou para a sala de conferências para a reunião. Quem você acha que é a outra pessoa no corredor? Sim, adivinhou. O objeto da minha obsessão e, minha nossa, ele está particularmente incrível hoje em um terno azul marinho com gravata azul-gelo e camisa branca que mostra o bronzeado que ele tem o ano inteiro por surfar.

Como sei disso? O que não sei sobre ele? Estou obcecada, lembra? Agora preciso de toda a minha inteligência para manter uma conversa de verdade com o homem dos meus sonhos.

— Emmett. — Excelente forma de aproximação. Adoro o jeito que seu nome soa quando sai da minha língua. Alguém disse língua? *Nada de lambidas no trabalho, Leah.*

— Leah.

Suspiro. Ele disse meu nome.

— Como você está?

— Tudo bem e você?

— Muito, *muito* bem. — Será que ele percebe a maneira sugestiva como eu digo isso ou como meu novo sutiã de duzentos dólares da La Perla faz meus seios pequenos parecerem um pouco mais espetaculares do que realmente são? Não se pode dizer que não sei como investir adequadamente meu salário, muito maior, em Los Angeles.

— Nenhum dilema legal hoje? — ele pergunta, seus lábios formando uma expressão que pode ser divertimento. Posso me atrever a ter esperança?

— Ainda não, mas você será o primeiro a saber se isso mudar.

— Ah, Deus — ele fala, seu sarcasmo tornando-o ainda mais atraente para mim.

Eu *adoro* pessoas sarcásticas. Sou *especialista em sarcasmo* e senso de humor sarcástico está no topo da minha lista de qualidades atraentes. Com Emmett, o sarcasmo é o número cinco da minha lista depois de lábios sensuais, bunda sexy, bíceps gostosos e tanquinho delicioso. Pode ver como o sarcasmo pode ganhar um distante quinto lugar comparado com essas coisas.

Convide-o para sair depois do trabalho.

Não tenho certeza de onde vem esse pensamento, mas as palavras saem da minha boca antes que eu possa decidir se devo dizê-las.

— Quer tomar uma bebida depois do trabalho? Gostaria de te recompensar em agradecimento por seus conselhos jurídicos.

— Ah, hum, não posso, mas, de toda forma, obrigado. — Ele se move passando sem sequer roçar contra mim. Lamento pela oportunidade perdida de contato corporal. — Tenho que voltar ao trabalho. Falo com você mais tarde.

— Tchau. — Certo, isso não foi tão bom quanto poderia, mas não dei a ele muito tempo para se preparar. E ele disse que não podia, não que não queria. Tomo isso como um sinal positivo e continuo meu caminho para a sala de conferências onde Addie está esperando por mim junto com Dax, assistente de Ellie Godfrey, Lori, assistente de Kristian, e Aileen, nossa assistente administrativa e recepcionista que está noiva de Kristian.

Me sento em frente a Aileen, que abre um sorriso caloroso e acolhedor. Ela é uma pessoa muito doce, sempre alegre e disposta a ajudar quando necessário. Todos nós a amamos, mas ninguém mais do que Kristian, que se encantou por ela — e por seus filhos. O amor que anda no ar por aqui me deu esperança de que isso possa acontecer comigo algum dia. Espero que muito tempo depois que eu dê uma ou duas voltas no quarto de um advogado gostoso que ainda não percebeu que sou exatamente o que ele precisa para relaxar um pouco.

— Obrigada por terem vindo, pessoal — Addie fala.

Percebo imediatamente que Addie — sempre imperturbável — parece muito agitada.

— O que há de errado? — Dax pergunta.

— Estou ficando louca — Addie confessa. — Eu disse a Hayden que não queria uma organizadora de casamentos supervisionando nosso grande dia e já planejei tudo sozinha, mas acordo no meio da noite suando frio e me sentindo ansiosa, com medo de ter me esquecido de algo importante como comida, bebida ou *algo assim*. Estava esperando que vocês pudessem repassar tudo comigo e verificar se está tudo certo.

O ser humano mais organizado do planeta — caramba, do *universo* — quer a minha ajuda? Estou dentro.

Ela distribui envelopes que contêm planos detalhados para o casamento que acontecerá na vinícola de Napa Valley, propriedade dos sócios da Quantum. Deixando de lado todos os pensamentos sobre Emmett e lambê-lo, me concentro exclusivamente nas informações da página, lendo cada palavra enquanto os outros fazem o mesmo.

Enquanto lemos, Addie anda de um lado para o outro.

Comida, confere. Bebida, confere. Flores, confere. Tenda, confere. Caramanchão construído com videiras para a cerimônia, confere. Mesas, cadeiras, toalhas e arranjos centrais, confere, confere, confere e confere. Hospedagem para todo o grupo Quantum, confere, incluindo os quartos que foram atribuídos para cada um, que não analiso agora, mas vou fazer mais tarde. Pode apostar.

— Música — eu digo, quebrando o longo silêncio. — Onde está a música?

Addie para de andar para me encarar.

— Está aí.

— Onde?

Ela vem até mim, se debruça sobre o meu ombro e revira os papéis duas vezes antes de soltar um grito.

— *Eu me esqueci da porra da música?*

Meu primeiro impulso é tentar acalmá-la, mas ela já está saindo da loucura e indo em direção ao colapso nuclear. Os outros também percebem e imediatamente entram em ação.

— Quem conhecemos? — Lori pergunta.

— Hum, todo mundo? — Aileen responde, seu tom é calmo e controlado, que é o que precisamos. — Quem você quer, Addie? Somos muito bem relacionados por aqui.

Addie está paralisada.

— Eu, hum, nem sei quem chamar.

— Vamos cuidar disso — eu falo enquanto os outros concordam. — Diga-nos que tipo de música você quer que vamos resolver isso para você e contratar alguém bom.

— É no *próximo* fim de semana.

— É para *Hayden Roth* — eu a lembro, como se ela precisasse de um lembrete de com quem vai se casar ou que ele é o diretor mais famoso da sua geração. Estou contando com o fato de que quase todo mundo *mataria* para tocar em seu casamento.

— Hum, estou quase com medo de perguntar — Aileen fala —, mas você tem um vestido, não é?

— Sim, a Tenley cuidou disso — ela responde, se referindo a sua dama de honra, a *stylist* top das estrelas.

— Ah, ufa — Aileen fala, sorrindo. — Hayden já tem smoking e seus padrinhos também, então está tudo certo quanto a isso. E as lembranças para a festa de casamento?

Addie arregala os olhos novamente e percebo que vai ser um *longo* dia.

Emmett

Leah está me deixando louco. Ela acha que não percebo que ela me encara ou que tem uma pergunta jurídica diferente todos os dias e que nenhuma delas tem algo a ver com o seu trabalho como assistente de Marlowe? Há dois dias, ela queria um conselho legal para um "amigo" de Nova York sobre como lidar com um senhorio irritante. Sou advogado corporativo e de entretenimento. O que é que sei sobre locações em Nova York? Claro, ela sabe qual é a minha especialidade, mas isso não a impede de encontrar uma razão para me fazer uma pergunta jurídica idiota todos os dias.

Não ajuda que eu queira jogá-la sobre a mesa e transar com ela. Talvez se eu fizesse isso, ela me deixaria em paz.

Mas isso não pode e não vai acontecer por muitas razões, não apenas a diferença de dez anos entre nós. Comemoramos seu *vigésimo quarto* aniversário com um bolo no escritório na semana passada, e juro que ela olhou diretamente para mim enquanto lambia o dedo, completamente alheia ao fato de que estávamos na porra do escritório cercados por nossos colegas de trabalho, incluindo os sócios que me *pagam* para mantê-los fora do tipo de problema que quero entrar com ela.

Ela tem *vinte e quatro anos*. Continuo dizendo a mim mesmo que isso a coloca fora dos limites. Ela é jovem, ingênua, inexperiente, baunilha e totalmente fora do alcance de pessoas como eu.

Seu melhor subterfúgio aconteceu ontem, quando ela trouxe o manual da empresa e pediu um esclarecimento sobre a política de relacionamentos. Ela acha que não enxergo seu jogo? Ela deu a volta na minha mesa e se inclinou para apontar a área que a confundiu: *os funcionários devem pedir aprovação por escrito do seu superior antes de embarcar em um relacionamento amoroso com um colega de trabalho, e nenhum funcionário deve namorar ou se relacionar com um funcionário que esteja sob sua supervisão direta.*

— Isso significa que preciso da aprovação da Marlowe antes de sair com alguém do escritório?

— Sim — eu disse com os dentes cerrados, tentando ignorar a pressão do seu seio em meu ombro. — É isso mesmo. E seu potencial parceiro precisa fazer o mesmo. Agora posso voltar a trabalhar? — Quem é que ela está pensando em namorar? E por que eu me importo? Quem quer que seja, tenho pena do tolo. Ela seria um problema até para o mais paciente dos homens.

— Existe um formulário ou algo que tenhamos que preencher antes de embarcarmos em nosso relacionamento?

— Um e-mail é suficiente — eu disse a ela, sem a menor paciência. Eu tinha quatorze milhões de coisas para resolver em nome das cinco pessoas que me pagam o valor do resgate de um rei para cuidar dos seus assuntos jurídicos, e tudo que eu queria fazer era tirar a roupa da assistente de Marlowe e exercitar meu jeito malvado com ela, ali mesmo na minha mesa.

Não é assim que costumo agir. Sou um profissional comprometido. Valorizo meu trabalho e a amizade com meus empregadores, essas são as coisas mais importantes da minha vida.

Nesta época de maior controle sobre comportamento no local de trabalho, não tenho tempo nem tolerância para uma encrenqueira de vinte e quatro anos que quer ser selvagem. Ela pode encontrar outra pessoa para enlouquecer.

Só que... mal consigo pensar nisso quando estou sentindo uma raiva irracional com a ideia das mãos de qualquer outro homem em seu corpo macio e flexível. Quando a conheci, não me senti imediatamente atraído. Não, esse tratamento especial veio depois, quando a vi de biquíni na casa de Flynn e percebi que ela estava escondendo um corpo incrível sob as roupas de trabalho conservadoras que não lhe faziam justiça. Desde então, fiz um esforço para impedir meus pensamentos — e olhos — de vagarem em direções que não deveriam seguir.

Mas quando ela estava debruçada sobre mim, pressionando um seio pequeno, mas macio, no meu ombro enquanto apontava "inconsistências" na política que eu mesmo havia elaborado, era muito *difícil* ignorá-la.

Ela está me provocando de forma intencional. Entendi. Ela está de olho em mim porque sou um dos dois caras do nosso grupo que ainda estão solteiros depois que o vírus do amor desencadeou uma epidemia de apaixonados felizes entre os nossos amigos. Sebastian a esmagaria como uma mosca, então é provável que ela me veja como a alternativa "mais segura" ao grande, sombrio e taciturno Sebastian.

Mal sabe ela que tenho um lado selvagem e se algum dia eu o soltar, ela correria gritando por sua jovem vida. Um lado meu gostaria disso. Muito. Mas não vai acontecer.

Ontem, foi a política de relacionamentos. Hoje, um convite para bebidas depois do trabalho. O que o amanhã trará? Tanto quanto eu gostaria que ela fosse embora e me deixasse em paz, eu me pergunto o que ela tem planejado para mim.

Comprar Escandaloso

AGRADECIMENTOS

Obrigada por ler Delirante! Espero que você tenha amado a história de Aileen e Kristian! Se gostou, por favor, considere deixar um comentário sobre o livro no Goodreads, Amazon e/ou Skoob. Escrever a série Quantum continua a ser muito divertido!

Quando você terminar Delirante, junte-se ao *Delirious Reader Group* em facebook.com/groups/Delirious6/ para discutir o livro com spoilers permitidos. Certifique-se de que também é membro do *Quantum Series Group* em facebook.com/groups/QuantumReaders/, onde você será um dos primeiros a receber notícias sobre novos livros, novas capas, vendas e brindes relacionados à série. Junte-se à minha lista de discussão da newsletter em marieforce.com para receber todas as novidades do meu mundo.

Como sempre, agradeço a minha equipe de bastidores que torna possível lançar os livros com tanta rapidez: Julie Cupp, Lisa Cafferty, Holly Sullivan, Isabel Sullivan, Nikki Colquhoun, Cheryl Serra, Ashley Lopez, Courtney Lopes e Jessica Estep. Vocês, garotas, são as melhores e agradeço muito a todas.

Agradeço à minha equipe de edição, Linda Ingmanson e Joyce Lamb, e aos meus leitores beta, Anne Woodall e Kara Conrad, por me ajudarem a produzir livros bem editados.

AGRADECIMENTOS

Meu agradecimento maior a todos os meus leitores, cujo apoio torna tudo possível. Sou muito grata a cada um de vocês!
Beijos,
Marie

OUTROS LIVROS DE MARIE FORCE

Série Quantum:

Livro 1: Virtude (Flynn & Natalie, parte 1)
Livro 2: Valentia (Flynn & Natalie, parte 2)
Livro 3: Vitória (Flynn & Natalie, parte 3)
Livro 4: Arrebatador (Hayden & Addie)
Livro 5: Voraz (Jasper & Ellie)
Livro 6: Delirante (Kristian & Aileen)
Livro 7: Escandaloso (Emmett & Leah)
Livro 8: Fama (Marlowe)

SOBRE A AUTORA

Marie Force é autora de romances contemporâneos best-seller do New York Times, incluindo a Serie Gansett Island e Série Fatal da Harlequin Books. Além disso, é autora de Butler, da Série Vermont, da Série Green Mountain e da série de romance erótico Quantum. Duchess By Deception é o seu primeiro romance histórico da Série Gilded, que continuará com Deceived By Desire em setembro de 2019.

Seus livros já venderam mais de 8,5 milhões de cópias em todo o mundo, foram traduzidos para mais de doze idiomas e apareceram na lista de best-sellers do New York Times 30 vezes. Ela também é best-seller do USA Today e do Wall Street Journal, best-seller da Speigel na Alemanha, palestrante frequente e apresentadora de workshops de publicação, bem como editora na Jack's House Publishing. Foi três vezes indicada para o prêmio RITA® - Romance Writers of America na categoria romance de ficção.

Seus objetivos na vida são simples: terminar de criar dois jovens adultos felizes, saudáveis e produtivos, continuar escrevendo livros pelo maior tempo possível e nunca estar em um voo que apareça nos jornais.

Junte-se à lista de discussão de Marie para receber notícias sobre novos livros e eventos futuros em sua região. Siga-a no Facebook e no Instagram. Junte-se a um dos muitos grupos de leitores de Marie. Entre em contato com Marie em marie@marieforce.com.